AF398353

Stefan Zeh wurde 1991 in Stuttgart geboren und verfasste bereits als Kind Tagebücher und Kurzgeschichten. Seine ersten Werke waren Stuttgart-Krimis, die in seiner Heimatstadt spielen und neben präziser Ermittlungsarbeit immer ein schwieriges, gesellschaftliches Thema behandeln. Neben seiner Tätigkeit als Autor ist er leidenschaftlicher Gassigeher, liebt Spieleabende und verreist gerne in exotische Länder.

STEFAN ZEH

GEFÄHRLICHE LÜGE

Erstausgabe Dezember 2024

Copyright © 2024 dp Verlag, ein Imprint der
dp DIGITAL PUBLISHERS GmbH
Made in Stuttgart with ♥
Alle Rechte vorbehalten

GEFÄHRLICHE LÜGE

ISBN 978-3-98998-741-8
E-Book-ISBN 978-3-98778-957-1
Hörbuch-ISBN: 978-3-98998-825-5

Covergestaltung: Nadine Most
Umschlaggestaltung: ARTC.ore Design
Unter Verwendung von Abbildungen von
stock.adobe.com: © enjoynz
shutterstock.com: © eranicle
Lektorat: Sandra Effert
Satz: dp DIGITAL PUBLISHERS GmbH
Druck und Bindung: Books on Demand GmbH, Norderstedt

DANKSAGUNG

Mein besonderer Dank gilt meinen
fleißigen Testleser/innen

S. Maria Ahlert
Christine Schütz
Nicole Häberle
Claudia Wickert
Markus Kaufmann

VORWORT

Liebe Leser,

auch in diesem Buch entführe ich Sie wieder an spannende Orte und gruselige Schauplätze, die alle real existieren. Allerdings ist der Name ‚Annaberg-Klinik' frei gewählt.

PERSONENVERZEICHNIS

Martin Keller: Kriminalhauptkommissar
Julia Beck: Kriminalkommissarin
Li Cheung Kwok-wing: Kriminalkommissar
Rudolf Preiß: Kriminalrat
Dr. Marita Aygemang: Gerichtsmedizinerin

Prof. Dr. Dietrich: Chefarzt der Annaberg-Klinik
Dr. Brenner: Psychiater und Oberarzt der psychosoma-
tischen Reha-Abteilung in der Annaberg-Klinik
Dr. Wieland: Frauenärztin in der Annaberg-Klinik
Sven Heuser: Pfleger in der Annaberg-Klinik
Robert Weber: Pfleger in der Annaberg-Klinik
Frau Sivers: Pflegerin in der Annaberg-Klinik
Herr Neubauer: Pfleger in der Annaberg-Klinik

Dr. Rainer Kastjansen: niedergelassener Frauenarzt

Nadja Raunfeld: Patientin in der Annaberg-Klinik
Hannah Raunfeld: Tochter von Nadja und Justus
Raunfeld
Justus Raunfeld: Ex-Mann von Nadja Raunfeld

Eveline Sanderlah: Ehemalige Patientin in der Annaberg-Klinik
Johanna Sanderlah: Mutter von Eveline

Saskia Bertel: ehemalige Patientin in der Annaberg-Klinik
Anne-Marie Griesgard: Nachbarin von Saskia Bertel

Marlene Juwelis: Unfallopfer

Alina Pellert: schwangere Frau

Rebecca Festle: Mitarbeiterin bei der Notrufzentrale

Gerd Rubens: Ehemaliger Polizist
Carsten Niemeyer: flüchtiger Polizistenmörder

Emily Leist: Ehefrau von Siegbert Leist
Siegbert Leist: Ehemann von Emily Leist
Patricia Leist: Tochter von Emily Leist

Alice: Schülerin
Leni: Mitschülerin von Alice
Iris: Mitschülerin von Alice
Herr Manolas: Mathematiklehrer

-1-

„Polizei-Notruf, wie kann ich Ihnen helfen?“

„Meine Tochter! Sie haben meine Tochter entführt“, schrie eine aufgebrachte Frauenstimme am anderen Ende der Leitung. „Sie sagen mir, es habe sie nie gegeben, aber das …“

„Bitte sprechen Sie etwas langsamer.“ Rebecca Festle war sofort in Alarmbereitschaft. Die Tonlage der Anruferin ließ keinen Zweifel über den Ernst der Lage aufkommen.

„Wie heißen Sie?“

„Raunfeld. Nadja Raunfeld. Bitte helfen Sie mir! Ich kann sie nicht finden.“ Sie schluchzte. „Ich habe entbunden und jetzt ist sie weg.“

„Bitte schildern Sie mir genau, was passiert ist.“

Nadja schrie außer sich. „Sie haben sie mir einfach genommen und jetzt behaupten die …“ Die Stimme brach ab.

„Frau Raunfeld, ganz langsam. Wo befinden Sie sich aktuell?“

„Ich weiß nicht. In der Nähe der Solitude.“

Rebecca sah auf ihren Bildschirm. Der Standorttracker ortete das Mobiltelefon der Frau nahe einem Waldgebiet in Gerlingen.

Die Stimme der Anruferin wurde leiser. „Sie sagen, es gab sie nicht.“

„Ihre Tochter? Und wer sind *sie*?“

Nadja antwortete nicht, stattdessen schluchzte sie.

„Ich versuche Ihnen zu helfen, aber dafür muss ich verstehen, was passiert ist.“

„Keine Ahnung. Ich … Ich bin aufgewacht und dann war sie weg. Ich war zur Entbindung in der Annaberg-Klinik, aber jetzt kann ich sie nicht mehr finden.“

„Wann war das?“

„Gestern Morgen.“

Warum rief sie jetzt erst an? Rebecca runzelte die Stirn.

„Ich dachte, ihr wäre etwas zugestoßen, aber sie haben sie mir gestohlen und …“ Ihre Stimme stockte abermals. „Ich muss Cecilie finden. Ich weiß, dass sie am Leben ist.“

„Cecilie ist der Name Ihrer Tochter, richtig?“

Die Stimme war tränenerstickt. „Sie haben sie entführt!“

War jemand in die Klinik eingedrungen und hatte ein Baby entführt? Doch in diesem Fall hätte die Klinik sofort die Polizei verständigt. Und warum sollte jemand abstreiten, dass es ein Baby gab? Nadja Raunfelds Tonlage ließ für Rebecca keine Zweifel aufkommen, dass das Mädchen vermisst wurde. Die Karte zeigte ihr einen kleinen, leuchtend roten Punkt, von dem Frau Raunfeld aus anrief. Daneben erkannte Rebecca eine großflächige Anlage, die mit 'Annaberg-Klinik' markiert war und in unmittelbarer Nähe das Schloss Solitude lag. Durch das Telefon drang hektisches Atmen. „Frau Raunfeld, bitte bleiben Sie einen Augenblick dran. Ich verständige einen Streifenwagen, der direkt zu der Klinik fährt."

„Nein!", schrie Nadja.

Rebeccas Puls schlug einen Salto. „Warum nicht? Wenn Ihre Tochter entführt wurde, sollten wir sofort eine großflächige Suchaktion einleiten."

„Das werden sie nicht zulassen!"

Rebecca war verwirrt. „Wen meinen Sie mit *sie*?"

„Die Klinik!"

„Sie meinen, die Annaberg-Klinik könnte etwas mit dem Verschwinden von Cecilie zu tun haben?" Im Hintergrund vernahm Rebecca ein Geräusch, das sie nicht einordnen konnte.

„Ich weiß es. Sie wollen nicht, dass ich anrufe. Sie wollen mir weismachen, mein Kind habe es nie gegeben." Sie schniefte. „Aber das ist eine Lüge. Meine Tochter hat gelebt. Ich weiß es."

Rebecca horchte auf. War es möglich, dass die Anruferin die Sachlage falsch einschätzte? „Frau Raunfeld, ich bin sicher, wir können das klären. Ich schicke einen Streifenwagen zu der Klinik, in Ordnung?"

Keine Antwort. Rebecca hörte nur noch ein Atmen, dann die leise, brüchige Stimme von Raunfeld. „Es ist zu spät. Sie kommen mich holen."

„Wer kommt Sie holen?"

Ein Schrei. Stimmen. Die Verbindung brach ab.

-2-

Dienstag, 12. November 2024

„Was zum Teufel hast du vor?" Kriminalhauptkommissar Martin Keller lehnte sich nach vorn. Der Bildschirm zeigte ihm die Aufnahme eines Mannes, Mitte vierzig, mit Halbglatze und dunkelbraunen Haaren. Keller kniff die Augen zusammen. Die Aufnahme war verschwommen. Trotzdem erkannte er die hohe Stirn und das breite, beinahe rundliche Gesicht. Auch die Brille war dieselbe geblieben. Im Gegensatz zu ihrer letzten Begegnung besaß der Mann auf dem Foto keinen Schnurrbart mehr, aber damit konnte der Kerl ihn nicht täuschen. Es war Carsten Niemeyer. Ohne Zweifel.

Warum trieb sich der Kerl immer noch in Stuttgart herum? Ein gesuchter Polizistenmörder. Fühlte er sich so sicher, dass ihn keiner erkannte? Oder gab es einen anderen Grund? Kellers Hand ballte sich zur Faust. Die Tatsache, dass der Mann, der einst seinen Freund und Kollegen Ralf Mattheus erschossen hatte, durch Stuttgart schlenderte, machte ihn rasend.

Keller zoomte aus der Aufnahme heraus, um sich die Umgebung genauer anzusehen. Laut seines Informanten war das Bild in der Hackstraße in Stuttgart-Ost entstanden. Er entdeckte hohe, graue Gebäude, eine U-Bahn, die die Straße entlangfuhr, sowie einige Autos.

Das Foto war vor zwei Monaten spätabends entstanden. Der Versuch, Niemeyer dingfest zu machen, war schiefgegangen. Bis seine Kollegen es endlich geschafft hatten, Straßensperren und Personenkontrollen einzurichten, war Niemeyer längst über alle Berge gewesen. Danach verlor sich seine Spur. Trotzdem gab ihm das Foto die Gewissheit, dass sich der Mörder seines besten Freundes noch in Stuttgart aufhielt. Er hatte sich nicht wie vermutet ins Ausland abgesetzt. Doch warum ging er das hohe Risiko ein?

Die Frage durfte ihm der Schweinehund bald selbst beantworten, wenn er die Antworten aus ihm herausprügelte. Vorausgesetzt, er bekam ihn in die Finger. Im Falle einer Festnahme würde der Kriminalrat ihn gar nicht erst in die Nähe von Niemeyer lassen und seine Kollegen für die Vernehmung heranholen. Glücklicherweise versorgte ihn seine Quelle mit zuverlässigen Informationen. Allerdings gab es bereits eine Weile keine neuen Anhaltspunkte. Die Ungeduld zehrte an seinen Nerven. *Dieser verdammte Einsatz.* Der Kerl hatte sicher Wind davon bekommen und versteckte sich jetzt in einem Kellerloch. Doch auch ein Maulwurf kroch irgendwann aus seinem Versteck. „Und dann bist du fällig!", zischte Keller.

Das Klingeln seines Telefons riss ihn aus seinen Gedanken. Er stöhnte auf, als er den Namen des Kriminalrats auf dem Display sah. Der Anruf seines Vorgesetzten war selten ein gutes Zeichen. „Keller?"

„In fünf Minuten in meinem Büro", erklang die tiefe Stimme von Rudolf Preiß am anderen Ende der Leitung.

Keller legte wortlos auf und erhob sich schwerfällig. Bevor er dem Kriminalrat gegenübertrat, brauchte er einen starken Kaffee. Er verließ sein Büro und durchquerte den Flur. Als er die winzige Teeküche betrat, schlug ihm ein bekannter Geruch entgegen. Grüner Tee. Er rümpfte die Nase.

„Guten Morgen", erklang die fröhliche Stimme seiner jungen Kollegin Julia Beck. In der Hand hielt sie eine Tasse Tee. Sie war erst seit einem dreiviertel Jahr Teil seines Teams und eine ungemeine Nervensäge. Doch immerhin eine Nervensäge mit Potenzial, wie sich in ihrem ersten gemeinsamen Fall herausgestellt hatte.

„Morgen", brummte er. Er ging an seiner Kollegin vorbei, nahm die Kaffeekanne zur Hand und schenkte sich eine Tasse ein. Der verführerische Duft verdrängte den aufdringlichen Geruch ihres Tees.

„An die Fallakte von Sven Ratschnak, um die Sie mich gebeten haben, komme ich nicht heran. Sie ist gesperrt." Julia war in der Tür stehen geblieben und blickte ihn an.

Keller fluchte. Das war bestimmt auf Preiß' Mist gewachsen, damit er gar nicht erst auf die Idee kam, eigene Ermittlungen anzustellen.

„Vielleicht bitten Sie den Kriminalrat um eine entsprechende Freigabe."

Keller schnaubte verächtlich. „Was meinen Sie, wem wir das zu verdanken haben? Könnte ja passieren, dass mal jemand seine Arbeit macht und den Kerl festnimmt."

Er hatte seiner Kollegin keine Einzelheiten zu dem Fall anvertraut. Ihr war nur bekannt, dass Niemeyer ein gesuchter Polizistenmörder und er mit dem Opfer befreundet war. Je weniger sie wusste, desto besser. Die Gefahr, dass doch Informationen an Preiß durchsickerten, war zu hoch. Doch dass er sogar die Akten zu dessen Mitstreitern hatte sperren lassen, fand er ungeheuerlich. Dennoch hatte Keller andere Mittel und Wege, an die Informationen zu kommen.

„Wie wäre es mit Li?"

Der Gedanke war ihm ebenfalls durch den Kopf gegangen. Sein Kollege mit dem unaussprechlichen Namen Li Cheung Kwok-wing, weshalb er ihn einfach Wing-Wing nannte, war bereits seit einigen Jahren Teil seines Teams und ein Technik-Nerd. Dieser hätte die Sperre bestimmt umgehen können, aber im Moment wollte er keine unnötige Aufmerksamkeit erregen.

Seine Kollegin blickte ihn noch immer stirnrunzelnd an. Mit ihren dunkelblonden, schulterlangen Haaren, den hohen Wangenknochen, dem schmalen Kinn und der schlanken Figur war sie äußerst attraktiv. Wäre da nicht die Ähnlichkeit zu seiner Ex-Frau, die mit einem anderen durchgebrannt war, hätte sie sicher sein Interesse geweckt. Die siebzehn Jahre Altersunterschied hätten ihn nicht abgeschreckt.

„Vergessen Sie's."

Er drängte sich an ihr vorbei.

„Wo gehen Sie hin?"

„Preiß erschießen."

„Viel Erfolg."

Keller ignorierte ihren sarkastischen Unterton und lief mit Kaffeetasse in der Hand in das Büro von Preiß. Er nahm einen tiefen Atemzug und trat ein.

Auf dem wuchtigen Chefsessel saß eine korpulente Gestalt Ende fünfzig, mit ein paar wenig verbliebenen, grau melierten Haaren und einer hohen Stirn. Preiß war in ein Telefonat vertieft und deutete auf den schwarzen Stuhl, der vor seinem Schreibtisch stand.

Keller nahm Platz und stellte die Tasse vor sich ab.

„Ich ruf zurück." Preiß beendete das Telefonat und wandte seine Aufmerksamkeit Keller zu. „Gut, dass Sie da sind." Er schob seine Nickelbrille ein Stück nach oben. „Ich komme gleich zur Sache: Gestern Abend ging bei den Kollegen von der Notrufzentrale der Anruf einer verzweifelten Frau ein, die behauptet hat, eine Klinik oben in Gerlingen hätte ihr Neugeborenes entführt." Er machte eine kurze Pause.

„Und?" Keller unterdrückte ein Gähnen.

„Ich möchte, dass Sie der Sache nachgehen. Fahren Sie in die Annaberg-Klinik, sprechen Sie mit dem Chefarzt und besagter ..." Er warf einen Blick in seine Unterlagen. „... Nadja Raunfeld. Wir müssen wissen, ob an der Sache etwas dran ist."

„Das ist ein Scherz, oder?" Er studierte die Gesichtszüge von Preiß. Allerdings sah es nicht so aus, als hätte der Kriminalrat einen Witz gemacht, zumal Humor für diesen ein Fremdwort war.

„Keineswegs." Er sah Keller mit hochgezogenen Brauen an.

„Sind das nicht eher Hirngespinste? Außerdem ist es Sache der Kollegen." Keller lehnte sich zurück.

„Die Kollegen für Entführungsdelikte sind momentan stark unterbesetzt. Jeder Zweite ist im Krankenstand und ein Teil im Urlaub. Und ob es Hirngespinste sind oder nicht, wird sich erst noch zeigen, deswegen möchte ich, dass Sie den Fall übernehmen. Wenn es nur den Fantasien einer geistig verwirrten jungen Frau entspringt, können wir den Fall immer noch zu den Akten legen.“

„Ich habe weiß Gott Besseres zu tun“, presste Keller zähneknirschend hervor.

„Zum Beispiel?“ Preiß blickte ihn mit hochgezogener Stirn an.

Zum Beispiel, das Arschloch finden, das meinen früheren Kollegen abgeknallt hat, hätte Keller am liebsten geschrien. Doch dann hätte Preiß gewusst, dass er entgegen dessen Anweisung Ermittlungen in eigener Sache betrieb. Und der Kriminalrat war alles andere als ein Esel. Er hatte die Akte sicher nicht grundlos versiegelt. Keller verschränkte die Arme vor der Brust und sah Preiß mit finsterer Miene an.

„Die Mitarbeiter von der Notrufzentrale haben gestern einen Streifenwagen in die Klinik geschickt. Der Chefarzt war wohl noch auf einer Konferenz und ist erst seit heute Morgen zurück. Daher haben sie nur die Aussagen von Frau Raunfeld aufgenommen.“ Preiß reichte ihm eine dünne Akte.

Keller nahm sie brummend entgegen und schlug die Mappe auf. Darin befand sich eine einzelne DIN-A4-Seite. „Ist das alles?“

„Wie gesagt, die Aussage des Chefarztes konnten sie gestern nicht aufnehmen. Deswegen habe ich einen Termin für Sie beim Chefarzt der Annaberg-Klinik vereinbart. Man erwartet Sie dort in einer Stunde.“

„Und was soll ich den Chefarzt fragen? Haben Sie Frau Raunfelds Baby geklaut?“

Preiß reagierte nicht auf seinen Einwand. „Finden Sie heraus, was es mit Raunfelds Anschuldigungen auf sich hat.“

„Kann das nicht Frau Beck übernehmen?“

„Nein, das werden Sie tun. Am besten machen Sie sich gleich auf den Weg.“ Damit wandte er sich wieder seinem Bildschirm zu.

Keller stand auf und marschierte aus dem Raum, nicht ohne seinem Vorgesetzten einen vernichtenden Blick zuzuwerfen. Er riss die Tür seines eigenen Büros auf und nahm seine Jacke vom Stuhl. Er hatte gehofft, weitere Informationen über Niemeyers Komplizen einholen zu können, aber was tat er stattdessen? Den Wahnvorstellungen irgendeiner Frau hinterherrennen. Beschissener hätte der Tag kaum anfangen können.

-3-

Eine Stunde später brauste Keller durch das bewaldete Gebiet des Schwarzwildparks. Er entdeckte die Zufahrtsstraße zur Annaberg-Klinik und parkte seinen Wagen direkt vor dem Halteverbotsschild des Haupteingangs. Bevor er sich auf das Affentheater einließ, brauchte er erst mal einen kräftigen Schluck Whiskey. Er öffnete das Handschuhfach und holte seinen grauen Flachmann heraus. Das Brennen in seiner Kehle entspannte ihn. Er ließ den Flachmann wieder verschwinden und stieg aus.

Ein eisiger Wind peitschte ihm ins Gesicht, während er sich dem mehrteiligen Gebäudekomplex näherte. Die Temperaturen waren die letzten Tage gefallen und führten zu dem typisch nassgrauen Novemberwetter, was seine Laune nicht unbedingt steigerte.

Keller bewegte sich auf das mittlere der drei Gebäudeteile zu, das etwas nach hinten versetzt war. Der weiße Anstrich mit den großen Fenstern wirkte modern und einladend. Die Anlage war gepflegt, mit einem akkurat geschnittenen Rasen, Bäumchen und einem kreisrunden Springbrunnen vor dem Eingang, der zu dieser Jahreszeit ausgeschaltet war. Er betrat die Eingangshalle, die sich rechts unter einem gläsernen Vordach befand. Der Geruch von Desinfektionsmitteln schlug ihm entgegen. Er rümpfte die Nase.

„Hallo, was kann ich für Sie tun?" Die junge Empfangsdame mit den roten, wild gelockten Haaren und Sommersprossen lächelte ihn an.

„Keller, Kripo Stuttgart." Er presste seinen Ausweis gegen die Scheibe. „Der Chefarzt erwartet mich." Preiß hätte ihm wenigstens einen Namen nennen können.

„Ah, genau." Die junge Frau warf einen kurzen Blick auf seinen Ausweis und anschließend auf ihren Bildschirm. „Station B, zweites Obergeschoss." Sie deutete nach rechts. „Sie können die Fahrstühle gleich links um die Ecke nehmen. Ich gebe Prof. Dr. Dietrich Bescheid – er wird Sie oben abholen."

Keller ließ seinen Ausweis in der Tasche verschwinden und bog um die Ecke. Zu beiden Seiten des Fahrstuhls erstreckte sich ein lang gezogener Gang. Ein grünes Schild neben dem Aufzug listete die Abteilungen auf, wobei der Chefarzt und die Geschäftsführung im zweiten Stockwerk untergebracht waren. Eine Etage tiefer befanden sich die Abteilungen Gynäkologie und Chirurgie. Im Erdgeschoss waren Diagnostik und Notfallversorgung angesiedelt, darunter lag das Schwimmbad. Daneben prangte ein Organigramm des Klinikteams, einschließlich Bildern. Keller fragte sich abermals, warum er hier seine Zeit vergeudete. Er hätte seine Recherchen in Ruhe fortsetzen können, anstatt hier Hirngespinsten hinterherzujagen.

Einige Minuten später saß Keller einem gut genährten Mann, Ende vierzig, mit leicht ergrautem Haar und Dreitagebart, gegenüber. Entgegen seiner Erwartung eines arroganten und überheblichen Chefarztes hatte

Prof. Dietrich eine freundliche und offene Art, die Keller gefiel.

„Auch einen Kaffee?" Prof. Dietrich stand vor einem Kaffeevollautomaten.

„Gern."

Chefarzt müsste man sein, dachte Keller. Wenn er da an die Brühe dachte, mit der er sich auf der Arbeit abfinden musste. Wurde Zeit, dass sie auch einen Kaffeevollautomaten bekamen. Doch mit alternativen Teehippies wie seiner jungen Kollegin standen die Chancen schlecht.

Prof. Dietrich nickte, drückte einen Knopf und kurz darauf erfüllte der Duft von frisch geröstetem Bohnenkaffee den Raum. Er stellte Keller eine dampfende Kaffeetasse hin und ließ sich auf dem Schreibtischstuhl nieder, der sich auf der gegenüberliegenden Seite der großen Eichenholzplatte befand. „Ihr Vorgesetzter hat mich bereits kontaktiert. Es geht um unsere Patientin Nadja Raunfeld?"

Keller nickte. „Sie hat einen Notruf abgesetzt, dass ihr Kind, das hier in der Klinik geboren wurde, vermisst wird und ich würde gerne wissen, was es damit auf sich hat?"

Dietrich runzelte die Stirn. „Sie hat ihr Kind bei einem Autounfall verloren und versucht jetzt, diesen tragischen Verlust zu verdrängen, indem sie uns eine Entführung unterstellt."

Dachte ich mir. Dennoch musste er mehr herausfinden, damit Preiß zufrieden war. „Wie kommt Raunfeld auf eine Entführung?"

Dietrich seufzte. „Es besteht der Verdacht, dass Raunfeld unter einer akuten Psychose leidet. Sprich

Wahnvorstellungen. Sie kommt nicht damit zurecht, dass sie ihr Kind verloren hat. Ihr Gehirn versucht nun, diesen Verlust zu kompensieren, mit der Vorstellung, ihr Kind sei noch am Leben und wurde von uns für irgendwelche obskuren Experimente missbraucht."

Wie kam man auf so eine Idee? „Hat es in der Vergangenheit schon Anzeichen für eine Psychose gegeben?"

Dietrichs Blick verfinsterte sich. „Soweit wir einschätzen können, nein, aber das muss nichts bedeuten. Sie hat berichtet, dass sie seit dem Unfall unter Panikattacken leidet. Da wir eine Reha-Klinik mit angeschlossenen Fachbereichen sind, nutzen wir das, um weitere Untersuchungen durchzuführen."

„Welche Art von Unfall war es denn?" Keller hob die Brauen.

„Nadja Raunfeld und ihre Tochter erlitten mit dem Auto eine schwere Kollision." Dietrich schlug die vor ihm liegende Mappe auf. „Diese ereignete sich am 13. Oktober, also vor etwa einem Monat. Die Tochter Hannah Raunfeld verstarb wenige Stunden später infolge eines Schädel-Hirn-Traumas. Marlene Juwelis, die für die Kollision verantwortlich war, starb ebenfalls noch am Unfallort."

Keller war überrascht. Von einem Autounfall hatte ihm Preiß nichts erzählt. Er musste im Anschluss noch mit Raunfeld reden – dann würde er schnell merken, mit was für einer Art Mensch er es zu tun hatte.

„Mit dem Tod ihres Kindes kam sie nicht zurecht", fuhr der Chefarzt fort. „Deshalb hat sie den psychologischen Dienst der Klinik in Anspruch genommen und wird aktuell von uns im Rahmen einer Reha, die wir für sie beantragt haben, medizinisch betreut. Aber anstelle von einer Akzeptanz der Geschehnisse kam sie zu der skurrilen Annahme, ihre Tochter würde noch leben und wir hätten sie entführt."

„Haben Sie eine Kopie des Totenscheins?"

„Natürlich." Prof. Dietrich erhob sich und holte eine weitere Akte aus seinem Schrank hervor. Er schlug sie auf und reichte Keller das Dokument.

Keller studierte die Eckdaten und hielt irritiert inne, als er das Geburtsdatum las. „Laut den Informationen hier war Raunfelds Tochter Hannah vier Jahre alt?" Er hob die Augenbrauen.

„Das ist richtig." Dietrich nickte.

Keller konnte seine Überraschung nicht verbergen. „Ich dachte, es geht um ihr Neugeborenes?"

Dietrich senkte den Blick. „Es gibt kein Neugeborenes. Frau Raunfeld war nicht schwanger", sagte er. „Als sie nach dem Unfall hier eingeliefert wurde, fanden die behandelnden Ärzte einen künstlichen Babybauch aus Silikon, den sie sich unter den Pullover gesteckt hatte, um eine Schwangerschaft zu imitieren."

Die Sache wird ja immer besser. „Zusammenfassend lässt sich also sagen, Raunfeld hat eine Meise?"

Der Chefarzt warf einen kurzen Blick zur Seite. „Wir präferieren hier einen anderen Terminus. Schließlich hatte Raunfeld durch den Verlust ihrer Tochter bereits einen schweren Schlag zu verkraften und vielleicht suggerierte das Gehirn ihr, dass sie noch ein weiteres Kind erwartet."

Keller schüttelte den Kopf. Falls sich die Informationen des Arztes bestätigten, war das kein Fall für die Kripo, sondern für die Psychiatrie. Doch etwas an der Geschichte störte ihn. „Sie sagten, Hannah Raunfeld sei erst wenige Stunden nach dem Unfall verstorben? Das heißt, die Mutter konnte zu dem Zeitpunkt ihrer Einlieferung noch nicht wissen, dass ihre Tochter sterben wird."

„Da haben Sie recht. Die Wahnvorstellung muss bereits zu einem früheren Zeitpunkt entstanden sein. Ich kann Ihnen aber nicht sagen, wann oder warum. Sie hatte nach der Einlieferung für kurze Zeit das Bewusstsein verloren und als sie aufgewacht war, haben wir ihr mitgeteilt, dass wir für ihre Tochter Hannah nichts mehr tun konnten. Daraufhin hat sie nach ihrer Schwangerschaft gefragt ..." Er hielt einen Moment inne. „... die es nicht gab."

Keller hatte das Gefühl, dass etwas an der Sache nicht stimmte. Warum erfand Raunfeld eine Schwangerschaft, wenn sie eine vierjährige Tochter hatte? Entsprang das lediglich den verwirrten Fantasien einer psychisch kranken Frau? Oder steckte mehr dahinter? Auch wenn er nach wie vor der Überzeugung war, hier seine Zeit zu verplempern, würde er einen Blick in die Unfallunterlagen der Kollegen werfen.

Dietrich räusperte sich. „Tut mir leid, dass Sie umsonst gekommen sind. Wenn Sie noch ..." Das Klingeln des Telefons unterbrach ihn. „Dietrich?" Die Miene des Chefarztes verdüsterte sich. „Nein, die Polizei ist zufällig schon hier." Er warf dem Kommissar einen Blick zu.

Keller beobachtete ihn interessiert.

„Nein!", wiederholte Dietrich mit Nachdruck. Er beendete das Telefonat und sah Keller einen Moment schweigend an.

„Wie es aussieht, haben Sie gleich die Gelegenheit Frau Raunfeld persönlich kennenzulernen." Er seufzte.

„Sie ist nämlich in das Büro unseres Oberarztes Dr. Brenner eingebrochen.“

-4-

Sie kam sich vor, wie eine Gefangene. Man hatte sie abgeführt und auf einen Plastikstuhl in der Cafeteria verfrachtet. Ihre Bewacher, zwei muskelbepackte Kerle auf beiden Seiten, ließen sie keine Sekunde aus den Augen und würden sie sofort wieder auf den Sitz drücken, wenn sie sich auch nur bewegte. In ihr brodelte es. Sie hätte es besser wissen müssen. Dr. Wichtig, wie sie den aufgeblasenen Oberarzt der psychosomatischen Reha-Abteilung Dr. Brenner insgeheim nannte, hätte sein Büro nie unverschlossen hinterlassen. Außer, er hatte vor, zeitnah zurückzukommen. Und tatsächlich hatte er bereits zwei Minuten später mit einer Kaffeetasse in der Hand im Raum gestanden und sie mit offenem Mund angestarrt.

Sie hätte sich ohrfeigen können für ihre Dummheit. Dabei war sie so kurz davor gewesen, Akten zu finden, die einen Hinweis auf den Verbleib ihres Babys geben könnten. Beweise, wohin sie ihre Tochter und die anderen Kinder brachten. Sie vermutete, dass es weitere Kinder gab – sie hatte mit Saskia gesprochen.

Noch wusste sie nicht, was die Klinik mit den Kindern anstellte. Organentnahme? Verkauf an einen Pädophilenring? Ihr wurde fast übel bei der Vorstellung, was in diesem Augenblick mit ihrem Engel, ihrer kleinen Cecilie geschah. Und was tat die Polizei? Schickte einen Streifenwagen, man sprach zwei Minuten mit ihr und haute dann ab. Jetzt hielt man sie hier fest, damit sie keine weiteren Nachforschungen anstellte. Doch sie würde sich nichts einreden lassen. Sie würde ihre Tochter finden. Und diese Monster umbringen. Ein Beben durchzog ihren Körper. Der Gedanke, dass man ihrer Kleinen wehtat, erschütterte sie bis ins Mark.

Die Doppeltür zur Cafeteria wurde geöffnet und der Chefarzt trat ein. Ihre Hände ballten sich zu Fäusten. Sie ging jede Wette ein, dass er versuchte, sie in die geschlossene Psychiatrie zu verfrachten, damit sie ihm nicht mehr in die Quere kam. Doch das würde sie nicht zulassen. Und wenn sie ihn k. o. schlagen musste. Sie würde ihre Tochter finden.

Dietrich folgte ein Mann Anfang bis Mitte vierzig mit kräftiger Statur, braunen, kurz geschnittenen Haaren, Schnurrbart und einem finsteren Blick. Seiner Haltung nach sicher ein Polizist. *Welchen Müll hatte Dietrich ihm wohl erzählt?* Sie konnte nur hoffen, dass dieser nicht so dumm war, dem Arzt zu glauben.

„Frau Raunfeld, ich hatte Sie gebeten, die Räumlichkeiten unseres Personals nicht ohne Genehmigung zu betreten.“

Fick dich. Sie verschränkte die Arme vor der Brust.

„Frau Raunfeld?“ Dietrich blieb vor ihr stehen.

Ihr Blick blieb starr geradeaus gerichtet. Sie brauchte ihn gar nicht erst zu fragen, wo sich ihre Tochter aufhielt. Eine Antwort bekam sie ohnehin nicht. Sobald er weg war, würde sie ihre Suche fortsetzen.

„Prof. Dietrich, wenn Sie nichts dagegen haben, würde ich gerne mit Frau Raunfeld sprechen.“ Der

Mann, der hinter Dietrich gestanden hatte, trat einen Schritt nach vorn.

Dietrich deutete auf ihn. „Frau Raunfeld, das ist Herr Keller von der Kripo Stuttgart. Er möchte Ihnen ein paar Fragen stellen, damit wir gemeinsam eine Lösung finden können."

Pah, von wegen. Die Lösung war, dass man ihr Cecilie zurückgab.

Keller zog einen Stuhl zu sich heran und setzte sich ihr gegenüber. „Ich stelle Ihnen jetzt ein paar Fragen, wenn das okay ist?"

Sie schwieg.

„Was haben Sie in dem Büro des Oberarztes gesucht?", fuhr er fort.

Nadja spürte, wie der Blick des Kommissars sie durchbohrte, während sie demonstrativ an ihm vorbeisah. Keine Silbe würde sie ihm verraten, solange Dietrich hinter ihm stand und nur auf eine Gelegenheit wartete, sie aus dem Verkehr zu ziehen.

„Haben Sie verstanden, was ich gesagt habe?" Sein Ton klang nicht besonders freundlich.

Sie blickte in die Ferne, dachte an Hannah. An Cecilie. Der bohrende Schmerz schoss durch ihre Brust. Ein Kind war tot, das andere entführt. Und anstatt den Verbrechern das Handwerk zu legen, wurde sie verhört wie eine Schwerverbrecherin.

„Ich sage Ihnen nichts, solange Dr. Frankenstein und die beiden Typen aus Matrix hier stehen." Sie wies mit dem Kopf zur Seite.

Dietrich verdrehte die Augen.

„Geben Sie uns einen Moment?" Keller drehte sich zu dem Chefarzt um.

„In Ordnung. Ich habe sowieso noch einen Termin."
Dietrich gab den beiden Sicherheitsleuten ein Handzeichen und sie verließen die Cafeteria. Sie sah dem Chefarzt nach, bis dieser aus ihrem Sichtfeld verschwand. Die beiden Sicherheitsmänner blieben vor der Glastür zur Cafeteria stehen.

„Was ist passiert?"

Sie beugte sich vor und senkte die Stimme. „Die Klinik hat meine Tochter entführt. Und ich muss wissen, wohin die sie gebracht haben."

„Sie meinen Hannah?"

Das lachende Gesicht von Hannah tauchte vor ihr auf. *Guck mal, Mama, was ich gefunden hab.* Hannah nahm ein dreiblättriges Kleeblatt und hielt mit dem Finger ein weiteres Blättchen dazu. Das Licht der Abendsonne schien auf ihre rostbraunen Haare und sie strahlte über das ganze Gesicht. *Du schummelst doch, das seh ich.* Sie lachte und kniff ihrer Tochter in die Seite.

Erinnerungen wie aus einem anderen Leben. Das Bild verblasste und der tote Körper ihrer Tochter lag vor ihr auf der Bahre. Hannah, ihre kleine Prinzessin. Eine Träne lief ihr über die Wange. Eilig wischte sie sich übers Gesicht.

„Nein, ich meine nicht Hannah." Ihre Stimme war ein Flüstern geworden. „Ich meine Cecilie. Mein Baby. Als sie mich eingeliefert haben, war ich im neunten Monat schwanger. Als ich in einem Krankenzimmer wieder aufgewacht bin, war der Bauch weg und von meiner Tochter keine Spur. Und jetzt behaupten sie, Cecilie hätte nie existiert."

Keller beugte sich vor. An seinem abwertenden Blick konnte sie erkennen, dass er ihr nicht glaubte. „Als sie wieder aufgewacht sind? Sie meinen nach dem Unfall?"

Sie nickte. „Ich war danach eine Zeit lang bewusstlos. Die Zeit haben sie genutzt, um mein Baby zu entführen."

„Frau Raunfeld, was mit Ihrer Tochter Hannah geschehen ist, tut mir leid. Aber laut Prof. Dietrich hat es nie ein Baby gegeben. Sie wurden mit einem künstlichen Babybauch unter der Kleidung hier im Krankenhaus eingeliefert."

Sie gab ein verächtliches Schnauben von sich. „Künstlicher Babybauch." Sie schüttelte den Kopf. „Das haben die Ihnen erzählt?"

„Ja."

„Und Sie glauben den Schwachsinn?"

„Bisher habe ich keinen Grund, von etwas anderem auszugehen." Keller lehnte sich zurück. „Aber das lässt sich relativ einfach überprüfen. Wenn es wirklich ein Baby gegeben hätte, das ohne Ihr Wissen aus ihrem Bauch entfernt wurde, dann müssten Sie jetzt eine Kaiserschnittnarbe an ihrem Unterbauch haben." Er zog die Brauen hoch.

Sie hatte keine Ahnung, wie es die Klinik angestellt hatte, aber es gab sicher einen Weg, das Baby ohne Narbe zu entfernen. „Ich habe meinen Wochenfluss, den hätte ich nicht ohne Schwangerschaft."

„Das kann ich jetzt leider nicht überprüfen." Er blickte sie herablassend an. „Aber es gibt bestimmt Eltern, Verwandte, den Kindsvater ..." Er warf ihr einen kurzen Blick zu. „... die ihre Schwangerschaft bestätigen können?"

Sie dachte an ihre Eltern, die keinen Kontakt mehr zu ihr wollten. Weil sie nicht in ihre heile, kleine Welt hineinpasste. Cecilies Vater, der sie in irgendeiner Bar aufgegabelt und sie dann sitzen gelassen hatte.

Sie griff in ihre Handtasche und hielt Keller ein Ultraschallbild von Cecilie vors Gesicht. „Zufrieden?"

Der Ermittler nahm es entgegen und betrachtete es eingehend, aber da er die Augen zusammenkniff, schien er nicht überzeugt. Sie riss es ihm aus der Hand.

„Wenn Sie tatsächlich schwanger waren, dann wird es doch jemanden geben, der das bezeugen kann, oder nicht? Sie werden wohl zu irgendwem in Kontakt stehen oder bei einer Frauenärztin gewesen sein, die das bestätigt? Wer hat denn das Ultraschallbild gemacht?"

„Dr. Rainer Kastjansen", zischte sie. „Aber der steckt mit denen unter einer Decke." Sie kam sich schon selbst wie eine Verschwörungstheoretikerin vor. Doch genau so war es. Und dieser Kommissar zog noch nicht einmal die Möglichkeit in Betracht, dass sie die Wahrheit sagte.

Keller zog sein Handy heraus und notierte etwas. „Haben Sie einen Mutterpass?"

Es war klar, dass der Kommissar danach fragte. Obwohl sie ihre ganze Handtasche durchwühlt hatte, war das verflixte Ding nirgends zu finden. Sie zuckte mit den Schultern. „Es gibt noch Justus Raunfeld. Hannahs Vater. Er wohnt am Goldberg in Sindelfingen. Ich habe Hannah dort jedes zweite Wochenende abgeliefert – er kann es bestätigen."

Keller tippte abermals auf seinem Handy herum.

„Sprechen Sie mit Saskia Bertel. Ihr Kind wurde auch entführt." Sie presste die Lippen aufeinander.

„Und wo finde ich Saskia Bertel?"

„Daheim in ihrer Wohnung. Adresse kenne ich nicht." Keller ließ das Handy wieder in seiner Tasche verschwinden.

„Hatten Sie nach ihrer Einlieferung hier Kontakt zu einer Frauenärztin in der Klinik?"

Sie nickte. „Dr. Wieland. Sie hat ihr Büro im ersten Stock, aber von ihr werden sie nur weitere Lügengeschichten hören."

Er ging nicht darauf ein, stattdessen erhob er sich. „Gut, ich werde mit allen Beteiligten sprechen. Danach melde ich mich bei Ihnen." Er klang in keiner Weise überzeugt.

Einem Impuls folgend griff sie Kellers Arm. „Warten Sie!"

Der Ermittler drehte sich zu ihr.

„Haben Sie Kinder?"

Er schüttelte den Kopf.

„Helfen Sie mir, bitte." Die Verzweiflung lag wie ein Stein auf ihrer Brust, der sie langsam erdrückte. Es ging um ihre Tochter. Die Polizei musste ihr bei der Suche helfen.

„Ich weiß, die halten mich verrückt, aber das stimmt nicht. Seit Monaten habe ich auf diesen einen Moment gewartet. Auf den Augenblick, in dem Cecilie zur Welt kommt und ich sie endlich in den Armen halte." Tränen liefen über ihre Wange. „Auch Hannah war schon total aufgeregt, konnte es gar nicht erwarten, ihr kleines Schwesterlein zu sehen. Ich habe mir eine größere Wohnung angeschafft; das Zimmer für die kleine Cecilie dekoriert. Und dann war dieser Unfall." Sie schloss die Augen. Erinnerungen schossen in ihr hoch. „Und als ich im Krankenhaus zu mir komme, ist Hannah …“ Die Stimme versagte ihr. „Ist Hannah weg und mein Neugeborenes soll es nie gegeben haben. Können Sie sich vorstellen, wie ich mich fühle? Was die mir angetan haben?“ Sie hielt inne. „Bitte helfen Sie mir, meine Tochter zu finden. Ich weiß, dass sie am Leben ist. Eine Mutter spürt so etwas. Finden Sie sie, bevor ihr etwas Schreckliches zustößt.“

Hatte sie ihn erreicht? Für einen Moment geschah gar nichts. Er stand einfach nur da und sah sie an.

Dann nahm er ihre Hand, die noch immer auf seinem Arm ruhte und legte sie neben ihm ab. Sein Blick wirkte nachdenklich.

„Ich melde mich.“ Er drehte sich um und ging.

Ihre Hoffnung fiel in sich zusammen. „Cecilie“, flüsterte sie. „Mami hat dich lieb.“ Sie schlug die Hände vors Gesicht und ließ ihren Tränen freien Lauf.

-5-

Julia war auf dem Weg ins Büro, als ihr Handy klingelte. Sie zog es hervor. Das Display zeigte die Nummer ihres Vorgesetzten. „Was gibt's?"

„Justus Raunfeld", sagte Keller anstelle einer Begrüßung. „Vater von Hannah Raunfeld. Wohnt oben am Goldberg. Fahren Sie hin und fragen Sie ihn, ob er die Schwangerschaft von Nadja Raunfeld bestätigen kann. Laut der Klinik hat es die nämlich nie gegeben. Adresse schicke ich Ihnen."

Julia kam sich völlig überrumpelt vor. „Wer ist Nadja Raunfeld?"

„Eine Frau mit Hirngespinsten."

Ehe Julia etwas antworten konnte, war die Verbindung weg. Sie seufzte. Ihr Vorgesetzter war schon immer sparsam mit Erklärungen gewesen. Oder allgemein mit Worten. Am besten fuhr sie hin und ging den Hirngespinsten auf die Spur.

Eine halbe Stunde später verließ Julia die Autobahn, die sie durch das dicht bewaldete Gebiet geführt hatte, das Stuttgart-Vaihingen von Sindelfingen trennte. Sie folgte der Straße und entdeckte auf der linken Seite das Breuningerland, ein riesiges Einkaufszentrum, das sie mal als Kind mit ihrer Mutter besucht hatte und das durch seine imposante Größe herausstach. Das Navi führte sie durch ein wenig einladendes Industrieviertel, bis sie schließlich ihr Ziel in der Goldmühlestraße erreichte.

Julia ging auf das achtstöckige Hochhaus zu, in dem Justus Raunfeld wohnte. Sie stieg die Stufen hinab zur Eingangstür und drückte die Klingel.

„Ja?", erklang eine hohe Männerstimme.

„Mein Name ist Beck, Kripo Stuttgart. Ich hätte ein paar Fragen zu Ihrer Frau Nadja Raunfeld. Darf ich kurz reinkommen?"

Raunfeld stieß einen Seufzer aus, bevor der Türöffner summte.

Wenige Augenblicke später stand Julia einem gut ein Meter neunzig großen Mann Anfang dreißig mit dunkelbraunen, wirr vom Kopf abstehenden Haaren und schmaler Stirn gegenüber. „Kommen Sie herein."

„Danke." Julia lächelte. Die Wohnung war in einem chaotischen Zustand und besaß eine große offene Essküche sowie zwei weiteren Zimmern. Auf dem Boden standen einige Bierflaschen; einige Zettel mit Notizen lagen auf dem Tisch verteilt. Zwischen halb leeren Pizzakartons befand sich ein eingeschalteter Laptop. In der Ecke stand ein bunter, mit Wasserfarben bemalter Rucksack. Raunfeld führte sie mit hängenden Schultern in das große Esszimmer.

„Was kann ich denn für Sie tun?" Seine Stimme klang müde und erschöpft.

„Wie eingangs erwähnt, habe ich ein paar Fragen zu Ihrer Frau Nadja Raunfeld."

„Ex-Frau", sagte Raunfeld prompt. Eine Information, die Keller ihr natürlich verschwiegen hatte. Er wies auf einen freien Stuhl und Julia ließ sich nieder. „Sie leben getrennt?"

Raunfeld nickte. „Schon seit einem dreiviertel Jahr. Wir haben uns abwechselnd um Hannah gekümmert." Er blickte zu Boden. „Nadja hatte das Sorgerecht, aber ich uneingeschränktes Besuchsrecht. Wir haben uns geeinigt, dass Hannah jedes zweite Wochenende immer von Freitag bis Sonntag bei mir ist, dann holt Nadja sie wieder ab." Er sah sie an. Sein Blick wirkte traurig, auch wenn Julia noch nicht wusste, warum.

„Waren Sie damit einverstanden?"

„Da ich berufstätig bin und Nadja nur in Teilzeit arbeitet, war es für mich okay, ja."

„Heute haben Sie frei?"

Raunfeld nickte. Es war nicht ganz einfach in letzter Zeit." Er fuhr sich durch die Haare. „Warum stellen Sie mir all diese Fragen? Wie geht es Nadja?"

Julia hatte das Gefühl, dass Keller ihr das Wesentliche verschwiegen hatte. Sie beschloss der Sache auf den Grund zu gehen.

„Was meinen Sie damit, dass es in letzter Zeit nicht einfach war?"

Raunfeld hob den Kopf. „Sie wissen gar nichts von Hannahs Tod?"

Sie fluchte. Wieso sagte ihr Keller so was nicht? „Nein. Was ist passiert?"

„Sie starb vor ungefähr einem Monat bei einem Autounfall. Ein anderes Fahrzeug hat mitten auf der Fahrbahn gedreht und Nadja konnte nicht mehr bremsen. Sie hat überlebt, die andere Fahrerin nicht. Hannah ..." Er verbarg sein Gesicht in den Händen. „Sie starb im Krankenhaus."

„Das tut mir sehr leid." Julia konnte den Schmerz von Raunfeld gut nachempfinden, seit ihre Mutter zweieinhalb Jahre zuvor gestorben war. Ein dumpfes Gefühl bahnte sich den Weg an die Oberfläche. Julia richtete ihre Aufmerksamkeit wieder auf Raunfeld, um die aufsteigenden Bilder zu verdrängen.

„Es lässt sich nicht mehr ändern. Warum sind Sie hier?"

„Ich würde gerne wissen, wann Sie ihre Ex-Frau das letzte Mal gesehen haben?"

Er zuckte mit den Schultern. „Vor dem Unfall."

Julia zog die Brauen hoch. „Danach nicht mehr? Immerhin haben Sie ihr gemeinsames Kind verloren."

Raunfeld atmete tief aus. „Bei meinem Besuch im Krankenhaus war sie noch nicht ansprechbar. Ich habe danach mehrfach versucht, sie telefonisch zu erreichen, aber sie ging nie dran. Als es später um die Organisation der Beerdigung ging, hat sie sich um nichts gekümmert. Irgendwann habe ich ihr den Termin für die Beisetzung geschickt, aber noch nicht einmal dort ist sie aufgetaucht. Danach hatte ich die Nase voll. Ich vermute, sie gibt mir die Schuld an Hannahs Tod."

„Gibt es dafür einen Grund?"

„Na ja, wir haben uns wieder einmal gestritten, wer Hannah vom Kindergarten abholt, und dann ist Nadja wutentbrannt losgerast, trotz Unwetters. Dabei haben sie sogar Hannahs Tasche vergessen." Er deutete mit einer Kopfbewegung in Richtung des Rucksacks. „Vielleicht wäre alles anders gekommen, wenn ..."

Er schluckte.

„Machen Sie sich keine Vorwürfe. Niemand konnte ahnen, was passiert." Julia berührte mit der Hand seinen Arm. Sie musste langsam mit der Sprache herausrücken. Trotzdem hatten ihr die Fragen ein umfassendes Bild von der Situation verschafft. Wenn es einen Monat her war, dass Raunfeld seine Ex zuletzt gesehen hatte, konnte er definitiv sagen, ob seine Ex schwanger gewesen war oder nicht. Die Frage brannte ihr auf der Zunge.

„Mag sein." Raunfeld seufzte. „Was ist jetzt mit Nadja?" Er richtete sich auf seinem Stuhl auf und blickte die Kommissarin mit hochgezogenen Brauen an.

„Ich würde gerne wissen, ob sie schwanger gewesen ist?" Sie hielt die Luft an.

Raunfeld hob die Augenbrauen. „Natürlich ist sie schwanger gewesen." Er blickte sie halb irritiert, halb belustigt an. „Im neunten Monat." Auf seiner Stirn zeichneten sich Sorgenfalten ab. „Ist ihrem Baby etwas passiert?"

Seltsam, dachte Julia. Sie wusste zwar nicht, was die Klinik genau erzählt hatte, aber bei der Schwangerschaft handelte es sich definitiv nicht um ein Hirngespinst. „War das Kind von Ihnen?"

„Nein." Er schüttelte den Kopf. „Nadja hat mir nicht gesagt, wer der Vater ist, und es war mir auch egal. Aber es wäre nett, Sie würden auch mal meine Fragen beantworten." Seine Augen verengten sich zu Schlitzen.

„Ich weiß nicht, was mit dem Baby ist." Sollte sie es ihm sagen? Sie nahm einen tiefen Atemzug. „Laut der Klinik hat es nie eine Schwangerschaft gegeben."

Raunfeld starrte sie mit offenem Mund an. „Sie nehmen mich auf den Arm?"

„Ich fürchte nein. Es gibt keine Zweifel bezüglich der Schwangerschaft?"

„Wie gesagt, das Kind war nicht von mir, aber ihr Bauch wurde bei jedem Besuch größer, also nein, es gibt keinen Zweifel. Erkundigen Sie sich am besten mal bei Ihrer Arbeitsstelle oder bei ihren Eltern." Er schüttelte den Kopf. „Wie kommt die Klinik auf die Idee, dass es nie eine Schwangerschaft gegeben hätte?"

Das war die entscheidende Frage, dachte Julia. Ihre Neugier war geweckt – und sie würde der Sache nachgehen.

-6-

„Vielleicht ist sie einfach eine gute Schauspielerin", murmelte Keller und beendete das Telefonat mit seiner Kollegin. Was sollte er von der neuen Information halten? Er war davon ausgegangen, Raunfelds Ex bestätigte die Variante der Klinik, dass es nie eine Schwangerschaft gegeben hatte, und er so den Fall abhaken konnte. Die Information von Justus Raunfeld stellte die Sache in einem völlig anderen Licht dar. Entweder hatte sie in dessen Anwesenheit immer ihren Kunstbauch unter dem Pulli oder aber Nadja Raunfeld sagte die Wahrheit. Nur warum? Eine Klinik, die Kinder stahl und sie an einen Pädophilenring verkaufte, schien ihm weit hergeholt. Er würde den Chefarzt mit den neuen Erkenntnissen konfrontieren.

Keller fuhr zurück in den zweiten Stock und hämmerte an die Tür von Dietrich. Als keine Antwort kam, drückte er die Klinke, aber die Tür war verschlossen.

„Mist", fluchte Keller und blickte den Flur entlang. Doch bis auf eine junge Pflegerin war niemand zu sehen.

„Kann ich Ihnen helfen?" Sie lächelte.

„Ich bin auf der Suche nach Dr. Dietrich. Wissen Sie, wo ich ihn finde?"

„Sie meinen, Prof. Dr. Dietrich?" Sie stemmte die Hände in die Hüfte.

Keller warf ihr einen finsteren Blick zu. „Ich meine Ihren Chefarzt." Es war ihm so was von egal, wie viele Titel der Mann hatte. Hauptsache, er beantwortete seine Fragen.

„Oh, der Herr Professor ist in einer Besprechung und möchte nicht gestört werden. Kann ich Ihnen vielleicht weiterhelfen?"

Die Pflegerin war offensichtlich ein Fan. „Wo finde ich die Frauenärztin, Dr. Wieland?"

„Im ersten Stock, am Ende des Flurs."

„Gut." Er drehte sich in Richtung der Aufzüge. „Sagen Sie Ihrem Professor, dass ich ihn sehen will."

„Und Sie sind?" Die Verwunderung in ihrer Stimme war kaum zu überhören.

„Keller."

„Und er kennt Sie?"

„Wenn er nicht unter Demenz leidet, dann ja." Er ließ sie stehen und fuhr mit dem Aufzug in den ersten Stock. Nachdem er den Gang auf der gegenüberliegenden Seite erfolglos abgesucht und mit Ausnahme eines Patienten am Rollator niemanden gesehen hatte, blieb er vor einem Lageplan stehen.

Der Plan wies drei verschiedene Bereiche aus. Station B, in der er sich befand, sowie das Hauptgebäude daneben und Station A auf der gegenüberliegenden Seite. Wo sich das Büro von Dr. Wieland befand, verriet ihm der Plan allerdings nicht.

Mit einem Stöhnen drehte er sich um. Ein halb nackter Mann mittleren Alters in Badehose und mit Handtuch auf den Schultern kam ihm entgegen. Offensichtlich verfügte die Klinik über ein Schwimmbad. „Ich bin auf der Suche nach Frau Dr. Wieland. Wo hat sie denn ihr Büro?“

„Ähm.“ Der Mann drehte sich um. „Ich meine, am anderen Ende des Flurs.“ Er deutete hinter sich.

„Danke.“ Der Korridor führte Keller um einen begrünten Innenhof herum. Ein Hinweisschild an der Decke wies die Abteilungen Gynäkologie und Chirurgie aus. Er war also richtig. Vor ihm machte der Gang eine Biegung, während sich geradeaus eine gläserne Doppeltür befand. Ein Hinweis auf den Glastüren verbot jeglichen Zutritt. Der Gang dahinter lag in völliger Dunkelheit. *Was hatte es damit auf sich?* Ein dumpfes Gefühl, das er sich nicht erklären konnte, stieg in ihm auf. Ein Pfeil an der Wand wies den Bereich hinter der Doppeltür als Abteilung C aus.

In diesem Moment kam eine Frau Mitte vierzig mit leicht gekräuselten, grau melierten Haaren von der linken Seite des Flurs. Sie trug einen weißen Kittel und hielt einen Ordner in der Hand. Die Frau blieb stehen und schloss eine der Türen auf.

„Einen Moment.“ Keller kam auf sie zu. „Ich suche Dr. Wieland. Wissen Sie, wo ich Sie finde?“

„Das haben Sie bereits.“ Dr. Wieland lächelte. „Und Sie sind?“

„Keller, Kripo Stuttgart.“ Er zückte seinen Ausweis. „Ich hätte ein paar Fragen zu einer Patientin von Ihnen.“

„Okay, kommen Sie herein.“

Keller betrat das Büro, das um ein Vielfaches kleiner war als das des Chefarztes. Es bestand nur aus einem rustikalen Schreibtisch in der Mitte des Raumes sowie einem Regal mit allerlei Fachzeitschriften und einem Untersuchungsstuhl mit Monitor an der Seite.

„Um wen geht es?" Dr. Wieland nahm auf ihrem Schreibtischstuhl Platz, während sich Keller einen der Stühle gegenüber heranzog.

„Was können Sie mir über Nadja Raunfeld verraten?"

Wieland rieb sich die Stirn. „Eigentlich gar nichts. Wie Sie wissen, unterliegen sämtliche Patientenakten der Schweigepflicht."

Keller seufzte. Am liebsten hätte er es dabei belassen, wusste aber, dass sich Preiß nicht damit zufriedengeben würde. „Wir haben einen Notruf von einer Nadja Raunfeld erhalten, die behauptet, ihr Baby sei von der Klinik hier entführt worden, und wir gehen der Sache auf den Grund. Deswegen wäre es hilfreich, wenn Sie uns etwas dazu sagen können."

Wieland betrachtete ihn einen Augenblick prüfend, ehe sie sich ihrem Monitor zuwandte. „Na schön. Dann schauen wir mal." Sie tippte etwas ein. „Ach, das war die Geschichte." Wieland legte die Stirn in Falten. „Wusste doch, der Name sagt mir etwas. Also, Frau Raunfeld wurde am Freitagabend, den 13. Oktober, nach einem schweren Autounfall hier eingeliefert. Dem äußeren Anschein nach war Nadja Raunfeld schwanger, aber wie sich schnell herausstellte, war ihr Babybauch nur eine Attrappe. Die Frau litt ganz offensichtlich unter der wahnhaften Vorstellung, sie sei im neunten Monat schwanger."

Die Aussage deckte sich mit der von Prof. Wieland. „Eine Attrappe?" Keller hob die Brauen.

„Ein runder, hautfarbener Silikonbezug. Klingt ein bisschen verrückt, ich weiß." Auf ihrem Gesicht war der Anflug eines Lächelns zu erkennen.

„Wenn es sich nur um einen Fake-Bauch gehandelt hat, wie kommt es dann, dass der Ex von Nadja Raunfeld bestätigt, dass sie schwanger war?"

Wieland zuckte mit den Schultern. „Das kann ich Ihnen nicht sagen. Vielleicht hat er sich von der Attrappe täuschen lassen?" Sie griff in die Schublade neben sich und holte etwas heraus. Keller traute seinen Augen kaum, als er den runden Silikonbezug sah, der auf den ersten Blick nach einem Babybauch einer hochschwangeren Frau aussah. „Das ist er?" Er zog die Brauen hoch.

Dr. Wieland nickte. „Wir wollten ihn Frau Raunfeld zurückgeben, aber sie hat ihn uns im wahrsten Sinne des Wortes an den Kopf geworfen." Sie stieß einen Seufzer aus.

Keller holte sein Handy heraus und schoss ein paar Fotos.

Ob es davon wohl noch mehr gab? Er blickte zur Seite. Raunfeld hätte nämlich bei jedem Besuch einen anderen künstlichen Babybauch mit unterschiedlicher Größe unter ihre Klamotten stopfen müssen. Doch warum der Aufwand? Laut dem medizinischen Bericht, den ihm der Chefarzt vorgetragen hatte, litt Raunfeld unter Wahnvorstellungen. Doch so wie er Nadja Raunfeld vorhin erlebt hatte, kam sie ihm nicht wie eine Verrückte vor. Als sie seinen Arm gegriffen hatte, hatte er die Verzweiflung in ihrem Blick gesehen. Doch wenn sie die Wahrheit sagte und die Klinik Kinder entführte, was geschah dann mit ihnen? Die Vorstellung erschien ihm ungeheuerlich. Er suchte in den Gesichtszügen der Frauenärztin nach einem Hinweis, dass sie log, aber ihre Mimik ließ nicht erahnen, was in ihr vorging.

„Haben Sie Frau Raunfeld nach ihrer Einlieferung untersucht?"

Wieland nickte. „Es gab keinerlei Hinweise auf eine anstehende oder kürzlich zurückliegende Schwangerschaft. Weder bei der körperlichen Untersuchung noch im Blutbild, das anschließend durchgeführt wurde." Ihre Augen waren fest auf ihn gerichtet.

„Inwiefern würde sich das bemerkbar machen?"

„Da gibt es zahlreiche Indizien. Der äußere Muttermund verändert während einer Schwangerschaft seine Form. Außerdem ist eine Veränderung des Scheidenkanals zu erkennen sowie möglicherweise Dehnungsstreifen an verschiedenen Stellen. Im Blutbild zeigen sich die Veränderungen durch den Anstieg von Beta-hCG, eines Hormons, das vor allem in den ersten Schwangerschaftswochen stark ansteigt und anschließend wieder abfällt, aber trotzdem noch deutlich oberhalb der Norm liegt. Wird auch in Schwangerschaftstest verwendet. Bei Frau Raunfeld war der Wert völlig im Normbereich. Kann ich Ihnen gerne zeigen."

Keller schoss ein Gedanke durch den Kopf, konnte ihn aber nicht greifen. „Ja, lassen Sie mir sämtliche Unterlagen zukommen." Keller verstand nicht wirklich viel von solchen Dingen, aber die Schilderungen der Frauenärztin klangen für ihn plausibel. Blieb die Frage, wer hier log?

„Was können Sie mir über die Schwangerschaft von Saskia Bertel sagen?"

Das Lächeln der Frauenärztin erstarb. „Ein tragischer Fall. Es gab unvorhergesehene Komplikationen während der Schwangerschaft, die zum Tod des Säuglings führten. Ganz tragisch für die Mutter."

Keller hatte nicht den Eindruck, dass sie das Schicksal der Mutter besonders berührte, da sie es ohne jegliche Emotionen schilderte. „Welche Art von Komplikationen?"

„Ein vorzeitiger Blasensprung, normalerweise die Ursache für Frühgeburten. Durch ein Einreißen der Membran, die das Kind umschließt, gelangten Bakterien in das Innere der Fruchtblase und gefährdeten den Embryo. Wir haben den Austritt von Fruchtwasser aus dem Gebärmutterhals zu spät bemerkt. Als es dann keinen Zweifel mehr gab, haben wir sofort die Geburt per Kaiserschnitt eingeleitet, aber es war bereits zu spät. Das Kind war tot."

„Kommt so etwas öfter vor?"

„Eigentlich nicht. Es sterben circa vier von tausend Neugeborenen, also eher eine Ausnahme."

Er musste unbedingt nachprüfen, wie hoch die Quote der Totgeburten in der Klinik war. „Könnte ich mir die Leiche des Säuglings anschauen?"

„Nein, das Baby wurde bereits zur Beerdigung freigegeben." Wieland Stimme klang etwas höher als zuvor.

„So schnell?" Keller zog die Brauen hoch.

„Na ja, es ist immerhin schon drei Wochen her. Ich kann Ihnen aber eine Kopie der Geburtsbescheinigung mit dem entsprechenden Sterbevermerk zeigen." Sie zupfte an ihrem Kittel.

„Schicken Sie sie mir zusammen mit den anderen Unterlagen." *Eine Geburtsurkunde konnte man fälschen, die*

Leiche eines Säuglings nicht, dachte Keller, sagte aber nichts. „Außerdem möchte ich mit Frau Bertel sprechen. Ist Sie noch hier in der Klinik?"

„Nein, sie wurde mittlerweile entlassen."

„Danke." Keller erhob sich. „Eine Frage noch."

Wieland sah auf.

„Was befindet sich auf Station C?"

-7-

Als Keller das Gebäude verließ, wurde sein schwarzer Mercedes AMG gerade auf die Laderampe eines Abschleppwagens gehievt.

„Hey, Stopp!" Keller rannte los. „Kripo Stuttgart. Lassen Sie sofort meinen Wagen wieder runter!"

Der bullige Mann mit Bart, der die Fernbedienung in der Hand hielt, zeigte sich unbeeindruckt. „Ist mir egal, ob Sie von der Kripo oder vom Geheimdienst sind, Ihr Wagen steht im absoluten Halteverbot. Da steht's." Er deutete auf das Schild. „Sie behindern hier sämtliche Fahrzeuge, einschließlich der Liegendtransporten von Schwerverletzten."

„Himmel, die haben doch mehr als genug Platz." Keller zeigte auf die riesige Einfahrt. „Lassen Sie meinen Wagen wieder runter."

„Beschweren Sie sich bei der Geschäftsstelle." Er drückte Keller einen Zettel in die Hand. Dann stieg er in das Führerhaus und startete den Motor.

Das durfte doch alles nicht wahr sein. Keller hämmerte gegen die Scheibe. „Sie lassen jetzt sofort meinen Wagen runter!" Er kochte vor Wut.

„Oder was?" Der Mann lehnte sich aus dem Fenster. „Nehmen Sie mich sonst fest?"

Keller hätte es am liebsten getan, aber dazu fehlte ihm die Handhabe. In diesem Moment vibrierte sein Handy.

Er fischte es aus der Tasche. Sein Puls beschleunigte sich, als er das Foto sah, das ihm sein Informant geschickt hatte. Er wandte sich dem Fahrer zu.

„Ich habe da eine bessere Idee."

-8-

Sommer 2012

Ich nannte sie Alice. Wie Alice im Wunderland. Denn genau das war sie. Eine Prinzessin mit kastanienfarbenen, langen Haaren, die sie offen trug. Augen so braun wie Haselnüsse und Gesichtszüge so lebendig und sympathisch, dass ich sie stundenlang einfach nur hätte ansehen können. War ich verliebt in sie? Ich weiß es nicht. Doch welche Zwölfjährige weiß das schon?

In diesem Moment drehte sich Alice zu mir, genauso wie der Rest der Klasse. „Leni? Hallo? Erde an Leni?"

Ich sah erschrocken auf. Mein Mathematiklehrer Herr Manolas winkte mir zu.

„Äh, entschuldigen Sie", stammelte ich. „Wie war die Frage?"

Die anderen lachten. Auch auf dem Gesicht von Alice breitete sich ein freches Grinsen aus. Mir wurde flau im Magen.

Manolas wiederholte seine Frage. Ich murmelte irgendeine Antwort und hoffte, dass er mich dann in Ruhe ließ.

Alice drehte sich wieder nach vorn und unterhielt sich flüsternd mit ihrer Sitznachbarin. Eigentlich sollte das mein Platz sein. So wie in Biologie und Musik. Ich hatte darum gebettelt, in allen Fächern neben ihr zu sitzen. Schließlich war sie meine beste Freundin – und

"

das seit ich denken konnte. Wir hatten schon als Kinder zusammen im Sandkasten neben dem Haus gespielt und Klingelputz bei den Nachbarn gemacht.

Als ich vorschlug, wir könnten in jedem Fach nebeneinandersitzen, schüttelte sie nur den Kopf. Sie habe noch andere Freunde und wolle nicht nur neben mir sitzen. Es fühlte sich an, als hätte mir jemand einen Dolch ins Herz gerammt. Wozu brauchte Alice andere Freunde? Sie hatte mich. Doch Alice war beliebt – und genau das war das Problem: Ich war es nicht. Neben mir wollte keiner sitzen. Andere hielten mich für komisch, nervig, dumm und hässlich. Doch es war mir egal, was sie dachten. Es ging nur darum, dass Alice mich mochte.

Eines Abends, als wir die halbe Nacht zusammen bei Alice unter der Bettdecke gesessen und uns über komische Typen aus unserer Klasse unterhalten hatten, war da von einem Moment auf den anderen dieses Gefühl. Nie zuvor habe ich es bei einem anderen Menschen gespürt. Mein Herz hüpfte in meiner Brust; meine Hände schwitzten. Mir wurde gleichzeitig heiß und kalt. Einen Moment lang hatte ich überlegt, Alice zu küssen, tat es aber doch nicht. Ich hatte Angst vor ihrer Reaktion. Nicht, dass sie mich am Ende auch komisch und hässlich fand. Das wäre mein Untergang.

Im nächsten Moment war meine Mutter hereingeplatzt und zerstörte alles. Am liebsten hätte ich ihr entgegengeschrien, dass ich jetzt hier wohne. Bei Alice. Dass wir Schwestern sind und ich nie wieder nach Hause komme. Doch ich kannte meine Mama – das hätte sie niemals erlaubt. Mama verstand es nicht. Sie verstand nicht die tiefe Verbindung, die Alice und ich hatten. Manchmal wusste ich auch nicht, ob Alice sie wirklich verstand. Ob sie genauso empfand wie ich.

Alice Mutter war ganz anders. Ich mochte sie. Sie war immer so nett, gab uns Kekse, backte Kuchen, kochte für uns leckere Sachen. Ich wünschte, meine Mama wäre auch so. Ich wünschte, sie wäre auch immer für mich da, hörte sich meine Probleme an, lachte über meine Witze und tröstete mich, wenn ich traurig war. Ich wünschte, meine Mama würde mich so lieben, wie eine Mutter ihr Kind lieben sollte.

-9-

Julia steuerte ihren Wagen auf den Parkplatz. Es war ein grauer Tag, der ihre Laune nicht gerade verbesserte. Sie vermisste das warme Spätsommerwetter, das sich bis in den Oktober hineingezogen hatte. Wenn man dem Wetterbericht glauben durfte, wurde es die kommenden Tage nicht besser. Sie sah auf ihre Armbanduhr. Ihr Vorgesetzter hatte ein Teammeeting in zehn Minuten anberaumt. Bisher war aber weder von ihm noch von seinem Wagen etwas zu sehen.

In diesem Moment bog ein gelber Abschleppwagen auf den Innenhof des Polizeiparkplatzes ein, der einen schwarzen Mercedes aufgeladen hatte. Julia traute ihren Augen nicht, als sich die Fahrerkabine öffnete und Keller ausstieg.

„Teamsitzung in fünf Minuten", bellte er.

Julia stand noch immer wie angewurzelt auf der Stelle. „Ähm, wieso fahren Sie einen Abschleppwagen?"

„Hab dem unverschämten Fahrer die Lage erklärt – wollt er nicht kapieren. Jetzt versteht er's." Er marschierte an ihr vorbei zum Eingang.

Julia brauchte einen Augenblick, um Kellers Antwort zu verstehen. „Sie haben einen Abschleppwagen gestohlen?" Ihr Vorgesetzter nahm es mit Regeln oft nicht allzu genau, aber er schaffte es immer wieder aufs Neue sie zu überraschen. „Nicht gestohlen, nur ausgeborgt.“ Er hielt die Tür zum Eingang auf. „Kommen Sie jetzt endlich?“

„Ausgeborgt. So nennt man das jetzt also.“ Obwohl sie fassungslos über Kellers Benehmen war, musste sie schmunzeln. Das Donnerwetter von Preiß war Keller sicher.

Sie folgte ihm in den Besprechungsraum und ließ sich auf einem der freien Stühle auf der Längsseite des Raumes nieder. Wenige Augenblicke später betrat Li den Raum. „Warum steht da ein Abschleppwagen auf dem Polizeiparkplatz?“ Er blickte stirnrunzelnd in die Runde.

Julia konnte sich das Grinsen nicht verkneifen.

Kellers Miene blieb finster. „Notfall. Haben Sie Preiß gesehen?“

„Grade auf dem Flur, müsste jeden Moment kommen.“ Li setzte sich neben sie und warf ihr einen fragenden Blick zu.

Julia zuckte mit den Schultern. Sie hatte keine Ahnung, worin Kellers Notfall bestand und da er auch keine Anstalten machte, es ihnen zu erklären, beließ sie es dabei. Sie kannte ihren griesgrämigen Vorgesetzten gut genug, um zu wissen, dass sie auch auf weitere Fragen keine vernünftigen Antworten bekommen würde.

Die Tür zum Besprechungsraum wurde geöffnet und Preiß' korpulente Gestalt erschien in der Tür. Er nickte Julia knapp zu und setzte sich dann ihr gegenüber an den langen Besprechungstisch. „Also, wie ist die Lage?“

„Die Klinik bleibt auf dem Standpunkt, Nadja Raunfeld sei zu keinem Zeitpunkt schwanger gewesen“, sagte Keller. „Ihre vierjährige Tochter Hannah

Raunfeld sei kurz nach der Einlieferung gestorben und besagte Cecilie Raunfeld nur ein künstlicher Bauch, den sie mir auch gezeigt hat. Angeblich alles Wahnvorstellungen."

„Glaubhaft?"

„Ausgeschlossen", ergriff Julia das Wort. „Ich habe mit ihrem Ex-Mann gesprochen. Er war völlig fertig wegen des Todes seiner Tochter. Und auch wenn Cecilie wohl nicht sein Kind ist, hat er zweifelsfrei bestätigt, dass Nadja Raunfeld bei seinem letzten Besuch hochschwanger gewesen ist. Das wurde auch bei dem kurzen Telefonat, das ich mit dem Arbeitgeber und der besten Freundin geführt habe, bestätigt."

Li sah von einem zum anderen. „Dürfte ich vielleicht auch erfahren, worum es geht?"

Preiß warf Keller einen tadelnden Blick zu und räusperte sich. „Gestern Abend erreichte die Notrufzentrale der Anruf einer aufgelösten jungen Mutter, die behauptet hat, die Annaberg-Klinik habe nach einem Unfall ihr Neugeborenes entführt. Ich habe daraufhin Keller losgeschickt, die Sache zu überprüfen." Preiß' Handy klingelte; er ignorierte es.

Li blickte zur Seite.

„Wäre schön gewesen, das vor dem Gespräch mit Justus Raunfeld zu erfahren." Julia verschränkte die Arme vor der Brust.

„Ich habe Ihnen doch gesagt, es geht um eine Frau mit Hirngespinsten."

Sie verzog das Gesicht. „Hat sie aber nicht. Ihre Schwangerschaft wurde jetzt von drei Leuten bestätigt. Das heißt, die Klinik lügt."

„Oder Nadja Raunfeld ist eine gute Schauspielerin mit dehnbarem Kunstbauch“, erwiderte Keller.

Preiß kratzte sich am Kinn. „Na ja, jedenfalls lügt einer von beiden. Wir müssen herausfinden, wer, bevor wir den Fall zu den Akten legen können.“

„Ich kann mir nicht vorstellen, dass Nadja Raunfeld uns Märchen erzählt hat. Ich meine, der Ex-Mann wusste es und hat sogar erzählt, der Bauch sei von Mal zu Mal gewachsen. Ihre beste Freundin hat es bestätigt und ausgesagt, sie habe den Bauch berührt, und ihrem Arbeitgeber ist bei der Schwangerschaft nichts Ungewöhnliches aufgefallen. Es wird ja wohl auch entsprechende Unterlagen geben.“ Julia hatte keine Zweifel daran, dass es Cecilie tatsächlich gab. Denn sicher hätte sie ihrem Ex-Mann bei einem einzelnen Besuch etwas vormachen können, aber wenn er sie regelmäßig gesehen hatte, hätte sie immer einen anderen Bauchbezug mitnehmen müssen. Und wenn die beste Freundin den Babybauch berührt hatte, war für Julia die Sache klar. Nur warum versuchte die Klinik die Sache unter den Tisch zu kehren? Und die viel wichtigere Frage, was war mit Cecilie geschehen?

„Angeblich wurden sämtliche Unterlagen von einem Frauenarzt namens Dr. Kastjansen gemacht. Ich kam noch nicht dazu, ihn anzurufen. Nach dem Unfall wurde in der Klinik entdeckt, dass es sich bei der Schwangerschaft nur um einen künstlichen Babybauch gehandelt hat. Der einzige handfeste Beweis war ein Ultraschallbild, das Raunfeld bei sich hatte.“ Keller lehnte sich zurück. Offenbar schien ihn das nicht zu überzeugen.

„Könnte es sich um eine Verwechslung mit einer anderen Frau handeln?", fragte Li.

Julia drehte sich zu ihrem Kollegen. Der gleiche Gedanke war ihr ebenfalls durch den Kopf geschossen.

„Ich wüsste nicht, mit wem man sie verwechselt haben soll." Keller schüttelte den Kopf. „In der Klinik gab es nur eine Nadja Raunfeld."

„Es müsste doch leicht festzustellen sein, ob die Klinik oder Raunfeld die Wahrheit sagt", rief Julia. „Wir geben ein unabhängiges Gutachten bei einer Frauenärztin in Auftrag, die klären soll, ob eine kürzlich zurückliegende Schwangerschaft stattgefunden hat oder nicht."

„Klingt sinnvoll." Preiß nickte.

Keller schien alles andere als begeistert von der Idee. „Das können wir vergessen. Selbst wenn das Ergebnis lautet, dass sie schwanger gewesen ist, liefert uns das keinen Hinweis, ob das Baby lebendig oder tot auf die Welt gekommen ist. Auch wenn die Frauenärztin keine Hinweise auf Komplikationen findet, kann das Baby trotzdem gestorben sein."

„Ich finde den Vorschlag gut", lobte Preiß. „Vielleicht klärt sich der Sachverhalt sehr schnell auf, wenn die Ärztin zu dem Ergebnis kommt, dass es keine kürzlich zurückliegende Schwangerschaft gegeben hat."

„Hoffen wir's", brummte Keller. „Allerdings gibt es da wohl noch eine andere Frau. Saskia Bertel. Laut Raunfeld wurde ihr Kind ebenfalls entführt."

„Also zwei verschwundene Babys?" Julia riss die Augenbrauen hoch.

„Laut Raunfelds Aussage. Haben Sie mit Frau Bertel gesprochen?" Preiß drehte sich zu Keller.

„Nein."

„Machen Sie es bitte. Erkundigen Sie sich nach den genauen Umständen und ob es im Vorfeld Komplikationen gegeben hat. Ich kümmere mich um den Untersuchungstermin, vorausgesetzt Frau Raunfeld erklärt sich überhaupt dazu bereit. Sie ...“ Er drehte sich zu Li. „... versuchen, mehr über den Unfall in Erfahrung zu bringen. Frau Beck, Sie kontaktieren Dr. Kastjansen. Wir ...“ Sein Handy klingelte. „Himmelherrgott“. Er griff in seine Tasche. „Herr Seidel, ich bin in einer Besprechung. Was ist denn?“

Julia beobachtete ihn. Preiß' Miene verfinsterte sich. „Wie ein Abschleppwagen mitten auf dem Polizeiparkplatz?“ Er klang fassungslos. „Woher soll ich das wissen? Was halten Sie davon, wenn Sie den Fahrer fragen?“

Auch wenn Julia die Antwort nicht hörte, ahnte sie bereits, was gleich kommen würde.

Preiß' Augen verengten sich zu Schlitzen, während er sich langsam zu Keller drehte. Er nahm das Telefon vom Ohr. „Herr Keller, haben Sie mir etwas zu sagen?“

Keller schwieg und Preiß stieg die Zornesröte ins Gesicht. Er legte das Telefon beiseite und funkelte ihn an. „Sie sagen mir jetzt auf der Stelle, warum sich ein Abschleppwagen mit ihrem Mercedes darauf mitten auf dem Polizeiparkplatz befindet?“

Preiß sah aus, als wolle er Keller jeden Moment anspringen. Wenn der nicht den Mund aufmachte, würde Preiß ihn vermutlich herauswerfen.

Keller drehte sich zu Preiß. „Carsten Niemeyer.“

Julia entsann sich, dass es sich dabei um den Kerl handelte, der Kellers Kollegen Mattheus erschossen hatte.

„Was ist mit ihm?" Preiß tippelte mit den Fingern auf die Tischplatte.

Keller ließ einen Augenblick verstreichen. „Er wurde in Stuttgart gesichtet."

-10-

Als der Unterricht zu Ende war, entdeckte ich Alice, die mit hängenden Schultern über den Pausenhof trottete. Ich beeilte mich, um sie einzuholen.

„Hey, Alice", rief ich und strahlte übers ganze Gesicht.

Alice warf mir einen kurzen Blick zu. „Hey."

Sie schien meine Begeisterung nicht so ganz zu verstehen. „Hast du später Lust, mit mir zum Pinguin zu gehen?" Gemeint war eine Eisdiele in Stuttgart-Ost, nicht weit von unseren Wohnungen entfernt, wo es nicht nur das beste Eis der Stadt gab, sondern die Besucher auch mit einem Panoramablick über den Kessel belohnt wurden. Doch ich hatte sowieso nur Augen für Alice.

„Ne, muss noch für Bio lernen."

Enttäuschung machte sich in mir breit. „Aber die Klassenarbeit ist doch erst nächste Woche!" Ich zog die Augenbrauen hoch. „Du kannst doch morgen oder übermorgen lernen."

„Meine Mutter will es eben. Ich hatte schon in Englisch so eine schlechte Note und das soll sich nicht wiederholen."

Alice hatte in Englisch eine schlechte Note? Als wir vorhin die Klassenarbeit zurückbekommen hatten, hatte sie eine Zwei plus. Sogar noch besser als ich – und bei mir hatte es nur für eine Zwei minus gereicht. Außerdem kannte ich Alice' Mutter. Sie würde ihr deswegen niemals böse sein oder ihr gar verbieten, sich mit mir zu treffen. Dennoch wollte ich Alice nicht vergraulen und beließ es dabei.

Als ich eine halbe Stunde später daheim ankam, bereitete meine Mutter das Mittagessen in der Küche zu. Ich warf meinen Schulranzen in die Ecke. Meine Mutter stand mit Schürze am Herd und beäugte das Nudelwasser. Mit ihrer etwas molligen Figur, den dunkelblonden Locken und dem schmalen Gesicht war sie mir ähnlicher, als mir lieb war. Sogar die blauen Augen hatte ich von ihr geerbt, dabei fand ich braun viel hübscher.

„Du bist spät", sagte meine Mutter anstelle einer Begrüßung.

„Tut mir leid. Ich musste noch was mit Alice besprechen."

„Aha", sagte sie nun schon etwas sanftmütiger und rührte in einem Topf herum. Die Erwähnung von Alice' Namen bewirkte Wunder. Meine Mutter nannte sie inzwischen auch so.

„Wir haben heute übrigens Englisch zurückbekommen." Da meine Mutter nicht reagierte, machte ich einen Schritt auf sie zu. „Ich habe eine richtig gute Note bekommen."

„So, welche denn? Ach, so ein Mist." Es roch angebrannt. „Jetzt mach schon." Sie schimpfte mit der Soße, als hätte die Soße das extra gemacht, um sie zu ärgern.

„Eine Zwei minus." Ich war eine halbe Note besser als das letzte Mal und sehr stolz darauf.

Meine Mutter, immer noch mit der Soße beschäftigt, zog die Mundwinkel nach unten. „So besonders ist das ja nicht."

Meine Freude zerfloss wie Schokolade in der Sonne. „Es war besser als das letzte Mal." Ich grinste, damit sie meine Enttäuschung nicht mitbekam.

„Dieses blöde Ding lässt sich nicht mal richtig abkratzen!"

Am liebsten hätte ich ihr die heiße Soße über den Kopf geschüttet und sie angeschrien. Sie sollte mir sagen, dass meine Note toll war und ich es großartig gemacht hatte. Tat sie aber nicht.

„Was hatte denn Alice?"

Die Frage schlug mir wie eine Ohrfeige ins Gesicht. Am liebsten hätte ich gelogen. Doch da meine Mutter auch mit der Mama von Alice befreundet war, bestand die Gefahr, dass diese davon erfuhr. Ich wollte weder vor ihr noch vor meiner besten Freundin als Lügnerin dastehen.

„Eine Zwei plus." Ich senkte den Blick.

„Das war ja wieder klar", rief sie und warf mir einen vorwurfsvollen Blick zu. „Du solltest dir deine beste Freundin als Vorbild nehmen. So viel Zeit wie ihr miteinander verbringt, könnte sie dir auch mal Nachhilfe geben."

Mein Gesicht glühte. Alice war nur eine halbe Note besser als ich und ich sollte Nachhilfe nehmen? Ich presste die Lippen aufeinander. Dabei hatte ich mich so angestrengt. Sie sollte doch stolz auf mich sein – aber das war sie nicht. Ganz im Gegenteil.

Eine Stunde später, nachdem ich das verkohlte, wenig schmeckende Essen hinuntergewürgt hatte, verließ ich die Wohnung. Meine Mutter war eine miserable Köchin, aber das war nichts Neues.

Ich lief durch unsere kleine Ortschaft. Es war früher Nachmittag und sonst war niemand zu sehen. Die brütende Hitze setzte vielen Leuten zu und daher blieben sie entweder daheim oder steuerten direkt das nächste Freibad an. Mich störten die hohen Temperaturen nicht. Zwar wäre ich auch lieber im Freibad gewesen, aber allein machte es keinen Spaß. Und außer Alice hatte ich niemanden, der mitgekommen wäre.

Ich beschloss, mich auf den Weg zur Eisdiele zu machen. So konnte ich mir wenigstens die Zeit vertreiben und war nicht daheim. Ich wollte gerade die Straße überqueren, als ich Alice entdeckte. Wie vom Blitz getroffen, blieb ich stehen.

Alice schlenderte zusammen mit einer anderen Mitschülerin lachend in Richtung der U-Bahnhaltestelle. Was hatte das zu bedeuten? Sie hatte doch erzählt, dass sie lernen müsste. Wenn sich ihre Planung geändert hatte, wieso hatte sie mich dann nicht angerufen? Stattdessen traf sie sich mit Iris.

Es dauerte einen Augenblick, bis mir meine Beine wieder gehorchten. Sollte ich lieber wieder umdrehen? Doch dann würde mich immer wieder dieselbe Frage quälen und ich musste wissen, was los war. Sicher gab es für Alice' Verhalten eine Erklärung. Sie würde mich doch niemals hängen lassen, nur um sich mit dieser ollen Kuh von Iris zu treffen. Da die beiden mich noch nicht gesehen hatten, rief ich nach ihr.

Alice' Lächeln erstarb augenblicklich, als sie mich sah. „Ach, hey, Leni." Sie fuhr sich mit der Hand durch die Haare.

Iris verzichtete auf eine Begrüßung und warf mir nur einen herablassenden Blick zu. Es war mir egal – ich hatte sie noch nie gemocht.

„Ich ... Ich dachte, du musst lernen?", stammelte ich. Wieso war ich in Alice Anwesenheit nur immer so nervös und unruhig? Sie brachte mich völlig aus dem Konzept.

Alice warf ihre Haare zurück. „Ging doch schneller als geplant. Und als Iris angerufen hat, haben wir entschieden, ins Freibad zu gehen." Sie lächelte.

„Oh", war alles, was ich hervorbrachte. Mein Blick glitt an Alice Körper hinab. Sie trug nur ein bauchfreies Top, eine knappe Jeans und über ihren Schultern hing eine Sporttasche. Sie sah hinreißend aus. Wie immer. Ganz im Gegensatz zu meiner leicht pummeligen Erscheinung, mit der ich mir wie ein fettes Schwein vorkam. Sofort war mir mein Auftreten peinlich.

„Komm jetzt, U-Bahn fährt gleich. Keine Lust, wieder ne Viertelstunde zu warten." Iris, die schon vorgegangen war, verlagerte ihr Gewicht von einem Fuß auf den anderen und sah immer wieder in Richtung der Bahnstation.

Hau ab und lass Alice und mich endlich in Frieden, hätte ich am liebsten geschrien, tat es aber nicht.

„Muss los, sorry." Alice ließ mich stehen und folgte Iris in Richtung der Bahnstation.

Ich sah ihr nach, bis sie in die Bahn einstieg und davonfuhr. Alice' Verhalten traf mich wie ein Messer, das man in meine Brust gestoßen hatte und nun ganz langsam umdrehte. Sie hatte mich noch nicht einmal gefragt, ob ich mitkommen wollte. Sie ließ mich einfach stehen, wie eine Nervensäge, die man nicht bei sich haben wollte. Warum tat sie mir das an? Wir waren doch Freunde. Die Tränen rollten mir übers Gesicht. Die nächste U-Bahn kam von der anderen Seite herangerollt, und einen kurzen Moment überlegte ich mir, mich davor zu werfen. Liebte mich Alice etwa nicht mehr?

-11-

Keller stampfte laut schnaubend aus dem Büro von Preiß. Er war so kurz davor gewesen, Carsten Niemeyer, dieses Schwein, in Handschellen abzuführen. Stattdessen musste er sich vor dem Kriminalrat rechtfertigen, warum er nicht die ganze Polizeidivision in Alarmbereitschaft versetzt hatte, als er von Niemeyers Sichtung erfahren hatte. Als ob das etwas gebracht hätte. Der Mistkerl hatte es schon bei der letzten Großfahndung geschafft, abzuhauen. Er war ein Phantom. Doch das würde ihm nichts nützen. Irgendwann würde er ihn kriegen.

Keller trat ins Freie und fischte eine Zigarette aus seiner Jacke. Er zündete sie an und nahm einen tiefen Zug. Der Abschleppwagen mit seinem Mercedes darauf stand noch immer mitten auf dem Polizeiparkplatz. Preiß hatte ihm zugesichert, sich darum zu kümmern, und Keller war froh drum.

Er stieg in einen Streifenwagen ein, der etwas außerhalb stand, damit er überhaupt die Chance hatte herauszufahren und gab Gas. Nachdem er das Radio eingeschaltet hatte, steuerte er den Wagen durch den dichten Feierabendverkehr am Pragsattel. Was ihn am meisten wurmte, war, dass Preiß ihm mit einem Disziplinarverfahren gedroht hatte, wenn er in der Sache Niemeyer noch einmal eigenmächtig handelte. Außerdem wollte er die Namen sämtlicher Informanten, mit denen Keller deshalb in Kontakt stand. Tatsächlich war es nur ein Mann namens Gerd Rubens, ein pensionierter Beamter, der seinen früheren Kollegen Mattheus ebenfalls gut gekannt und sich bereit erklärt hatte, ihm bei der Suche nach dem Polizistenmörder zu unterstützen. Und Keller hätte Niemeyer erwischt. Beinahe.

Er haute mit der Faust aufs Lenkrad. Das Foto, das ihm Rubens geschickt hatte, zeigte Niemeyer von hinten. Auch wenn die Aufnahme unscharf war, hatte Keller ihn sofort erkannt und daher nicht lange gezögert und sich den Abschleppwagen genommen. Trotzdem war es Niemeyer gelungen, seinem stillen Beobachter zu entkommen. Wieder einmal. Als Keller endlich in Stuttgart-Ost eingetroffen war, gab es von seiner Zielperson keine Spur mehr. Was er in Stuttgart trieb, blieb Keller nach wie vor ein Rätsel.

Er ließ den Hallschlag hinter sich und überquerte die Aubrücke, die über den Neckar führte. Zu seiner linken erstreckte sich eine Grünanlage, die zum Max-Eyth-See gehörte und im Sommer von zahlreichen Ausflüglern belagert wurde. Momentan war kaum jemand zu sehen. Es war definitiv nicht die Jahreszeit zum Grillen oder Bootfahren. Keller passierte die Ortseinfahrt von Hofen und verließ wenig später die Mühlhäuser Straße.

Saskia Bertel wohnte in einem schlichten Mehrfamilienhaus in der Hartwaldstraße mit weißer Fassade und einem kleinen Garten drumherum.

Eine Erinnerung drängte sich in Kellers Gedächtnis, als er vor dem Haus parkte. Er war vor über zwanzig Jahren schon einmal hier gewesen. Lena, seine erste große Liebe, hatte nur ein paar Häuser weiter gewohnt. Bei einem Faschingsumzug, der jedes Jahr in Hofen stattfand, war sie förmlich in ihn hereingerannt. Er hatte sich sofort in die langen, strohblonden Haare und die hübschen eisblauen Augen verliebt. Als Lena ihren Freund für ihn verließ, hatte sie Platzwunde im Gesicht und ein geschwollenes Auge.

Keller verpasste dem Ex eine Abreibung, die er nicht mehr vergessen würde. Ein Nachbar hatte ihn dabei beobachtet und die Polizei verständigt.

Auch wenn Lena ihren Ex danach wegen Körperverletzung angezeigt hatte, drohte Keller eine ähnliche Strafe. Wäre da nicht Ralf Mattheus gewesen. Ein junger Beamter, hatte ihm angeboten, sich dafür einzusetzen, dass er nicht ins Gefängnis musste, wenn er bereit war, eine Ausbildung bei der Polizei zu beginnen.

Wir brauchen Leute wie dich. Nicht nur Paragrafenhengste, sondern auch Menschen, die anpacken können. Die bereit sind, sich für eine gerechte Sache einzusetzen. Und der Kerl hatte es so was von verdient.

Das Angebot reizte ihn. Und er mochte Mattheus. Außerdem war alles besser als Knast. Er traf eine Entscheidung. Es war der Beginn seiner Laufbahn bei der Polizei. Und der Beginn einer engen Freundschaft mit Mattheus.

Keller schloss für einen Moment die Augen. Ein altbekannter Schmerz bahnte sich bereits wieder seinen Weg an die Oberfläche. Wie sehr hätte er jetzt einen

Schluck aus seinem Flachmann gebraucht. Er nahm einen tiefen Atemzug, ging auf das Mehrfamilienhaus zu und klingelte bei Bertel. Er musste sich auf den Fall konzentrieren.

Nachdem er einige Sekunden vergeblich auf eine Reaktion gewartet hatte, sah er sich um. Vielleicht wäre es besser gewesen, sich vorab anzukündigen. Er lief um das Haus herum. In der Wohnung, in der er Bertel vermutete, war alles dunkel. Er wollte gerade auf dem Absatz kehrtmachen, als ein älterer Herr mit Glatze und Müllsack in der Hand aus dem Haus kam. Er blickte ihn stirnrunzelnd an.

„Kann ich Ihnen helfen?"

„Keller, Kripo Stuttgart. Ich bin auf der Suche nach Saskia Bertel. Wissen Sie, wo ich sie finden kann?"

„Normalerweise hier." Der Mann warf den Müllsack in eine der Tonnen gegenüber der Haustür, sah zur Straße und drehte sich dann zu Keller. „Müsste eigentlich da sein."

„Wieso?" Keller runzelte die Stirn.

Der Mann deutete auf die Straße. „Sehen Sie den blauen Volvo? Gehört ihr. Steht schon seit einigen Tagen auf derselben Stelle."

„Ist sie denn normalerweise mit dem Auto unterwegs?"

„Soweit ich weiß, ja. Geht immer frühmorgens aus dem Haus, steigt in ihren Wagen und kommt spätnachmittags zurück. Hab sie jetzt aber die letzten Tage nicht gesehen."

Der Nachbar schien gut über die Gewohnheiten von Bertel informiert zu sein. „Wann das letzte Mal?"

Er zuckte mit den Schultern. „Vor einer Woche etwa."

Ein mulmiges Gefühl beschlich Keller. Es konnte durchaus eine harmlose Erklärung geben, wie, dass Saskia Bertel verreist war oder sich freigenommen hatte. Letzteres erschien ihm sogar wahrscheinlich, angesichts der Tatsache, dass sie erst vor drei Wochen ihr Kind verloren hatte. Doch wieso war sie dann nicht daheim? Dass Saskia Bertel nach dem Verlust ihres Kindes zwei Wochen Urlaub auf den Kanaren machte, erschien ihm absurd.

Der Nachbar stand Keller immer noch gegenüber und blickte ihn mit hochgezogenen Brauen an. „Gibt es jemanden im Haus, mit dem Saskia Bertel befreundet ist?"

„Eventuell Frau Griesgard. Sie wohnt gegenüber von Frau Bertel."

„Dann versuche ich es da."

Der Nachbar schloss die Haustür auf und ließ Keller eintreten. „Sie wohnen beide im zweiten Stock."

Er stieg die Stufen hinauf. Ein schaler Geruch lag in der Luft. Vielleicht konnte ihm Frau Griesgard etwas über Bertels Verbleib mitteilen. Er wartete einen Moment, bis der Nachbar die Wohnungstür hinter sich schloss und klingelte. Zu seiner Überraschung handelte es sich bei Frau Griesgard um eine ältere Dame Anfang siebzig mit molliger Figur. Er war von einer Freundin ausgegangen, die sich in Frau Bertels Alter befand.

„Ja, bitte?" Sie blickte ihn mit zusammengekniffenen Augen an.

„Kripo Stuttgart. Ich bin auf der Suche nach Saskia Bertel. Ihr Nachbar meinte, sie seien befreundet?"

„Na ja, befreundet ist etwas viel gesagt. Sie kam gelegentlich auf einen Kaffee vorbei. Das mit ihrem Kind ist ja furchtbar tragisch." Ein trauriger Ausdruck machte sich auf ihrem Gesicht breit.

„Wissen Sie, wo ich sie finde?"

Griesgard legte die Stirn in Falten und sah an ihm vorbei zu der gegenüberliegenden Wohnungstür. „Das kann ich Ihnen gar nicht sagen. Ich habe sie schon seit mindestens einer Woche nicht mehr gesehen. Ist etwas passiert?" Auf ihrem Gesicht bildeten sich Sorgenfalten.

„Das versuche ich gerade herauszufinden." Keller warf einen Blick zur Seite, ehe er sich wieder Griesgard zuwandte. „Haben Sie einen Schlüssel zu der Wohnung?"

„Ja, einen Moment." Sie verschwand im Flur.

Natürlich gab es die Möglichkeit, dass Frau Bertel gerade einfach allein sein wollte oder Trost bei einer Freundin suchte. Dennoch musste er sich vergewissern, dass es ihr gut ging. Er klopfte an die Tür. „Frau Bertel, hier ist die Polizei. Machen Sie bitte mal auf." Nichts geschah.

Frau Griesgard tauchte neben ihm auf und hielt ihm den Schlüssel entgegen. „Soll ich vielleicht mitkommen?"

„Nein, Sie bleiben hier." Wenn Saskia Bertel wirklich nur mit Kummer im Bett lag, konnte die alte Frau immer noch die Seelsorgerin spielen.

Er schloss die Tür auf und ein bestialischer Gestank schlug ihm entgegen. Sein Puls beschleunigte sich. „Frau Bertel?"

Er schloss die Tür und knipste das Licht an. Ein enger Flur, an dem zu beiden Seiten mehrere Räume abzweigten, lag vor ihm. Er warf einen Blick in das rechte Zimmer, bei dem es sich offenbar um ein Schlafzimmer handelte. Gegenüber befand sich eine kleine Küche. Er bewegte sich langsam den Flur entlang. Der Gestank wurde unerträglich. Ihm war der süßliche Geruch, der beinahe einen Würgereiz auslöste, nur allzu bekannt. Er hielt sich die Ärmel seiner Jacke vor die Nase und folgte dem Flur bis zum Ende. Dort befanden sich zwei weitere Räume. Der Gestank schien aus dem linken zu kommen. Die Tür war angelehnt. Mit einer Hand öffnete er sie, während er sich mit der anderen immer noch den Ärmel unter die Nase hielt. Der schwache Lichtschein aus dem Flur erhellte einen gefliesten Fußboden. Der hintere Teil des Raumes verschwand in der Dunkelheit. Er tastete mit den Händen nach einem Lichtschalter. Es wurde hell und ihm stockte der Atem.

Saskia Bertel lag in der Badewanne. Um sie herum ein Meer aus Blut. Der rechte Arm hing aus der Wanne heraus, eine tiefe Fleischwunde zog sich von der Vorderseite ihres Ellenbogens quer bis zum Handgelenk. Die blutverschmierte Rasierklinge lag auf dem Boden. Vorsichtig trat er näher. Sein Blick wanderte zu dem Kopf, der schräg in seine Richtung zeigte. Das Gesicht war leichenblass, die Augen geschlossen, die Lippen blauviolett verfärbt. Keller drehte sich um und griff nach seinem Handy. Eines war klar: Saskia Bertel würde ihnen nichts mehr zu den Vorkommnissen in der Klinik sagen können.

-12-

Wo war sie? Sie schlug die Augen auf. Dunkelheit empfing sie. Vorsichtig streckte sie die Hand aus. Ihre Fingerspitzen berührten den weichen Stoff einer Decke. Sie ließ die Hand nach vorn wandern. Eine Raufasertapete bedeckte die Wand neben dem Bett. Sie tastete nach einem Lichtschalter, konnte in der Dunkelheit aber keinen finden. *Was war geschehen?*

Ein matter Lichtschein drang unter dem Türspalt hervor. Mit wackligen Beinen stand sie auf. Was war nur passiert? Sie erinnerte sich an prasselnden Regen auf der Motorhaube. Den heulenden Sturm. Blinkende Lichter. Wie lange war das her? Tage? Wochen? Ihr Gedächtnis funktionierte nur noch lückenhaft.

Sie hatte die Tür erreicht und zog daran. Mit einem Anflug von Erleichterung stellte sie fest, dass sie sich öffnen ließ. Sie war nicht eingesperrt.

Ein langer Gang mit kahlen Wänden, der im schummrigen Licht einiger Notleuchten erhellt wurde, erstreckte sich vor ihr. Nirgends war jemand zu sehen. Schilder mit Abteilungen wiesen in verschiedene Richtungen. Sie befand sich zweifelsfrei in einem Krankenhaus. Doch wie war sie hierhergekommen? Und warum?

Sie drehte sich um und suchte in ihrem Zimmer nach einer Nachttischlampe. Sie entdeckte eine neben dem

Bett und knipste sie an. Mit einem letzten Blick auf den menschenleeren Flur schloss sie die Tür.

Sie sah sich um. Das Krankenzimmer bestand aus einem kleinen Holztisch mit einem Kleiderschrank an der Längsseite der Wand. Auf der gegenüberliegenden Seite befand sich ihr zerwühltes Bett und ein winziger Nachttisch. Neben der Tür zweigte ein weiteres Zimmer ab. Sie schaltete das Licht ein und betrat das Bad. Aus dem großen Wandspiegel, der oberhalb des Waschbeckens angebracht war, blickte ihr eine Gestalt mit dunkelblonden, zerzausten Haaren, aschfahlem Gesicht und schmalen Wangen entgegen. Unter den graublauen Augen hatten sich tiefe, violettfarbene Ringe gebildet und die Augenpartien waren eingefallen. Die Frau im Spiegel glich einem Zombie. Mit Ausnahme von ein paar Kratzern und Schrammen am Hals konnte sie aber keine größeren Verletzungen ausmachen.

Sie wendete sich ab und verließ das Bad. Was war nur passiert? Ihr Blick fiel auf ein Mobiltelefon, das sich auf dem Tisch befand. Sie berührte das Display, aber nichts geschah. Vielleicht war der Akku leer. Sie entdeckte ein Ladekabel, steckte es ein und wartete, bis das Handy ein Signal gab. Sie hielt den Knopf zum Einschalten gedrückt und wenige Sekunden später, erschien eine PIN-Abfrage auf dem Display. Sie gab ihr Geburtsdatum ein und wartete. Das Display zeigte eine Fehlermeldung an. Das war doch nicht möglich! Sie hatte doch in all den Jahren niemals ihre PIN geändert. Sie gab das Geburtsdatum erneut ein, aber das Telefon blieb gesperrt. Ihr blieb nur noch ein Versuch.

Mit einem genervten Seufzer knallte sie das Gerät auf den Nachttisch. In diesem Augenblick schrillte ein Geräusch von der Lautstärke einer Alarmsirene durch ihren Kopf. Es war so laut, dass sie sich die Hände auf die Ohren presste, aber es änderte nichts. Ihr Herz hämmerte in ihrer Brust. Wieder zogen Erinnerungsfetzen durch ihren Kopf. Sie erkannte die schemenhafte Gestalt eines Mannes, aber wer war er? Auf sonderbare Weise kam er ihr bekannt vor. *Sind Sie verletzt?* Eine Frauenstimme. Die Menschen verschwanden. Das Schrillen ließ nach; ihr Puls beruhigte sich wieder. Sie nahm einen tiefen Atemzug. Es hatte einen Unfall gegeben. Aber was war passiert? Und wie lange war sie schon hier? Sie brauchte Antworten. Vielleicht konnten ihr die Ärzte sagen, was vorgefallen war. Nachts standen die Chancen schlecht, dass sie jemanden antraf. Das Beste war, sie legte sich wieder ins Bett und versuchte zu schlafen. Sie schloss die Augen. Obwohl sie hundemüde war, wollte sie nicht in den Schlaf gleiten. Zu viele Gedanken rotierten durch ihren Kopf. Wieso war sie hier? Warum konnte sie sich an nichts erinnern?

Sie knipste das Licht wieder an und stand auf. Vielleicht gab es außer dem Handy noch etwas anderes, das ihr verriet, was geschehen war. Erneut sah sie sich um. Der Schrank enthielt einen Wollmantel, der ihr nicht bekannt vorkam, sowie ein weiteres Kissen und Decken. Auf dem Tisch lagen ein paar Kugelschreiber sowie ein Schreibblock mit einer Reihe von Namen und Pfeilen darauf. Keiner davon kam ihr bekannt vor. Hatte sie die Namen darauf geschrieben? Warum erinnerte sie sich dann nicht daran? Die Erschöpfung bahnte sich einen Weg an die Oberfläche und in ihrem Kopf machte sich wieder ein leises Schrillen bemerkbar. Sie brauchte dringend etwas gegen die Kopfschmerzen. Allerdings enthielt der Nachttisch mit Ausnahme einer Haarbürste und Kopfhörern nichts, das ihr weiterhalf.

In diesem Moment fiel ihr Blick auf einen türkisfarbenen Gegenstand, der ihr zuvor noch nicht aufgefallen war. Sie ging in die Hocke und zog die Handtasche hervor, die unter dem kleinen Tisch lag, hervor. Die Tasche kam ihr bekannt vor, auch wenn sie sicher war, dass es nicht ihre war. Aber wieso lag die Handtasche einer Fremden in ihrem Zimmer? Sie wurde das Gefühl nicht los, dass hier etwas ganz und gar nicht stimmte. Hatte sie vielleicht bei einem Unfall eine schwere Gehirnerschütterung erlitten und ihr Gedächtnis verloren? Sie betastete ihren Kopf. Es fühlte sich alles normal an. Im Spiegel hatte sie keinen Verband erkennen können, aber vielleicht war dieser bereits entfernt worden. Weil die Wunde längst verheilt war? Schon seit Wochen? Oder Monaten? Ihr Puls beschleunigte auf Höchstgeschwindigkeit. Weil sie seit Jahren verheilt war?

Jetzt nicht durchdrehen, ermahnte sie sich selbst. *Ruhig atmen!* Es gab sicher für alles eine harmlose Erklärung – wie auch immer die aussehen mochte.

Sie durchwühlte die Handtasche, konnte aber im Dämmerlicht nicht viel erkennen. Kurzerhand drehte sie die Tasche auf den Kopf und verteilte den gesamten Inhalt auf dem Tisch. Ein Lippenstift kullerte über die Platte. Außerdem entdeckte sie einen Minispiegel, eine

Packung Tampons, einen Schlüsselbund mit Anhängern und einen Geldbeutel. Sie griff nach dem Portemonnaie und öffnete es. Es waren zwei Geldscheine darin, EC- und Kreditkarte sowie einige Visitenkarten, darunter auch die eines Anwalts. Ein Foto fesselte ihre Aufmerksamkeit. Ihr Puls beschleunigte sich wieder. Die Aufnahme zeigte einen gut aussehenden Mann Anfang bis Mitte dreißig, der seinen Arm um ein sehr junges Mädchen gelegt hatte, das mit einem schiefen Grinsen in die Kamera sah. Ihr Magen zog sich zusammen. Es war der Mann aus ihren Erinnerungen. Dem Foto nach zu urteilen, waren es Vater und Tochter. Ihr Mann und ihre Tochter? Die Panik, sie könnte tatsächlich ihr Gedächtnis verloren haben, war sofort wieder da. Doch sie waren ihr nicht völlig fremd. War das vielleicht ein gutes Zeichen? Kamen vielleicht ihre Erinnerungen allmählich zurück? Über dem Foto entdeckte sie zwei weitere Karten. Es handelte sich um Führerschein und Personalausweis. Eine böse Vorahnung stieg in ihr auf. Langsam und mit zittrigen Fingern zog sie beides hervor. Sie studierte den Namen und die Angaben auf der Karte. Die Vorahnung wurde zur Gewissheit. Die Inhaberin der Karte war definitiv nicht sie. Doch ein Blick auf das Foto genügte, um zu wissen, wem sie gehörte.

-13-

Julia betrat die Wohnung, in der die Beamten gerade dabei waren, eine Trennwand als Sichtschutz vor dem Eingang aufzustellen. Eine erschöpft wirkende ältere Dame stand an der gegenüberliegenden Eingangstür und verfolgte das Geschehen mit betrübtem Gesichtsausdruck.

Julia ging durch den langen Flur. Keller stand mit dem Rücken zu ihr im Bad, während eine Gerichtsmedizinerin Anfang vierzig mit dunkelbraunen Locken und dunklem Teint über die Leiche gebeugt war. Die Tote lag unbekleidet, mit fürchterlichen Fleischwunden, auf einer ausgebreiteten Plane vor der Badewanne. Der süßliche Geruch von Verwesung schlug ihr entgegen. Zum Glück hatte sie noch nicht zu Abend gegessen.

„Guten Abend." Sie trat neben Keller, der nur einen unverständlichen Brummlaut murmelte und sich anschließend wieder der Leiche zuwandte.

„Guten Abend. Ich bin Marita Aygemang." Die Gerichtsmedizinerin nickte ihr zu. „Sag ruhig du."

Die Frau war ihr auf Anhieb sympathisch. „Julia Beck. Wo ist denn Dr. Hanfstengel?"

„Auf einem Dichterkongress." Kellers Tonfall ließ nicht erahnen, ob es sich bei seiner Aussage um einen Scherz handelte oder nicht.

„Spannend." Julia erinnerte sich vage daran, dass Hanfstengel früher hatte Dichter werden wollen, bis er festgestellt hatte, dass es schwierig war, davon zu leben, und stattdessen eine Karriere in der Gerichtsmedizin ansteuerte.

„Also eigentlich ist er krank." Aygemang sah Keller mit zusammengekniffenen Augen an.

Das war typisch Keller.

„Hinweise auf Fremdeinwirkung?" Keller wippte mit dem Fuß.

Die Gerichtsmedizinerin antwortete nicht sofort, sondern inspizierte stattdessen eine Stelle am Oberarm.

Keller umrundete die Leiche. „Und?"

Aygemang richtete sich auf. „Martin, du machst mich ganz kirre mit deiner Ungeduld. Wie wärs, wenn du uns mal einen Kaffee organisierst?"

Zu Julias großer Überraschung verließ Keller ohne Widerworte das Bad. Sie hatte noch nie erlebt, dass Keller einer Bitte wortlos nachkam und noch weniger, dass es jemand wagte, Keller mit seinem Vornamen anzusprechen.

„Alles okay bei dir?" Aygemang warf Julia ein flüchtiges Lächeln zu.

Julia sah Keller nach. „Du musst mir unbedingt dein Geheimnis verraten."

Aygemang schmunzelte. „Ich kenn Martin schon seit über fünfzehn Jahren und glaub mir, ich weiß, was du durchmachst. Er hat mich auch nicht gerade mit offenen Armen empfangen."

„Wenigstens hat er dich empfangen. Keller hat anfangs nicht mal mit mir geredet." Sie dachte daran, als sie ihren Vorgesetzten das erste Mal in seinem Büro gegenübergestanden hatte. Erst hielt er sie für eine Praktikantin. Als sie ihm dann erklärt hatte, dass sie seine neue Kollegin sei, hatte er sie angesehen wie ein lästiges Insekt und hätte sie am liebsten zum Kaffeekochen abgestellt. Julia hatte sich allerdings nicht unterkriegen lassen.

„Ich weiß. Keller kann echt ein Arsch sein, aber er hat auch eine andere Seite."

Julia hätte gerne mehr darüber erfahren, als hinter ihr Geräusche zu hören waren. Sie drehte sich um und entdeckte Li, der zusammen mit dem Team von der Spurensicherung angerückt war. Sie beobachtete die Männer, die jetzt in weiße Overalls schlüpften.

Li trat hinter sie. „Offenbar wurden Gegenstände entwendet."

„Was für Gegenstände?" Sie zog die Brauen hoch.

„Handy, Laptop, PC. Alles." Keller trat mit einem Kaffeebecher in der Hand neben Julia und reichte ihn Aygemang.

„Das ist ja eigenartig." Julia legte die Stirn in Falten. „Wie passt das zu einem Suizid?"

„Das kann uns bestimmt die liebe Marita erklären." Der Sarkasmus in seiner Stimme war nicht zu überhören.

„Ich fürchte, nein." Sie nahm einen Schluck aus ihrem Becher. „Die tiefen Schnittwunden an den Armen des Opfers führten zu einem hohen Blutverlust, der mit großer Wahrscheinlichkeit die Todesursache war. Anders als bei Leuten, die sich nur eine kleine Wunde am Handgelenk zuführen, weil sie das im Fernsehen gesehen haben und anschließend im Krankenhaus wieder zu sich gekommen sind, wollte Saskia Bertel sterben. Sie hat sich die gesamte Unterseite des Armes, von der Elle bis zum Handgelenk, aufgeschlitzt. Die Schmerzen müssen unerträglich gewesen sein. Der Blutverlust war innerhalb weniger Minuten so hoch, dass man sie selbst mit einer Bluttransfusion nicht mehr hätte retten können."

Julia schauderte. Sie hatte noch nie verstanden, warum Menschen, die ihr Leben beenden wollten, sich für eine derart qualvolle Variante entschieden. Es gab doch wirklich angenehmere Arten, zu sterben.

„Ich konnte weder Abwehr- noch Kampfspuren entdecken", fuhr Aygemang fort. „Auffällig ist aber diese Naht hier." Sie deutete auf eine etwa fünfzehn Zentimeter lange Narbe oberhalb des Schambeins. „Hier wurde ein Kaiserschnitt durchgeführt."

„Das wussten wir schon. Sonst noch was?", brummte Keller.

„Ja, das hier." Aygemang stellte den Becher neben sich ab und deutete auf eine Stelle am rechten Oberarm. Julia beugte sich nach vorn.

„Und was soll man da jetzt genau sehen?" Keller machte keine Anstalten, in die Hocke zu gehen.

„Eine kaum sichtbare Einstichstelle. So klein, dass sie eigentlich nur von einer Injektionsnadel kommen kann."

„Hat sie sich Schmerzmittel gespritzt?" Julia sah Aygemang mit zusammengekniffenen Augen an.

Aygemang wiegte den Kopf. „Möglicherweise. Aber die meisten handelsüblichen Schmerzmittel werden in Tablettenform eingenommen. Außerdem könnte der Einstich auch von einer Thrombosespritze kommen, die Patienten nach einem Kaiserschnitt erhalten. Ich werde mal sicherheitshalber eine Blutprobe des Opfers ins Labor schicken. Dann erfahren wir vielleicht mehr."

„Kannst du uns etwas zum Todeszeitpunkt sagen?"

Aygemang ließ ihren Blick über die Leiche schweifen. „Wenn ich mir den Verwesungsgrad so ansehe, ist sie seit mindestens drei Tagen tot. Ich tippe auf Freitag."

Ehe Julia antworten konnte, streckte ein Mann im weißen Overall den Kopf zur Tür herein. „Können wir?"

Julia nickte, folgte Li und Keller aus dem Bad hinaus bis zur Trennwand.

„Vielleicht doch kein Suizid?", überlegte Julia laut.

„Zumindest sprechen die verschwundenen Gerätschaften dagegen. Und die Einstichstelle könnte auch darauf hindeuten, dass sie betäubt wurde und der Suizid inszeniert war. Nur seltsam, dass es keine Abwehrverletzungen gibt." Li legte den Kopf schief.

„Wir sollten keine voreiligen Schlüsse ziehen", sagte Keller laut. „Als Erstes warten wir das Ergebnis der Laboruntersuchung ab und ob die Spurensicherung etwas Brauchbares findet. In der Zwischenzeit befragen wir die Nachbarn. Vielleicht hat jemand was gesehen."

Julia dachte an die ältere Dame, die sie beim Eintreten in die Wohnung bemerkt hatte. „Ich fange gegenüber an."

„Das können Sie sich sparen", brummte Keller ohne weitere Erklärungen und lief die Treppe hoch. „Hab ich schon erledigt."

Julia schnaubte. Als sie gerade die Treppe nach unten nehmen wollte, öffnete sich die gegenüberliegende Tür einen Spalt und das besorgt dreinblickende Gesicht der älteren Frau tauchte wieder auf. Die Klingel wies sie als Frau Griesgard aus.

„Alles in Ordnung?", fragte Julia.

Griesgard gab einen tiefen Seufzer von sich. „Das ist alles so furchtbar. Erst dieser Schicksalsschlag und jetzt das."

„Sie meinen den Verlust von Bertels Kind?"

„Ja. Ich hatte immer gehofft, dass sie einen anderen Weg findet, damit zurechtzukommen, und jetzt?" Sie stockte. „Sie hat sich das Leben genommen, oder?"

„Es tut mir leid, dazu darf ich Ihnen im Moment nichts sagen."

Griesgard blickte zu Boden.

„Sie sagten, Frau Bertel müsse einen anderen Weg finden, damit umzugehen. Was meinen Sie damit?"

„Kommen Sie herein. Ich muss mich einen Moment hinsetzen." Sie öffnete die Tür etwas mehr und ließ Julia eintreten. Sie folgte der Dame durch den Eingangsbereich in eine kleine Küche. Griesgard ließ sich schwer atmend auf einem der Stühle nieder, die um den winzigen Esstisch herumstanden, und bot ihr den gegenüberliegenden an. „Bitte."

Julia nahm Platz und blickte Griesgard an. Die alte Dame sah fürchterlich mitgenommen aus. Ihre Mundwinkel hingen herab, unter ihren Augen hatten sich tiefe, dunkle Ringe gebildet. Sie schüttelte immer wieder den Kopf, als könne sie gar nicht fassen, was gerade nebenan passiert war. Julia verstand es. Sie hatte schon mehr als einmal die schreckliche Nachricht überbringen müssen, dass die Schwester, Mutter oder sonst wer, nicht mehr nach Hause kommen würde. Auch wenn

Griesgard kein Familienmitglied war, hatte sie das Gefühl, dass die beiden Frauen sich nahestanden. Sie nahm einen tiefen Atemzug. „Frau Griesgard, wollen Sie mir noch etwas sagen?"

„Bitte entschuldigen Sie." Ihre Augen hatten sich mit Tränen gefüllt.

„Sie brauchen sich nicht zu entschuldigen. Kann ich Ihnen etwas bringen? Ein Glas Wasser vielleicht?"

„Nein, es geht schon, danke."

„Sie beide standen sich sehr nah?"

„Wir haben uns nur gelegentlich zum Kaffee getroffen, aber es lässt mich nicht kalt, was mit ihr geschehen ist." Sie machte eine Pause. „Nach dem Tod ihres Kindes habe ich versucht, sie zu unterstützen. Habe ihr mit dem Haushalt geholfen, für sie gekocht. Ich konnte es nicht mitansehen, wie sie in dem fertigen Kinderzimmer auf dem Boden kauerte und apathisch ins Leere starrte. Es tat mir so leid für sie. Ich habe selbst Kinder und die Vorstellung, dass …" Sie stockte abermals. „Es dauerte nicht lange, dann veränderte sich Saskia. Ich hielt es für ein gutes Zeichen, dachte, sie fange an, den Verlust zu akzeptieren und einen Weg zurück ins Leben zu finden. Aber nicht so." Griesgard schüttelte abermals den Kopf.

„Wie meinen Sie das?"

„Sie fing an, sich in Verschwörungstheorien zu verstricken. Verschwendete Stunden um Stunden am PC, um irgendwelche Recherchen einzuholen. Erzählte etwas von dubiosen Machenschaften und dass sie die ganze Wahrheit kenne und die Verantwortlichen dafür drankriegen wird."

Julia dachte an die verschwundenen Geräte. „Die Verantwortlichen wofür?“

„Für die Entführung ihres Kindes. Sie glaubte tatsächlich, ihre Tochter sei noch am Leben und wurde an einen Pädophilenring verkauft, wo man furchtbare Dinge mit der Kleinen anstellte.“

Julias Puls beschleunigte sich. *Die gleiche Geschichte, nur eine andere Frau*, dachte sie.

Sie holte tief Luft. „Frau Griesgard, hat Saskia Bertel gesagt, wen sie für die Entführung ihres Kindes verantwortlich macht?“

Griesgard verzog das Gesicht. Es schien ihr unangenehm, darüber zu sprechen. „Sie werden mir nicht glauben, aber Saskia Bertel war überzeugt, die Annaberg-Klinik habe ihr Kind nach der Entbindung entführt.“

-14-

Frühjahr 2013

Alice. Heute traf ich sie endlich wieder. Ich konnte an nichts anderes denken. Das letzte Mal, dass wir uns außerhalb der Schule getroffen hatten, war Wochen her. Ich konnte vor Aufregung kaum still sitzen.

„Wie läuft's in der Schule?"

Mein Vater riss mich aus meinen Tagträumen. „Ganz okay." Ich zuckte mit den Schultern. „Hab in Englisch eine Eins bekommen." Was meine Mutter natürlich wieder nicht gewürdigt hatte.

„Schön." Sein Blick blieb auf dem Smartphone haften. „Wie geht's Alice?"

Mein Herz machte einen Salto bei der Erwähnung ihres Namens. Warum meinen Vater es interessierte, wusste ich allerdings nicht. „Ganz gut." Dass wir uns später trafen, erwähnte ich nicht.

„Peter, reichst du mir mal das Salz?", wechselte meine Mutter das Thema.

Er nahm den Salzstreuer und knallte ihn meiner Mutter vor die Nase.

„Das Essen schmeckt sowieso scheiße!", polterte mein Vater. „Kannst du nicht mal ein verdammtes Rezept kochen?" Er lief puterrot an.

Meine Mutter sprang auf. „Dann iss doch woanders. Du kommst alle Schaltjahre mal nach Hause, die restliche Zeit fickst du irgendwelche Weiber, die dir bei deinen Nachtfahrten einen runterholen. Frag die doch, ob sie für dich kochen."

„Leck mich!" Mein Vater ließ die Gabel fallen, stand auf und stürmte aus der Wohnung.

„Dieser verdammte Idiot!" Meine Mutter stand auf und warf das Geschirr in die Küchenspüle. „Kommt einmal im Monat nach Hause und meckert dann noch über das Essen! Ich kann dir eins raten: Heirate niemals einen Lkw-Fahrer!"

Meine Mutter ließ einen Schwall von Beschimpfungen folgen, aber ich hörte kaum zu. Mein einziger Gedanke galt dem heutigen Treffen. Es musste alles perfekt sein. Ich wollte, dass Alice sich in meiner Gegenwart wohlfühlte, dass sie mich mochte und wir uns wieder so gut verstanden wie in unserer Kindheit. Zum Glück hatten Alice und ich verabredet, in den Park zu gehen. Bei der Stimmung in unserem Haus hätte sie bestimmt Reißaus genommen. Wir wollten uns in einer Stunde treffen und ich sollte sie abholen. Die Zeit wollte ich nutzen, um mich fertigzumachen. Während meine Mutter immer noch damit beschäftigt war, sich über das Benehmen meines Vaters zu ärgern, ging ich ins Bad und stellte mich vor den Spiegel. Wie ich festgestellt hatte, verbrachte Alice zunehmend mehr Zeit im Bad, um sich zu schminken. Aus welchem Grund war mir schleierhaft. Sie sah doch so hinreißend aus.

Ich betrachtete mich. Meine dunkelblonden Haare wirkten fettig, meine Lippen aufgedunsen. Das Muttermal auf meiner linken Wange hätte ich am liebsten herausgeschnitten. Stattdessen trug ich ein wenig Make-up auf und versuchte, es bestmöglich zu überdecken. Ich hatte auch angefangen, weniger zu essen. Mein Bauch war einfach eklig. Am liebsten hätte ich ein Stück herausgenommen. Daher aß ich nur noch eine Brotscheibe morgens sowie abends und beschränkte mich beim Mittagessen fast ausschließlich auf den Salat. Ich wollte schlank werden. So schlank wie Alice. Meiner Mutter fiel es kaum auf und bei ihren Kochkünsten verpasste ich auch nichts.

Punkt eine Stunde später stand ich mit klopfendem Herzen vor Alice Haustür und klingelte. Ihre Familie wohnte in einem schönen Einfamilienhaus, nur wenige Minuten von unserer Wohnung entfernt. Sie hatten einen schönen kleinen Garten auf der Rückseite des Hauses, in dem Alice und ich früher beinahe täglich gespielt hatten. Auch wenn ich froh war, inzwischen kein Kind mehr zu sein, fehlte mir doch die gemeinsame Zeit mit Alice. In den vergangenen Wochen hatte ich sie immer seltener gesehen, was entweder daran lag, dass sich Alice mit irgendwelchen Freundinnen traf oder mit dem Typen aus der Klasse über uns. Ich hasste sie alle, denn sie stahlen unsere gemeinsame Zeit.

„Hey, ich bin noch ganz kurz duschen. Fünf Minuten okay?", zwitscherte Alice' Stimme aus der Freisprechanlage.

„Klar, kein Problem." Ich fragte mich, warum Alice das nicht vorher tat, wenn sie wusste, dass wir uns um 14 Uhr trafen. Doch das war eben Alice – ich nahm es ihr nicht übel.

Ich drehte eine Runde um das Haus. Es war ein warmer Frühlingstag. Ich lief an der Hecke auf der rückwärtigen Seite entlang und erreichte das Gartentor, von dem aus man einen Blick zu dem Haus hatte. Ich hoffte, Alice schon irgendwo zu sehen, konnte sie aber nicht entdecken. Es raschelte.

Was war das? Ich kniff die Augen zusammen. Stand dort jemand im Gebüsch? Mein Herz pochte. Etwa ein Einbrecher? Sollte ich die Polizei holen? Mein Blick wanderte von dem Komposthaufen über die Gartenhütte zu dem Gebüsch. Und tatsächlich stand dort jemand. Ein Mann, sichtlich bemüht, unentdeckt zu bleiben. Er hatte mir den Rücken zugewandt und starrte in Richtung des Hauses. Irgendwie kam er mir seltsam vertraut vor.

Der Kerl starrte direkt in das Badezimmer, in dem Alice momentan stand und sich duschte. Es schnürte mir die Kehle zu.

Ich machte ein paar Schritte zur Seite, um den Mann besser erkennen zu können. Er stand nicht einfach nur dort. Er hatte seine Hose heruntergelassen und holte sich einen herunter. Auf Alice. Eine Welle der Übelkeit überrollte mich, aber nicht nur, weil er Alice beim Duschen begaffte, sondern weil ich auch genau wusste, wer der Mann war. „Papa, was machst du da?“

Erschrocken blickte der Mann zu mir herüber. Halb hoffte ich, es wäre nicht mein Vater. Doch in der Sekunde, als er sein Gesicht zur mir drehte, verschwanden jegliche Zweifel.

„Oh, mein Schatz, das ist nicht, wonach es aussieht.“
Nein, was denn bitte dann?

Eilig zog sich mein Vater die Hose wieder hoch und kam zum Gartentor gestolpert. Ich blickte zum Haus und betete, dass Alice ihn nicht gesehen hatte. Zumindest schaute sie nicht aus dem Fenster. Mein Vater kletterte über das Gartentor. Er war verschwitzt und sein Gesicht glühte. Es war ekelerregend. „Weißt du, mein Schatz." Er grinste. „Als Mann hat man manchmal seine Bedürfnisse. Das ist ganz normal. Bitte sag deiner Mutter nichts, okay?"

Er hielt mich offensichtlich für bescheuert. Mein Vater war fünfzig und Alice vierzehn – und er rubbelte sich einen, während er meine beste Freundin beim Duschen beobachtete. Und das sollte normal sein? Am liebsten wäre ich vor Scham im Boden versunken.

„Trefft ihr euch gleich noch?"

Besser, ich hätte es erwähnt, dann wäre mir der Anblick vielleicht erspart geblieben. Ich nickte stumm.

Mein Vater tätschelte mir das Gesicht und verschwand.

Ich stand noch immer wie angewurzelt auf der Stelle. Wieso tat er mir das an? Es gab doch unzählige Frauen und er hatte meine Mutter. Warum ausgerechnet meine Alice? Ich wusste nicht, wie lange ich dort gestanden hatte, bis mich eine Stimme aus meinen Gedanken riss.

„Leni, was machst du hier?"

Ich wirbelte herum. Alice stand am Gartentor und blickte mich stirnrunzelnd an. Ihr Gesicht verriet keinerlei Regung – sie hatte wohl nichts mitbekommen.

Ich war zu perplex, um zu antworten, daher lächelte ich nur. Alice sah fantastisch aus: die Haare noch etwas nass und knapp bekleidet mit einem dünnen rosafarbenen Shirt. Der verführerische Duft ihres Shampoos stieg mir in die Nase, während Alice das Gartentor öffnete.

„Alles okay?" Sie warf mir wieder dieses umwerfende Lächeln zu.

Dann passierte es einfach. Ich warf mich Alice um den Hals und ließ meinen Tränen freien Lauf. Während ich mich fest an sie presste, spürte ich ihre Wärme und ihren Herzschlag. Ein Beben erfasste meinen ganzen Körper, während ich die Augen schloss und betete, dass dieser Moment niemals enden würde.

„O Alice", flüsterte ich. „Ich lass dich nie wieder gehen!"

-15-

Julia fühlte sich erschöpft. Sie hatten die ganze Nacht damit verbracht, die Nachbarn zu befragen und Informationen über Saskia Bertel zu sammeln. Wie es schien, war Bertel eine wahre Eigenbrötlerin. Die Eltern, mit denen Julia am frühen Morgen telefoniert hatte, wirkten bestürzt, aber weit weniger, als sie es angenommen hatte. Offenbar hatte Saskia Bertel kein gutes Verhältnis zu ihrer Familie gehabt. Auf die Frage, woran das lag, antworteten die Eltern ausweichend. Julia hatte den Eindruck, dass sie nicht mit Saskias Lebensstil einverstanden waren. Diese hatte die Schule frühzeitig abgebrochen, mehrere Ausbildungen hingeworfen und hielt sich mit Gelegenheitsjobs über Wasser. Sie konnten Julia auch nicht sagen, wer der Vater des toten Kindes war, und es schien sie auch nicht besonders zu interessieren. Weder sie noch die Nachbarn wussten, ob es jemanden gab, der Saskia Bertel nahestand, mit Ausnahme der Nachbarin.

Julia suchte die Nummer von Dr. Kastjansen heraus. Dieser konnte ihnen sicher sagen, ob Raunfeld schwanger gewesen war. Das Freizeichen ertönte.

„Praxis Dr. Kastjansen, Müller, hallo?"

„Mein Name ist Beck von der Kripo Stuttgart. Wir haben eine Frage zu einer Patientin namens Nadja Raunfeld. Können Sie mir da weiterhelfen?“

„Das tut mir leid“, sagte Müller mit einer Spur des Bedauerns. „Ich darf Ihnen keine Auskünfte zu Patienten geben, außer Sie schicken uns eine entsprechende Freigabe.“

Das hatte sie befürchtet. „Ich habe nur eine Frage. Gibt es die Möglichkeit, mit Dr. Kastjansen zu reden?“

„Er ist im Gespräch, aber ich versuche, Sie durchzustellen. Einen Moment bitte.“

In der Leitung wurde es still. „Kastjansen?“ Seine Stimme klang schroff.

„Hallo, Beck hier, Kripo Stuttgart. Es geht um eine Patientin von Ihnen, Nadja Raunfeld. Ich würde gerne wissen, ob ...“

„Haben Sie eine richterliche Verfügung zur Einsichtnahme in Patientenakten?“

Er ließ sie gar nicht erst ausreden. „Ich habe nur eine kurze Frage, und zwar ...“

„Ist mir völlig egal. Ohne Beschluss sage ich Ihnen gar nichts. Und jetzt hören Sie auf, mich zu belästigen, ich habe zu tun.“ Ohne ein weiteres Wort legte er auf.

Arschloch. Julia knallte das Telefon auf den Tisch.

Eine halbe Stunde später saß sie mit einem mindestens ebenso erschöpft aussehenden Martin Keller im Besprechungsraum. Li, der neben ihr Platz genommen hatte, wirkte auch müde, hatte aber einen entspannten Gesichtsausdruck.

„Also, ich habe mit Dr. Kastjansen gesprochen. Ein ziemlich unsympathischer Kerl übrigens. Er beruft sich auf seine Schweigepflicht und sagt uns gar nichts. An der Stelle kommen wir also nicht weiter." Sie seufzte.

„Na super", brummte Keller. „Dann machen wir mit dem Bericht der Spurensicherung weiter." Er schlug die vor ihm liegende Mappe auf. „Es fehlt das Handy von Saskia Bertel. Wir konnten keinen PC, Laptop oder Tablet finden, wissen aber auch nicht, was sie davon besaß. Einbruchspuren oder Hinweise auf ein gewaltsames Eindringen gab es nicht. Also, entweder wurde Saskia Bertel vor ihrem Suizid beklaut oder jemand möchte uns glauben machen, dass es sich um einen Suizid handelt, um von den gestohlenen Geräten abzulenken. Einen Abschiedsbrief gab es nicht."

„Wurden Fingerabdrücke oder fremde DNA gefunden?"

Julia blickte zu Keller.

„Nein." Er schüttelte den Kopf.

„Was ist mit der Laboruntersuchung?" Li beugte sich nach vorn.

„Steht noch aus", antwortete Keller.

Julia warf einen Blick zur Seite. „Vielleicht ging es bei den gestohlenen Geräten um Informationen, die für die Klinik heikel sein könnten und deshalb beseitigt werden mussten."

„Wie kommen Sie jetzt darauf?" Keller zog die Brauen hoch.

„Weil die Nachbarin angegeben hat, dass Saskia Bertel ebenfalls überzeugt war, dass die Klinik hinter dem Verschwinden ihres Babys steckte. Genau wie Nadja Raunfeld. Das kann doch kein Zufall sein. Was, wenn die Klinik tatsächlich Kinder entführt?" Julia hielt die

Vorstellung für ungeheuerlich, aber es passte zusammen. Zwei Frauen, die beide der Auffassung waren, dass eine Klinik für die Entführung ihres Neugeborenen verantwortlich war. Die eine wurde als geisteskrank abgestempelt, die andere zum Schweigen gebracht. Und anschließend bestohlen, vielleicht um etwaige Beweise zu vernichten. Bei der Vorstellung lief es ihr kalt den Rücken hinunter. Methoden wie bei der Mafia. Es gab Zeugen für die Schwangerschaft. Jetzt mussten sie es nur noch beweisen.

Sonderbar fand Julia, dass die Klinik bei Nadja Raunfeld behauptete, dass es nie ein Kind gegeben hätte. Wieso sprach sie nicht auch von einer Totgeburt wie bei Saskia Bertel? Weil es keine Leiche gab? Oder steckte etwas anderes dahinter?

„Das Problem ist, wir haben keine Beweise. Keinen Nachweis, dass Saskia Bertel ermordet wurde oder die Klinik damit irgendwie in Zusammenhang steht. Die Frau hat ihr Kind verloren. Vielleicht ertrug sie es einfach nicht. Hat ihre Verbindungen zur Außenwelt gekappt und ihr Leben beendet." Keller schien selbst nicht so ganz überzeugt von seiner Theorie.

„Können wir das Handy orten?" Li nahm einen Schluck Kaffee aus seiner Tasse.

Keller schüttelte abermals den Kopf. „Ich war vorhin bei Tom aus der Technikabteilung. Das Mobiltelefon ist ausgeschaltet und ohne es haben wir keinen Zugriff auf ihre persönlichen Daten." Er stieß einen tiefen Seufzer aus. Die Frustration stand ihm ins Gesicht geschrieben. „Wing-Wing, wie sieht es mit dem Unfallbericht aus?" Er drehte sich zu seinem Kollegen.

Li zuckte mit den Schultern. „Ich habe ihn bei den zuständigen Kollegen angefordert, müsste heute oder morgen kommen."

Keller brummte etwas Unverständliches.

„Aber ich habe etwas anderes herausgefunden", fuhr Li fort.

Julia beugte sich nach vorn.

„Eine Frau namens Eveline Sanderlah hat vor einigen Jahren die Klinik verklagt, weil ihr Baby angeblich durch einen Behandlungsfehler seitens der Klinik gestorben ist. Natürlich hatte sie dafür keine Beweise und die Sache ist im Sand verlaufen. Aber bei der geringen Anzahl an Fehlgeburten hierzulande finde ich es auffällig, dass das in der Klinik wohl schon einige Male vorgekommen ist."

Julia kam das ebenfalls verdächtig vor. „Wir sollten mit Frau Sanderlah sprechen", schlug Julia vor. „Vielleicht kann sie uns mehr darüber erzählen."

„Die Frau wird uns gar nichts mehr erzählen." Li senkte die Stimme. „Sie wurde wenig später tot in ihrer Wohnung aufgefunden."

Julia legte die Stirn in Falten. „Sie lag aber nicht tot in der Badewanne, oder?"

„Nein. Todesursache war wohl ein Herzinfarkt. Keine Hinweise auf Fremdverschulden."

„Praktisch für die Klinik. So konnte sie schon keine Schwierigkeiten mehr machen. Ähnlich wie Saskia Bertel", antwortete Julia.

Li nickte. „Für mich ist das auch ein fragwürdiger Zufall. Aber ohne Beweise sind uns die Hände gebunden."

„Vielleicht sollten wir die Beweise auf anderem Wege beschaffen." Julia spielte mit ihrer Tasse.

„Woran denkst du?" Li zog die Stirn hoch.

„Wir schleusen mich in die Klinik ein, um herauszufinden, was vor sich geht."

„Das kommt nicht infrage!" Keller verschränkte die Arme vor der Brust. „Wir schicken da nicht einfach jemanden hin, in der Hoffnung, etwas zu finden, das vielleicht gar nicht existiert."

„Gar nicht existiert?" Julia sah Keller mit hochgezogenen Brauen an. „Saskia Bertel war überzeugt, dass ihr Baby von der Klinik entführt wurde. Kurz darauf liegt sie mit aufgeschnittenen Pulsadern in der Badewanne. Eine Frau verklagt die Klinik wegen ihres toten Kindes, kurz darauf erleidet sie einen mysteriösen Herzinfarkt. Was, wenn Nadja Raunfeld die nächste ist?" Sie war lauter geworden.

„Wir wissen nicht, was Bertel glaubte. Sie war tot, bevor wir mit ihr sprechen konnten. Die Geschichte mit Sanderlah liegt Jahre zurück und bei Raunfeld wissen wir nicht einmal, ob es überhaupt ein Baby gegeben hat."

„Das heißt, wir machen gar nichts und lassen die Klinik einfach machen?" Julia war fassungslos. Für sie war es offensichtlich, dass die Klinik etwas verheimlichte.

„Wir warten erst mal den Laborbericht ab, dann sehen wir weiter." Keller erhob sich. Offenbar war die Sache für ihn damit erledigt.

Warum schlug er ihren Vorschlag so in den Wind? Wenn die Klinik wirklich Kinder entführte, dann war es ein abscheuliches Verbrechen, das auf jeden Fall verhindert werden musste. Doch die Klinik war schlau und schien gekonnt ihre Spuren zu verwischen, weshalb sie undercover vielleicht mehr Erfolg hatten. Sie mochte es sich gar nicht ausmalen, wie es sich für eine Frau anfühlen musste, ihr Kind zu verlieren. Vor allem, wenn das Kind in Wirklichkeit noch am Leben war.

Sie konnte kaum die Füße stillhalten. Am liebsten wäre sie sofort in die Klinik gefahren, um herauszufinden, was dort vor sich ging. Doch sie wusste, dass sie nicht überstürzt handeln durfte. Denn wenn ihre Theorie tatsächlich stimmte, entführte die Klinik nicht nur Kinder, sondern beseitigte auch jeden, der sich ihnen in den Weg stellte.

-16-

Herbst 2014

Ich ließ mich auf meinen Stuhl plumpsen. Es war kurz vor acht und der Deutschunterricht würde gleich losgehen. Von Alice war weit und breit keine Spur. Meistens war sie schon eine Viertelstunde vorher da, alberte mit den anderen Mädels herum und erzählte von Typen, die sie kennengelernt hatte. Dass sie eigentlich noch mit Patrick zusammen war, schien niemanden zu stören. Alice hatte eine sonderbare Vorstellung von Partnerschaft.

Unser Klassenlehrer Herr Manolas betrat den Raum. Meine Mitschüler gingen zu ihren Plätzen und es wurde ruhig. Wo war Alice? War sie krank? Ging es ihr schlecht? Herr Manolas schlug das Klassenbuch auf, das vor ihm auf dem Schreibtisch lag, und ließ seinen Blick durch die Runde schweifen. „So, wer fehlt?"

Mein Arm schoss in die Höhe. „Alice ist nicht da!"

Herr Manolas runzelte die Stirn. Er nannte sie natürlich nicht Alice. Seine Miene erhellte sich, als der Groschen fiel. „Die hat sich heute Morgen schon krankgemeldet. Sonst noch jemand?"

Ein bohrender Schmerz durchzog meine Brust. Früher hatte Alice mich immer als Erstes informiert, wenn es ihr schlecht ging. Ich hatte sie dann sofort nach dem

Unterricht besucht, ihr die Hausaufgaben und Unterrichtsmaterialien gebracht und ihr beigestanden. Heute hatte sie mich nicht einmal angerufen oder mir eine Nachricht geschickt. Was hatte ich falsch gemacht?

Der Rest des Vormittags zog dümpelnd vor sich hin. Meine Gedanken kreisten immer wieder um Alice. Ich hatte mir fest vorgenommen, sie nach der Schule zu besuchen. Es war eine gute Gelegenheit, mich mit ihr zu treffen. Möglicherweise erkannte sie dann, was für eine gute Freundin sie in mir hatte, die sich um sie kümmerte. Andererseits hatte ich Zweifel. Ich wollte Alice nicht belagern. Vielleicht wollte sie ja lieber ihre Ruhe haben.

Ich verließ das Schulgelände durch den Hinterausgang. Während ich noch darüber nachdachte, was ich tun sollte, sah ich Patrick, der ebenfalls die Hintertür nahm. Normalerweise nutzte er den Haupteingang auf der anderen Seite. Wo wollte er hin?

Ich beobachtete ihn. Die fülligen braunen Haare hatte er nach oben gegelt und an der Seite kurz geschnitten; er besaß ein markantes Kinn und dunkle Brauen. Die kräftigen Oberarmmuskeln zeichneten sich unter dem hellen Shirt deutlich ab. Mir war schon länger klar, warum Alice auf ihn stand. Er sah heiß aus.

Patrick kam in meine Richtung gelaufen. Der aufrechte Gang mit den nach hinten gezogenen Schultern wirkte absolut selbstbewusst. Wie musste es sein, einen Kerl wie ihn als Freund zu haben? Wie fühlte es sich für Alice anfühlen, von ihm berührt zu werden? Ein Kribbeln durchzog meinen Körper. Sollte ich ihn ansprechen? In wenigen Sekunden würde er an mir vorbeilaufen. Ich sah ihn an und wieder auf den Boden. Er war nur noch wenige Schritte entfernt. Mein Herz raste. Das Kribbeln in mir wurde stärker. Und dann musste ich es einfach tun.

„Hey!", stieß ich viel zu laut hervor.

„Hi." Patrick blieb stehen, zog die Brauen hoch.

„Ich bin Leni!" Dabei klang ich eher wie Mickymaus.

Patrick zog seine Stirn hoch. Seine dunklen Augen wanderten prüfend über meinen Körper, dass mir ein Schauer über den Rücken lief. Sein Blick sprach von Unwissenheit.

„Die Freundin von Alice."

„Ach, Leni." Sein Ton klang abfällig. „Stimmt, sie hat dich mal erwähnt."

Ich wusste nicht, was mir mehr zusetzte. Was Alice über mich erzählt haben mochte, oder dass sie mich nur beiläufig erwähnt hatte, obwohl ich ihre beste Freundin war. Ich schluckte.

„Ja." Ich verlagerte mein Gewicht von einem Fuß auf den anderen. „Hast du schon Schluss?"

„Jo." Er fuhr sich durch die dichten, braunen Haare. „Ich wollte Alice kurz ein paar Sachen vorbeibringen – sie hat mir gestern Abend geschrieben."

Der nächste Seitenhieb. Sollte ich ihm von den anderen Typen erzählen, mit denen sich Alice traf? Vielleicht überlegte er es sich dann anders, ließ sie hängen und Alice hatte mehr Zeit für mich. Andererseits wollte ich ihr das nicht antun.

„Oh, ähm, ich glaube, das wird nicht nötig sein", stammelte ich. Eine gute Lügnerin war ich noch nie. „Alice hat mich nämlich heute Morgen erst angerufen und gebeten, dass ich vorbeikomme, weil sie nicht will, dass du sie so siehst." Es klang total schräg. Hatte er mir den Quatsch abgekauft?

Patrick betrachtete mich mit zusammengekniffenen Augen. „Das hat sich gestern aber noch ganz anders angehört."

„Ja, sie hat es sich noch mal überlegt." Ich wollte lächeln, musste aber breit grinsen.

Patricks Mimik blieb ernst. Sein Blick wanderte erneut über meinen Körper. Scham kroch in mir hoch. Er tat es bestimmt nicht, weil er mich so attraktiv fand.

„Sag mal." Sein Blick blieb an meinem Rock hängen. „Gehört der nicht Alice?"

Ich sah an mir hinab. Es war der gleiche, den sie auch besaß. Ich erinnerte mich noch, wie ich in dem Bekleidungsgeschäft gestanden und eben jenen Rock sah, den Alice an diesem Tag in der Schule getragen hatte. Ich musste ihn auch haben, damit ich aussah wie sie. Damit ich war wie sie.

„Nö, das ist meiner."

Patrick nickte und drehte sich um. „Na dann. Man sieht sich."

Was dann geschah, änderte alles. „Warte!"

Aus einem Impuls heraus griff ich seinen Arm. Patrick drehte sich um und ich presste meinen Körper fest an ihn. „Geh nicht", flüsterte ich ihm ins Ohr. „Du kannst mich haben. Ich werde für dich Alice sein." Meine Lippen berührten seine. In meiner Vorstellung war es Alice, die ihn küsste. Mit dem gleichen Feuer, das sie in mir entfachte. Für einen Augenblick blieb die

Zeit stehen – Alice und ich waren zu einer Einheit verschmolzen.

Bis mich Patrick grob wegstieß. Sein Gesicht war wutverzerrt. „Sag mal, hast du sie noch alle?", schrie er mich an. „Was denkst du dir? Bist du komplett bescheuert?"

Was habe ich getan? Mir schoss die Röte ins Gesicht. Am liebsten wäre ich weinend davongerannt.

Patrick funkelte mich an. Es war eine Mischung aus Abscheu und Ekel. „Ganz ehrlich, Alice hat vollkommen recht. Du bist ne total kranke Stalkerin, die in die Klapse gehört!"

Damit ließ er mich stehen. Und in dieser Sekunde begriff ich, dass mein Leben ruiniert war.

-17-

„Wir haben den Laborbericht aus der Klinik! Wir treffen uns im Besprechungsraum." Li wedelte mit einem Stück Papier vor Julias Nase herum.

„Oh, super." Sie war gespannt, was der Bericht hergab. Auch wenn sie in der heutigen Nacht nicht gerade viel geschlafen hatte, so war sie nicht mehr so ausgelaugt wie tags zuvor.

Sie betrat den Besprechungsraum, an dessen Tischende Keller saß, in seinem Handy versunken. Er hob nicht einmal den Kopf, aber das war Julia bereits gewohnt.

Wenige Augenblicke später betrat Li, gefolgt von Preiß, das Zimmer. „Guten Morgen, alle miteinander." Preiß nahm zwischen Keller und Julia Platz.

„Guten Morgen." Sie lächelte.

Keller gab einen Brummlaut von sich, der wohl ein ‚Morgen' sein sollte und ließ das Mobiltelefon in seiner Hosentasche verschwinden.

Li räusperte sich. „Also, laut dem Laborbericht konnten bei Saskia Bertel hohe Mengen an Midazolam im Blut nachgewiesen werden. Es ist davon auszugehen, dass das jene Substanz ist, die sie oder jemand anderes ihr gespritzt hat und die nichts mit einer Thrombosespritze zu tun hat."

„Muss man Midazolam kennen?" Keller zog die Brauen hoch.

Julia sagte der Begriff ebenfalls nichts.

„Midazolam ist ein Betäubungsmittel aus der Gruppe der Benzodiazepine und wird vor allem in der Anästhesie verwendet, um Patienten vor oder während Operationen zu sedieren."

Während Julia das erst hätte googeln müssen, schien Li das aus dem Stegreif zu wissen. Sie war immer wieder von dessen Allgemeinwissen beeindruckt.

„Könnte sie sich das selbst gespritzt haben, um die Schmerzen während des Selbstmords zu reduzieren?", fragte Preiß.

Li wiegte den Kopf zur Seite. „Unwahrscheinlich. Bei der Menge wäre sie sofort weg gewesen und gar nicht mehr in der Lage, sich Schmerzen zuzufügen."

„Aber eine Ärztin hätte ihr das Medikament verschreiben können?", hakte Julia nach.

„Rein theoretisch, ja." Li, der ihr gegenüber saß, nickte. „Ist aber eigentlich kein Medikament, das normalerweise gegen Schmerzen eingesetzt wird und schon gar nicht als Injektion. Ich habe bei der Krankenkasse angerufen, die waren so nett, mir den Namen von Bertels behandelnden Arzt zu geben. „Und jetzt ratet mal, wer das war?"

Preiß zog die Brauen hoch.

Julia ließ einen Moment verstreichen. „Dr. Rainer Kastjansen."

„Was für ein Zufall", brummte Keller mit einer hörbaren Spur von Sarkasmus.

„Weiß ich nicht." Julia rieb sich die Stirn. „Ich habe ihn noch mal angerufen, aber er war gar nicht erst bereit, mit mir zu sprechen."

„Das Problem ist, dass er nicht verpflichtet ist, uns Auskunft zu geben." Preiß lehnte sich zurück.

„Aber unabhängig davon, ob es Kastjansen bestätigt oder nicht, hätte es für Saskia Bertel keinen Sinn ergeben, sich das Medikament zu spritzen, weil sie sich damit selbst betäubt hätte, oder?" Julia sah zu Li.

„Richtig. Zumal sich das Medikament auch nirgends sonst in Bertels Wohnung befand. Jedenfalls kann ich mich nicht erinnern, es im Bericht der Spurensicherung gelesen zu haben."

„Und Sie schließen daraus was?" Preiß legte die Stirn in Falten.

„Na ja, eine Klinik hätte auf jeden Fall die Möglichkeit, an ein solches Medikament heranzukommen und es Saskia Bertel zu verabreichen. Hätte man ihr danach die Pulsadern aufgeschnitten, sieht alles nach einem Suizid aus. In diesem Fall hätten wir es mit einem Mord zu tun." Li senkte den Blick.

„Und keinerlei Beweise, dass es einen Zusammenhang zu der Klinik gibt", ergänzte Keller, der bisher noch nichts gesagt hatte.

Preiß rieb sich den Nacken. „In Ordnung, dann werde ich die neuen Erkenntnisse an die Staatsanwaltschaft weitergeben. Wenn die es als Mord einstufen, haben wir zumindest die Möglichkeit, Frau Bertel obduzieren zu lassen. Dann bekommen wir vielleicht Hinweise, ob die angegebenen Komplikationen tatsächlich vorlagen. Außerdem könnten wir Patientendaten bei der Klinik und den behandelten Ärzten abfragen."

„Ich hätte einen anderen Vorschlag."

Alle Augen richteten sich auf Julia.

„Herr Keller hat recht. Ich glaube, dass wir auch mit Patientendaten und einer Obduktion keine Beweise finden, die die Klinik mit einem Mord an Saskia Bertel in Verbindung bringt. Das Medikament könnte ihr jeder gespritzt haben, die Gegenstände jeder entwendet und selbst wenn es keine Hinweise auf Komplikationen während Bertels Schwangerschaft gab, ist das kein Beweis, dass die Klinik sie umgebracht hat." Es kam nur selten vor, dass Julia ihrem Vorgesetzten recht gab, aber die Klinik war sicher nicht so unklug, in einer offiziellen Akte anzugeben, dass sie Kinder entführte.

„Und was schlagen Sie vor?" Preiß blickte sie erwartungsvoll an.

„Schleusen Sie mich undercover in die Klinik ein. Ich suche nach Beweisen, dass die Einrichtung etwas vertuscht. Außerdem hätte ich die Möglichkeit, unauffällig mit anderen Frauen zu sprechen, die dort entbunden haben. Ich könnte herausfinden, was Raunfeld weiß. Vielleicht ist sie dann weniger misstrauisch als bei einem Verhör durch die Polizei. Wenn ich etwas finde, gebe ich Ihnen sofort Bescheid und wir schlagen zu."

Preiß rieb sich das Kinn. „Ich muss das zuerst mit der Staatsanwältin und der zuständigen Kostenstelle abklären. Grundsätzlich finde ich Ihren Vorschlag lobenswert."

Er nickte Julia anerkennend zu, während Keller das Gesicht verzog.

Preiß erhob sich. „Ich werde Sie auf dem Laufenden halten. Bis dahin versuchen Sie bitte mehr über das

Umfeld von Saskia Bertel herauszufinden. Das sind mir noch zu wenige Informationen." Damit verließ er das Büro.

Keller sprang auf. „Sinnlose Zeitverschwendung."

„Das werden wir sehen."

Ihr Bauchgefühl sagte ihr, dass die Klinik etwas mit dem Tod von Saskia Bertel zu tun hatte. Und sie würde weder Raunfeld noch andere potenzielle Opfer im Stich lassen.

-18-

Herbst 2014

„Sag mal, hast du komplett den Arsch offen?"

Ich hatte Alice noch nie so wütend erlebt. Sie stand vor meinem Platz, die Hände in die Hüften gestemmt. Ihre haselnussbraunen Augen waren zu schmalen Schlitzen verengt und die Lippen aufeinandergepresst. Mein Herz hämmerte wie verrückt. Es war ein unverzeihlicher Fehler gewesen, und ich hatte inständig gehofft, Alice' Freund würde ihr den Kuss verschweigen, aber natürlich hatte er es ihr erzählt.

„Wie kannst du nur?", schrie sie, während die ganze Klasse mit einem Schmunzeln dabei zusah. Ich konnte mich nicht erinnern, mich jemals in meinem Leben mieser gefühlt zu haben. *Schuldiger.*

„Patrick ist mein Freund und du lässt gefälligst die Finger von ihm. Ganz ehrlich, was stimmt nicht mit dir? Und ich dachte, wir sind Freunde. Pah, von wegen."

Das saß. Ein bohrender Schmerz durchzog mein Innerstes, als hätte mir jemand einen Dolch direkt ins Herz gerammt. Von allen Dingen, die Alice mir an den Kopf geworfen und ich sprachlos über mich ergehen gelassen hatte, war dies das Übelste.

„Alice, bitte", setzte ich an, während ich mit den Tränen kämpfte.

„Alice, bitte", äffte sie mich nach. „Hättest du dir früher überlegen sollen. Schlampe." Damit drehte sie mir den Rücken zu.

„Die flennt gleich", rief Iris. Es war die pure Abneigung. Sie genoss, wie Alice mich fertigmachte – genau wie der gesamte Rest der Klasse. Die Ersten hatten bereits das Mobiltelefon in der Hand und filmten.

Und das Schlimme daran war: Alice hatte völlig recht. Was ich getan hatte, war unverzeihlich. Am liebsten hätte ich die Zeit zurückgedreht und alles anders gemacht – Patrick nicht angesprochen, ihn nicht geküsst –, sondern wäre einfach zu Alice gegangen. Doch das ging nicht. Warum hatte ich ihn geküsst? Es war, als hätte jemand in meinem Kopf einen Schalter umgelegt.

Alice drehte sich erneut zu mir. In ihren Augen spiegelte sich der blanke Hohn. Sie beugte sich über meinen Tisch zu mir. Dabei kam sie mir so nah, dass ich ihren unwiderstehlichen Körpergeruch wahrnahm und mir wieder schmerzlich bewusst wurde, wie sehr mir ihre Nähe fehlte. Wie ich mich an sie kuscheln wollte und sie mir sagte, dass alles gut werden würde, dass ich mir keine Sorgen machen sollte. Wie an jenem Tag, als Alice am Gartentor gestanden hatte. Doch jetzt hatte sie etwas ganz anderes im Sinn.

„Weißt du was, Leni?", flüsterte sie.

Ich hielt die Luft an. Im Klassenzimmer wurde es so still, dass man das Fallen einer Stecknadel gehört hätte.

„Glaubst du etwa, so ein Typ wie Patrick gibt sich mit so nem Stück Scheiße wie dir ab?"

Meine Gesichtszüge froren ein. Im Hintergrund ertönte Gelächter.

„Yeah, gibs ihr!", rief jemand.

Iris lachte.

Alice wartete auf eine Erwiderung, aber ich war unfähig, zu sprechen. Etwas zu sagen. Mich zu verteidigen. Etwas in meinem Inneren wurde unwiderruflich zerstört. Herr Manolas betrat das Klassenzimmer. Alice drehte sich weg, nicht ohne mir einen weiteren vernichteten Blick zuzuwerfen, und kehrte auf ihren Platz zurück. Auch die anderen setzten sich wieder; Stühle wurden verrückt.

Ich saß noch immer stocksteif da, konnte mich nicht rühren. Meine Hände zitterten. Herr Manolas schien nichts von alledem mitbekommen zu haben. Er begann mit der Wiederholung der Hausaufgaben und bat Iris vorzulesen. Diese warf mir ein diabolisches Grinsen zu und las vor.

Ich erhob mich. Wie in Trance stand ich auf und bewegte mich in Richtung Tür.

„Leni, wo möchtest du hin?" Herr Manolas betrachtete mich stirnrunzelnd.

Erneut richteten sich alle Blicke auf mich. Meine Augen wanderten zu Alice. Bettelten förmlich darum, dass sie mir sagte, dass sie mich noch immer lieb und es nicht böse gemeint hatte. Doch Alice blieb stumm. Sie sah auf ihr Heft.

Herr Manolas Blick wanderte von mir, zu Alice und wieder zurück. „Erde an Leni, hörst du mich?"

Die ersten Mädchen kicherten.

Ich antwortete nicht. Noch immer wie in Trance bewegte ich mich aus dem Klassenzimmer hinaus und lief mit immer schnelleren Schritten aus dem Schulgebäude hinaus. Ich hörte noch, wie Herr Manolas mir etwas hinterherrief, aber ich reagierte nicht. Ich lief immer weiter. *Glaubst du etwa, so ein Typ wie Patrick gibt sich mit so nem Stück Scheiße wie dir ab?* Alice hasserfüllter Blick tauchte vor meinem geistigen Auge auf. *Ganz ehrlich, was stimmt nicht mit dir? Und ich dachte, wir sind Freunde. Pah, von wegen.*

Richtig, wir waren Freunde. Bis ich alles zerstört hatte. Warum nur? Ich ließ meinen Tränen freien Lauf. Ich war so dumm. So unsäglich dumm. Ich hatte es mit dem einzigen Menschen auf der Welt vergeigt, der mich geliebt hatte – und jetzt abgrundtief verachtete.

Ich erreichte meine Wohnung, blieb jedoch nicht stehen, sondern lief weiter den Hang hinunter. Bei meiner Mutter durfte ich nicht mit Trost rechnen – das wusste ich. Meine Gedanken wanderten immer wieder zu Patrick. Warum hatte ich ihn geküsst? Er hatte mich so angewidert angesehen und ich hatte mir vorgestellt, wie er mich ansehen würde, wenn ich Alice wäre. Wie es sich anfühlen musste, sie zu sein. Ich dachte an jenen Moment, als ich Patrick ganz nahe war, ihn berührt hatte. Plötzlich waren jegliche Zweifel verflogen, und ich wusste genau, wo ich hingehörte. Ich erreichte das Haus von Alice' Familie. Das Haus, das mir immer eine solche Geborgenheit gegeben hatte. Wie ein echtes Zuhause. Mit Alice, die mich wirklich liebte. Mein Puls beschleunigte sich. Ich stieg die ersten Stufen hinauf und klingelte. Einige Sekunden geschah nichts. Als ich mich schon umdrehen wollte, öffnete sich die Tür und eine Frau Mitte vierzig, mit sanften Gesichtszügen, erschien in der Tür.

„Leni, was machst du denn hier?" Die Verwunderung
stand ihr ins Gesicht geschrieben.

Langsam hob ich den Kopf. „Aber nein, ich bin es
doch. Alice, deine Tochter."

-19-

Julia hatte die letzten Stunden damit verbracht, herauszufinden, ob es Gemeinsamkeiten zwischen Nadja Raunfeld, Saskia Bertel und Eveline Sanderlah, die damals die Klinik verklagt hatte, gab. Keine der Frauen war vorbestraft, während Nadja Raunfeld zumindest eine Familie besaß, war Saskia Bertel eine komplette Eigenbrötlerin und Eveline Sanderlah verheiratet. Auch rein optisch hätten die Frauen kaum weiter auseinanderliegen können. Julia seufzte. Wenn die Kinder aller drei Frauen Opfer einer Entführung geworden waren, mussten sie doch eine Gemeinsamkeit besitzen. Aber außer, dass Raunfeld und Bertel den gleichen Frauenarzt hatten, fand sie keine.

„Frau Beck, kommen Sie kurz mit in mein Büro?" Preiß stand wenige Meter von Julias Schreibtisch entfernt und bat sie mit einer Kopfbewegung, ihm zu folgen.

Julia stand auf und folgte Preiß in dessen Büro. Sie wusste, wenn Preiß sie in ihr Büro zitierte, war es wichtig.

„Schließen Sie die Tür."

Julia tat wie ihr geheißen und nahm gegenüber von Preiß an dessen Schreibtisch Platz, der dreimal so groß wie ihrer war. Sie betrachtete Preiß. Die tiefen Runzeln in seiner Stirn zeigten Besorgnis.

Preiß faltete die Hände ineinander und legte sie vor sich auf den Schreibtisch. „Also, Frau Beck, ich habe jetzt mit der Staatsanwältin gesprochen. Leider reichen ihr die Beweise nicht aus, um den Tod von Saskia Bertel offiziell als Mord einzustufen."

Julia ließ sich in den Stuhl sinken. „Warum nicht? Wir haben Gegenstände, die vom Tatort gestohlen wurden und ein Medikament, dass sie sich aller Wahrscheinlichkeit nach nicht selbst gespritzt hat." Sie konnte es nicht nachvollziehen.

„Leider reichen der Staatsanwältin keine Wahrscheinlichkeiten. Wir brauchen Beweise – und da kommen Sie ins Spiel."

„Okay?" Sie beugte sich vor.

„Wir werden Sie in die Klinik einschleusen."

Julias Herz schlug einen Salto. Sie hatte nach der ersten Information nicht damit gerechnet, dass man sie tatsächlich undercover ermitteln ließ. „Weiß die Staatsanwältin davon?"

„Natürlich. Ohne Zustimmung hätten wir ein Problem bei der nächsten Abrechnung."

Julia nickte.

„Also, wir gehen folgendermaßen vor." Er zog eine Mappe aus seiner Schreibtischschublade und reichte sie Julia. „Sie werden als Katharina Wolff in der psychosomatischen Rehaklinik in Gerlingen angemeldet. Die offizielle Dauer einer Reha liegt bei vier Wochen, ich kann Ihnen aber gleich sagen, mehr als eine Woche konnte ich für Sie nicht herausholen. Ihre Aufgabe wird es sein, Informationen zu finden, die die Klinik in

Verbindung mit dem Tod von Saskia Bertel bringen. Im Idealfall finden Sie die verschwundenen Elektrogeräte. Da ich das für unwahrscheinlich halte, versuchen Sie herauszufinden, ob es tatsächlich eine Entführung gab und ob eine Gefahr für weitere Frauen besteht. Wir brauchen etwas Handfestes.“

Das war Julia klar. Sie schlug die Mappe auf und überflog die Eckdaten. Die Übersicht enthielt neben ihrem neuen Namen, einen neuen Beruf – als Bäckereifachverkäuferin – sowie ihr Geburtsdatum, das nur minimal verändert wurde. Der Familienstand war gleich geblieben. Als sie bei der Diagnose ankam, stutzte sie. „Depressionen und eine generalisierte Angststörung?“ Sie legte die Stirn in Falten.

„Wir mussten uns etwas einfallen lassen. Sie können nicht ohne jegliche Einschränkungen an einer Reha teilnehmen.“

„Ich muss da aber nicht an Gruppensitzungen teilnehmen, oder?“ Julia hasste es, vor wildfremden Menschen ihre Probleme auszubreiten. Selbst, wenn es nicht die echten waren.

„Ich fürchte, in diesen sauren Apfel müssen Sie beißen.“

Julia seufzte innerlich auf.

„Konzentrieren Sie sich auf Ihre Aufgabe, Frau Beck. Eine Woche ist verdammt wenig Zeit.“

„Die Klinik weiß nichts von meiner Mission?“

Preiß schüttelte den Kopf. „Sonst wäre der ganze Plan dahin. Eingeweiht sind nur die Staatsanwältin und ich. Keller und Herr Kwok-wing erfahren es noch.“

„Wann geht es los?“

„Morgen. Sie nehmen sich den Rest des Tages frei, packen ein paar Sachen zusammen und machen sich bereit. Morgen um 8 Uhr melden Sie sich am Empfang der Klinik.“

„Morgen schon?“ Julia riss die Augen auf.

Auch wenn sie Feuer und Flamme für die Aufgabe war, hatte sie nicht erwartet, dass es so schnell gehen würde. Sie verzichtete auf die Frage, wie es Preiß geschafft hatte, dort so schnell einen Platz zu erhalten.

„Ja, morgen schon. Studieren Sie in Ruhe die Unterlagen, sollte etwas unklar sein, rufen Sie mich an. Falls sich Änderungen während Ihres Aufenthaltes geben, wird Keller Sie kontaktieren. Wenn Sie Ihrerseits etwas herausfinden, geben Sie uns sofort Bescheid.“

„Klar.“ Julia nickte.

„Frau Beck?“

Sie sah auf.

„Ich muss Sie das jetzt fragen. Fühlen Sie sich dieser Aufgabe wirklich gewachsen?“

Julia ließ einen Moment verstreichen. Ihre Entscheidung stand fest. Sie konnte und wollte keinen Rückzieher machen. Es war ihre Chance. Nicht nur, um herauszufinden, was in der Klinik vor sich ging, sondern auch, um zu beweisen, was in ihr steckte. Ihr Ehrgeiz war geweckt und sie würde etwas finden – davon war sie überzeugt.

Sie ließ die Luft aus ihren Lungen strömen. „Es ist Zeit, der Klinik das Handwerk zu legen.“

-20-

„Katharina Wolff". *Julia Beck* wäre ihr beinahe herausgerutscht. Sie musste sich erst an ihr neues Pseudonym gewöhnen.

„Ach ja, hier habe ich Sie." Auf der anderen Seite der Scheibe saß eine Frau in Julias Alter, mit rot gelockten Haaren, die sie hinten zu einem Zopf zusammengebunden hatte, und kreuzte etwas auf einer Liste an.

„Zimmer 217, zweiter Stock im Hauptgebäude. Frau Sivers wird es Ihnen zeigen." Sie lächelte.

„Hier entlang bitte."

Julia drehte sich um und entdeckte eine etwas ältere Mitarbeiterin, die ihr zuwinkte. Sie war überrascht, wie freundlich sich das Personal verhielt, wenn sie die lange Schlange hinter sich sah, die alle zur Reha angereist waren. Julia folgte Sivers einen langen Gang entlang, an deren Decke mehrere Pfeile mit Abteilungen angebracht waren, die in verschiedene Richtungen zeigten.

„Alle Patienten der psychosomatischen Reha sind bei uns im Hauptgebäude untergebracht", erklärte Sivers, mit der sie Mühe hatte, Schritt zu halten. „Die Patienten der neurologisch-orthopädischen Reha sind in Station A untergebracht. In Station B, die wir gerade verlassen haben, sind die Notfallversorgung, Gynäkologie, Chirurgie sowie diverse Behandlungszimmer und das Schwimmbad untergebracht. Der Speisesaal für die Patienten der psychosomatischen Reha befindet sich im Erdgeschoss des Hauptgebäudes." Sie machte eine Kopfbewegung nach rechts. Sivers blieb vor einem Aufzug stehen.

Station B ist ein guter Ausgangspunkt für meine Recherchen, überlegte Julia. Allerdings befürchtete sie, dass sie, bevor sie etwas tun konnte, erst mal die ganze Anfangsprozedur mit Aufnahmegespräch und Untersuchungen über sich ergehen lassen musste.

Die Aufzugtüren öffneten sich und ein älterer Herr trottete mit hängenden Schultern heraus. Sein Blick blieb kurz an Julia hängen, bevor er seinen schlurfenden Gang fortsetzte.

Sivers drückte die Zwei und die Türen glitten zu. Zum ersten Mal seit ihrer Ankunft spürte Julia ein gewisses Unbehagen. Sie konnte nicht genau sagen, woran es lag. Vielleicht war es die Tatsache, dass sie schon einmal in einer Reha gewesen war, um dort festzustellen, dass es einiges gab, dass sie aufarbeiten musste. Vielleicht lag es aber auch daran, dass die Annaberg-Klinik negative Assoziationen an die zahlreichen Krankenhausaufenthalte ihrer Mutter weckte. Wie viele endlose Stunden hatte sie mit ihr im Wartezimmer verbracht, auf den nächsten Arzttermin oder das Ergebnis einer Untersuchung gewartet? Julia schluckte den Kloß im Hals hinunter. *Ich bin zum Arbeiten hier, nicht zur Behandlung*, ermahnte sie sich.

Julia folgte Sivers einen weiteren kahlen Gang entlang, an denen zu beiden Seiten zahlreiche Zimmer abzweigten. Ein junger Mann – der Kleidung nach zu urteilen ein Pfleger – schlenderte den Gang entlang. Als er Julia erblickte, lächelte er.

„Ah, Frischfleisch“, rief er mit lauter und kräftiger Stimme.

Julia verdrehte die Augen. „Das Frischfleisch wird Ihnen noch gehörig den Appetit verderben, wenn Sie weiter solche Sprüche klopfen.“

Der Pfleger lachte lauthals auf. „Keine Sorge. Ich beiße nur in Ausnahmefällen.“

Was für ein Humor. Sie betrachtete den hochgewachsenen Pfleger mit fülligem, braunem Haar, markantem Kinn und hohen Wangenknochen. Trotz des gewöhnungsbedürftigen Humors kam sie nicht ohnehin, festzustellen, dass er ungemein attraktiv aussah. Ihr Puls beschleunigte sich.

„Machen Sie’s sich bequem“, rief er. „Aber nicht zu sehr. Ich komme nämlich nachher zu Ihnen.“

„Kanns kaum erwarten.“ Sie verlieh ihrer Stimme einen verführerischen Klang, mit einer hörbaren Spur Sarkasmus.

Der Pfleger zwinkerte ihr zu und verschwand hinter der nächsten Biegung.

„Man gewöhnt sich dran.“ Sivers nickte ihr beschwichtigend zu.

„Bestimmt.“

„So, hier wären wir.“ Sivers zückte eine Chipkarte aus ihrer Tasche und hielt sie vor einen elektrischen Türöffner, woraufhin dessen Lämpchen von Rot auf Grün wechselte und ein klackendes Geräusch ertönte.

„Wie in einem Hotel“, sagte Julia schmunzelnd.

Die Mitarbeiterin lachte. „Sie werden feststellen, wir sind hier hochmodern eingerichtet.“ Sivers hielt ihr die Tür auf und Julia trat ein.

Sie sah sich um. Das Zimmer bestand aus einem frisch bezogenen Bett mit Nachttisch. Auf der gegenüberliegenden Seite befand sich ein großer Kleiderschrank sowie ein Holztisch mit Stuhl davor, die zusammen die gesamte Längsseite der Wand einnahmen. Auf dem Holztisch entdeckte sie eine Karte, auf der das Wort ‚Willkommen‘ stand, und eine kleine Schokoladentafel. Offenbar legte die Klinik wirklich großen Wert darauf, es ihren Patienten so angenehm wie möglich zu machen.

„Fühlen Sie sich wie zu Hause.“ Sivers machte eine ausladende Geste. „Hier haben wir noch das Badezimmer.“ Sie deutete auf einen kleinen Raum rechts neben sich, der für Julia aussah, als hätte man es gestern erst renoviert. Sie ging zum Fenster und entdeckte ein großes Waldgebiet.

Sivers trat neben sie. „Bei schönem Wetter können sie sich draußen sportlich betätigen oder einfach die Seele baumeln lassen. Wir sind hier wunderschön gelegen – das Schloss Solitude liegt nur wenige Gehminuten von hier und das Wandergebiet Gerlinger Kopf befindet sich quasi vor der Haustür.“

Julia erinnerte sich vage, dass sie das Schloss Solitude vor etlichen Jahren mal mit ihrer Mutter besucht hatte. Es war ein schöner Ausflug gewesen, bevor die Krankheit ihrer Mutter angefangen hatte, sie von innen heraus zu fressen. Julia atmete tief aus und wandte sich vom Fenster ab. „Wirklich schön." Sie versuchte ein Lächeln zustande zu bringen, was ihr nicht so recht gelingen wollte.

„Ihr Programm geht morgen früh los." Sivers teilte ihr eine Wochenübersicht aus, die für jeden Tag verschiedene Programmpunkte enthielt.

Julia überflog die Liste. Was ihr direkt ins Auge stach, waren die auffallend vielen Psychotherapiesitzungen, die sowohl aus Einzel- als auch aus Gruppenterminen bestanden. Bei dem Gedanken daran zog sich ihr Magen zusammen. Am liebsten hätte sie geschwänzt. Immerhin bot ihr mageres Programm mehr als genug Zeit für ihre eigentliche Tätigkeit.

„Füllen Sie bitte noch unseren Patientenfragebogen aus." Sivers reichte ihr ein weiteres Blatt. „Sobald Sie damit fertig sind, gehen Sie wieder zurück zu Station B, oberstes Stockwerk, Zimmer fünfzehn. Dort haben Sie das Aufnahmegespräch mit Prof. Dietrich, unserem Chefarzt. Machen Sie ganz in Ruhe. Der Termin ist erst um 9 Uhr, Sie haben also noch genug Zeit." Sie lächelte.

Unter normalen Umständen hätte Julia gefragt, wie sie zu der Ehre kam, ein Aufnahmegespräch beim Chefarzt zu haben. Doch wie sie dem Dossier ihrer neuen Identität entnommen hatte, war sie als Privatpatientin gelistet. Ohne die Details zu kennen, war das vermutlich die einzige Möglichkeit, für sie in so kurzer Zeit einen Aufnahmetermin zu bekommen. Umso besser für sie – dann lernte sie den Chefarzt, von dem Keller erzählt hatte, gleich persönlich kennen.

„Falls Sie noch Fragen haben, finden Sie mich oder die Kollegen jederzeit im Schwesternzimmer am Ende des Flurs." Sie nickte Julia zu und verschwand.

Eine halbe Stunde später saß sie einer korpulenten Gestalt, mit grau melierten Haaren und Dreitagebart gegenüber. Mit Ende vierzig, auf die Julia ihn schätzte, war er jünger als erwartet und hatte eine sympathische und freundliche Art. Allerdings würde sich Julia nicht von dem äußeren Schein täuschen lassen.

„Also, Frau Wolff." Dietrich überflog die Angaben, die sie auf dem Patientenfragebogen gemacht hatte. „Katharina Wolff, 24 Jahre alt, gelernte Bäckereifachverkäuferin. Sie sind hier wegen Depressionen und einer generalisierten Angststörung, nehmen keine Medikamente, sind ledig, keine Kinder", fasste er ihre Angaben zusammen. Er sah auf.

Julia nickte knapp.

„Es fehlen noch die Angaben zu Ihren Eltern. Gab es in Ihrer Familie irgendwelche Vorerkrankungen?" Dietrich blickte sie aufmerksam an.

Julia hatte kurz überlegt, hier einfach ein paar fantasievolle Angaben zu ergänzen, hatte aber Sorge, dass sie sich zu sehr in Lügengeschichten verstricken könnte und hatte daher die Felder offengelassen. Sie hatte gehofft, sie würde um entsprechende Rückfragen drum herumkommen, was in einer psychotherapeutischen Reha natürlich unrealistisch war.

„Meine Mutter ist vor zweieinhalb Jahren gestorben."

„Das tut mir leid. Woran?"

Geht dich einen Scheißdreck an. „Sie hatte Multiple Sklerose und diverse andere Erkrankungen, die zu tödlichen Komplikationen führten."

„Verstehe." Dietrich machte sich Notizen auf ihrem Patientenfragebogen. „Was ist mit Ihrem Vater?"

„Keine Ahnung." Julia zuckte mit den Schultern. „Hat meine Mutter sitzen lassen, als sie schwanger wurde." Tatsächlich hatte sie ihren Vater nie kennengelernt. Auf Rückfragen hatte ihre Mutter ihr erklärt, dass es ihm zu viel Verantwortung gewesen war, sich um ein Kind zu kümmern. Daher hatte er Reißaus genommen, als er von der Schwangerschaft erfahren hatte. Danach hatte sie nie wieder von ihm gehört und auf Almosen in Form von Unterhaltszahlungen hatte sie verzichtet. Julia hatte sich damit zufriedengegeben. Ihre Mutter war immer für sie da gewesen und sie hatte nicht das Gefühl, dass etwas oder jemand in ihrem Leben fehlte.

Dietrich sah Julia an. Er hatte diesen durchdringenden Blick, der ihr unangenehm war. „Gut, dann widmen wir uns jetzt ..."

Das Telefon klingelte. „Bitte entschuldigen Sie." Er nahm das Telefon zur Hand. „Dietrich?"

Julia ließ ihren Blick durch den Raum schweifen. Das Arztzimmer von Dietrich war riesig. Hinter ihm an der Wand befand sich ein großes Regal mit allerlei Fachlektüre. Die linke Wandseite beherbergte neben einem Metallschrank einen Glaskasten, in dem sich etwas befand, das Julia an eine Art Gewebezelle aus dem Biounterricht erinnerte. Möglicherweise handelte es sich um eine bedeutende Forschung, die in der Klinik gemacht wurde. Daneben, auf einer kleinen Anrichte, stand ein Kaffeevollautomat mit mehreren Tassen darauf. Der größte Teil des Raums wurde allerdings von dem pompösen Mahagonischreibtisch, an dem sie saß, eingenommen.

„Nein, geben Sie ihr fünfzehn Milligramm, das dürfte ausreichen." Dietrichs Miene verfinsterte sich. „Das geht gerade nicht. Ich befinde mich noch mitten in einem Erstgespräch." Er seufzte. „Ich komme." Er legte das Telefon beiseite.

„Es tut mir wirklich leid. Ich muss kurz etwas regeln, bin aber in zwei Minuten wieder da. Warten Sie bitte kurz hier?"

„Kein Problem." Julia machte eine ausladende Geste und lehnte sich zurück.

„Ich bin sofort wieder da." Dietrich warf ihr einen entschuldigenden Blick zu und verschwand aus dem Büro.

Kaum war Dietrich aus dem Raum, sprang Julia auf. Sie hatte nicht damit gerechnet, so schnell die Gelegenheit zu bekommen, mit ihren Recherchen zu beginnen. Sie durfte keine Zeit verlieren. Als Erstes nahm sie den Metallschrank ins Visier und zog an dem Griff. *Verschlossen.* Sie lief zu der anderen Seite des Mahagonischreibtisches und riss die Schubladen auf. Es waren allerlei Schreibutensilien, Briefbögen, Krankmeldungen. Sie brauchte die Patientendaten. Julia war davon ausgegangen, dass sich diese noch in altmodischen Hängeregistern befanden, wie man sie früher benutzte. Doch offensichtlich hatte die Klinik sämtliche Unterlagen digitalisiert. Da waren sie weiter als die Polizeidienststelle. Sie tippte auf die Tastatur und es erschien ein Patientenblatt, auf dem ihre Daten vermerkt waren. Auf dem Gang hörte sie Schritte. Kam Dietrich etwa schon zurück? Ihr Herz hämmerte wild. Sie beschleunigte das Tempo und klickte auf den Pfeil oben rechts, der sie zum vorigen Menü zurückführte. Eine Suchmaske öffnete sich. Sie gab ‚Be' ein. Die Schritte wurden lauter. Sie sah zur Tür. Wenn Dietrich sie dabei erwischte, wie sie in seinen Unterlagen wühlte, hatte sie ein ernsthaftes Problem. Sie hielt die Luft an. Die Schritte entfernten sich wieder. Julia atmete aus und wendete sich wieder der Liste zu. *O Gott, sind das viele.*

Sie stöhnte innerlich auf. Es war eine lange Liste mit Namen. Sie konkretisierte die Suchanfrage und gab ‚Bertel‘ ein. Mehrere Ordner erschienen. Der erste trug den Namen ‚Bertel, Laszlo‘, der andere ‚Bertel, Saskia‘. *Bingo.* Sie tippte darauf. Der Ordner enthielt mehrere Unterordner, darunter eine Medikamentenliste, mehrere Auswertungen und den Patientenfragebogen. Sie öffnete den Fragebogen, holte ihr Smartphone heraus und machte von jeder Seite ein Foto. Dann konnte sie sich die Daten in Ruhe auf ihrem Zimmer durchlesen – jetzt hatte sie dafür keine Zeit. Dietrich musste jede Sekunde zurück sein. Sie klickte auf die Medikamentenliste, als sie erneut auf dem Gang Schritte hörte, die schnell näher kamen. *Mist.* Eilig schoss sie weitere Fotos und wollte gerade das Fenster schließen, als ein weiterer Unterordner ihre Aufmerksamkeit erregte. Er trug den Namen ‚Selektion‘. Julia runzelte die Stirn. Was war damit gemeint? Mit einem schnellen Doppelklick tippte sie darauf. Eine Passwortabfrage erschien. Sie fluchte innerlich. Die Schritte befanden sich nun auf Höhe des Zimmers. In der nächsten Sekunde wurde die Tür geöffnet und Dietrich kam ins Zimmer geschneit. „Frau Wolff?“

Julia drehte sich auf ihrem Stuhl um. „Ja?“ Sie setzte eine Unschuldsmiene auf.

„Tut mir leid, dass Sie warten mussten.“ Er setzte sich auf seinen Chefsessel.

„Kein Thema.“ Sie lächelte und hoffte, dass Dietrich die Schweißperlen auf ihrer Stirn nicht auffielen. Ihr

Puls raste noch immer in Maximalgeschwindigkeit. Zwei Sekunden früher und er hätte sie erwischt. *Was würde sie auf den Fotos finden?* Doch noch neugieriger war sie auf den Inhalt des Ordners. Dafür brauchte sie allerdings Hilfe. Und sie hatte auch schon eine Idee, wen sie fragen konnte.

-21-

Es war Mittagszeit. Julia hatte den Rest des Vormittags damit verbracht, sich die Fotos von Bertels Unterlagen anzusehen, die nicht viel Interessantes enthielten. Ein Teil der Fotos war verschwommen, bei den anderen fand sie Informationen, die Saskia Bertel auf dem Patientenfragebogen selbst angegeben hatte und ihr bereits bekannt waren. Sie musste Li wegen der Passwortabfrage nach dem Mittagessen kontaktieren. Doch wie sollte sie ins Chefarztzimmer kommen? Damit Li seine technischen Fähigkeiten einsetzen konnte, musste sie erst an den Computer gelangen. Sie musste also eine andere Möglichkeit finden – und zwar schnell.

Julia betrat den Speisesaal im Erdgeschoss des Hauptgebäudes, in dem sie ein lauter Geräuschpegel empfing. Sie hatte Kantinen wie diese noch nie gemocht und verbrachte ihre Pausen bei der Arbeit lieber im Freien mit einem Salat, den sie sich morgens selbst zubereitete. Trotzdem knurrte ihr der Magen. Der Speisesaal war groß und bestand aus mehreren Tischen, an den die Patienten grüppchenweise zusammensaßen. Eine feste Sitzordnung schien es nicht zu geben. Julia stellte sich an das Ende der Schlange und nahm sich ein Tablett. Die Essensauswahl bestand aus einem großen Buffet, bei dem es verschiedene Vorspeisen und Hauptgerichte zur Auswahl gab. Julia nahm einen bunt gemischten Salat, ein paar Nudeln mit Soße sowie den Pudding als Nachtisch.

Sie sah sich um. Da sie keinen der Patienten kannte, ging sie die Tischreihen entlang, nach einem Platz Ausschau haltend. Als sich Julia gerade setzen wollte, fiel ihr eine junge Frau auf, die völlig allein an einem großen Tisch saß. Sie erkannte die kastanienbraunen Locken, das abgerundete Gesicht mit dem spitzen Kinn, die vollen Lippen und prägnanten Augen von dem Bild, das Keller ihnen gezeigt hatte. Es war Nadja Raunfeld. Sie witterte ihre Chance.

Julia stellte sich an ihren Tisch und lächelte. „Ist hier noch frei?"

Nadja warf ihr nur einen kurzen Blick zu und deutete wortlos auf den Platz ihr gegenüber. Offenbar war sie nicht scharf auf Gesellschaft.

„Danke." Julia setzte sich und pikste ein paar Salatblätter auf. Nadja sagte nichts. Es erweckte nicht den Eindruck, als hätte sie Appetit. Von der winzigen Portion, die vor ihr auf dem Tisch lag, hatte sie nichts angerührt, stattdessen schien sie komplett in Gedanken versunken zu sein.

„Bist du schon lange hier?", wagte Julia den Versuch eines Gesprächs.

„Lang genug". Nadja sah nicht auf und stellte auch keine Rückfragen.

Julia nahm einen weiteren Anlauf. „Ich hatte heute mein Aufnahmegespräch beim Chefarzt. Scheint ja ein echt sympathischer Typ zu sein."

Nadja schnaubte, sagte aber nichts.

„Ich bin übrigens Katharina."

Keine Reaktion.

„Und du?"

„Was willst du?", herrschte Nadja sie an. Einige der Patienten drehten sich um. Die braunen Augen funkelten. Mit so einer harschen Reaktion hatte Julia nicht gerechnet.

„Tut mir leid. Ich wollte mich nur ein bisschen unterhalten."

„Pff, kannst du dir sonst wohin schieben. Ich hab echt kein Bock, mit dir oder sonst jemandem einen auf Friede, Freude, Eierkuchen zu machen, während die verdammten Verbrecher hier vor der Augen aller Welt Kinder entführen."

Julia nahm einen tiefen Atemzug. Jede andere hätte jetzt vermutlich schweigend den Platz gewechselt und sich eine angenehmere Tischnachbarin gesucht. Nadja hatte ganz unerwartet das Gespräch auf das richtige Thema gelenkt.

„Wann war das denn?" Julia blieb ruhig.

Nadja verzog das Gesicht. „Was interessiert dich das?" Ihr Ton klang nach wie vor feindselig.

Julia musste ihre nächsten Worte mit Bedacht wählen. Wenn sie jetzt mit einer ausweichenden oder pauschalen Antwort kam, würde Nadja aufstehen und gehen – da hatte sie keinen Zweifel. Sollte sie sich als eine Freundin von Saskia Bertel ausgeben? Es war ein hohes Risiko. Immerhin kannten die beiden Frauen sich und nach allem, was sie bisher über Bertel wusste, war sie eine Eigenbrötlerin gewesen. Julia entschied sich für eine andere Variante.

„Na ja, ich bin im zweiten Monat schwanger." Sie streichelte sich über den Bauch. „Und ich würde gerne wissen, was Sache ist, wenn mir jemand mit einer Kindesentführung kommt." Sie sah zu Nadja. Kaufte sie es ihr ab?

Nadja starrte sie mit offenem Mund an. Ihr Blick wanderte zu Julias Bauch, als wolle sie sich vergewissern, dass sie die Wahrheit sagte, obwohl es im zweiten Monat nicht viel zu sehen geben konnte.

„Dann kann ich dir nur eins raten." Nadja erhob sich. Ihre Stimme hatte sich in ein unheilvolles Flüstern verwandelt.

„Mach, dass du von hier wegkommst!"

-22-

Nadja Raunfeld schlug die Bettdecke beiseite. Die Sorge um ihre Tochter, ihre kleine Cecilie, hielt sie wach. Sie musste sie retten. Mit jedem Tag, der verstrich, schwanden die Chancen ihren kleinen Liebling wohlbehütet zurückzuholen. Über einen Monat lag der Unfall nun zurück. Über einen Monat, in dem ihre Tochter womöglich Furchtbares erleiden musste. Ohne ihre Mama. Die Zeit spielte gegen sie. Ihr Reha-Aufenthalt war beinahe abgelaufen. Es war ein Wunder, dass ihr überhaupt so kurzfristig eine Reha gewährt worden war. Sie musste ihre Tochter so schnell wie möglich finden.

Eigentlich hatte sie auf Saskias Hilfe gehofft. Angeblich hatte diese Beweise, die ihre Vermutung bestätigten. Doch sie hatte seit Tagen nichts von ihr gehört. Entweder hatte sie es sich anders überlegt oder man hatte sie zum Schweigen gebracht – aber daran mochte sie gar nicht erst denken.

Sie konnte nicht länger auf Saskia warten. Heute Nacht würde sie ihre Ermittlungen fortsetzen. Nachdem sie bereits im Büro von Brenner gewesen war, würde sie sich als Nächstes das von Wieland vornehmen. Die Frauenärztin musste etwas wissen. Die Entführung von Säuglingen war ohne eine Frauenärztin kaum möglich.

Leise öffnete sie die Tür ihres Zimmers und spähte in den Flur hinaus. Ein schwach beleuchteter Korridor lag vor ihr. Ihr Zimmer befand sich im zweiten Stock des Hauptgebäudes, in dem sämtliche Patienten der psychosomatischen Reha untergebracht waren. Das Büro von Dr. Wieland lag im ersten Stock von Station B. Sie schlich die Treppe hinab in die unterste Etage. Zwar konnte sie auch den Korridor durch das Erdgeschoss nehmen, aber dort war die Gefahr entdeckt zu werden, hoch. Alle Gebäudeteile der Klinik waren durch einen unterirdischen Tunnel miteinander verbunden. Sie durchquerte ihn und stieg die Treppen hinauf. Ein Hinweisschild an der Decke wies Station B aus. Ihr Herzschlag beschleunigte sich. Am Ende des Gangs lag der Verbindungstunnel, der in den verlassenen Kliniktrakt von Station C führte. Dort war sie bereits gewesen, als tagsüber im Erdgeschoss die Tür offen gestanden hatte. Außer altem Gerümpel, Müll und veralteten Geräten hatte sie nichts entdecken können.

Sie erreichte das Büro. Als sie sich vergewissert hatte, dass niemand zu sehen war, fischte sie einen kleinen Schlüssel außer ihrer Hosentasche, den sie zuvor der Reinigungskraft gestohlen hatte. Es war ein Spiel mit dem Feuer – und beinahe wäre sie entdeckt worden. Das Risiko, dass der Arzt beziehungsweise die Ärztin plötzlich wieder im Raum stand, wollte sie in Zukunft vermeiden.

Sie öffnete die Tür. Ein dunkles Büro lag vor ihr. Sollte sie das Licht einschalten? Nein, das Risiko war zu hoch. So leise wie möglich schloss sie die Tür und holte ihr Smartphone aus der Tasche. Nachdem sie die Taschenlampe aktiviert hatte, suchte sie nach einem Stehordner. Es musste Unterlagen zu den entführten Kindern geben. Unterlagen, die ihr verrieten, was mit ihrer geliebten Cecilie geschehen ist. Als sie keinen entdeckte, schaltete sie den PC ein. Eine Passwortabfrage erschien. Das hatte sie befürchtet. Sie ließ den Schein der Taschenlampe durch das Büro gleiten. Außer einem Schreibtisch, einer Liege und einem Regal mit Fachzeitschriften gab der Raum nicht viel her. Sie bückte sich und durchsuchte die beiden Schreibtischfächer. Alles, was sie entdeckte, waren Briefumschläge, ein Terminplaner, Vordrucke für Krankmeldungen und Medikamentenverordnungen. Nichts, was ihr in irgendeiner Weise weiterhalf. Sie ging zur Tür, als sie auf dem Gang Schritte hörte. Etwa Dr. Wieland? Doch das hielt sie angesichts der Uhrzeit für ausgeschlossen. Sie lauschte. Auf ihrer Stirn bildeten sich Schweißperlen. In dieser Sekunde wurde ein Schlüssel in das Schloss gesteckt. Nadja huschte hinter die Tür und presste sich an die Wand. Sie hatte nicht damit gerechnet, dass jemand hereinkam und daher nicht abgeschlossen. Wenn die Person das Schloss kontrollierte oder die Tür wieder zumachte, sah man sie. Das Deckenlicht wurde eingeschaltet. Sie hielt die Luft an. Es raschelte. Jemand holte etwas aus der Schreibtischschublade. Nadjas Brust zog sich zusammen, aber sie wagte es nicht zu atmen. Das Licht erlosch und die Tür wurde wieder geschlossen. Sie japste nach Luft. *Fuck!* Was trieb Dr. Wieland oder wer auch immer es gewesen war, um diese Uhrzeit in ihrem Büro? Es war höchste Zeit, zu verschwinden. Sie musste ihre Suche morgen fortsetzen. Vielleicht gab es im Büro des Chefarztes noch Unterlagen. An die Passwörter zu kommen, war schwierig, aber das würde sie hinbekommen. Irgendwie. Sie würde nichts unversucht lassen, um ihre Tochter zu finden. Jeder Tag der Angst und Ungewissheit machte ihr mehr zu schaffen.

Sie schloss das Büro ab und ging zurück zu dem Korridor, der in Richtung Hauptgebäude führte. Als sie um die Ecke bog, blieb sie irritiert stehen. Etwas in dem verlassenen Trakt hatte ihre Aufmerksamkeit auf sich gezogen. Bildete sie sich das ein oder war hinter dem Verbindungstunnel ein schwaches Leuchten zu erkennen? Sie kniff die Augen zusammen. Tagsüber hätte sie es höchstwahrscheinlich gar nicht bemerkt, aber in der Finsternis, in der der Trakt jetzt lag, war es klar zu erkennen. Und dort stand jemand. Die Person, die gerade in dem Büro gewesen war? Was machte er um diese Uhrzeit in einem Kliniktrakt, der nicht mehr genutzt wurde?

Sie bückte und näherte sich der doppelten Glastür. Egal, wer dort war, er durfte sie auf keinen Fall sehen. Der Korridor, in dem sie sich befand, wurde von den Notausgangsschildern und einigen Stableuchten an der Wand erhellt. Der Mann drehte den Kopf. Ihr Herzschlag setzte für einen Moment aus. Sie machte sich so klein wie möglich. Hatte er sie gesehen? Das Leuchten wurde heller. Etwa ein Aufzug? Der Lichtschein fiel auf einen Mann, der nach vorn ging. Es schien, als wäre er in der Wand verschwunden. Das Leuchten wurde schwächer und der Trakt lag wieder in völliger Dunkelheit.

Sie richtete sich auf und drückte gegen die Glastür. Der Zugang war verschlossen. Sie spähte in die Dunkelheit, aber von dem Mann gab es keine Spur mehr. Ihr war bei ihrer Runde durch den verlassenen Trakt kein Fahrstuhl aufgefallen. Wo führte er hin? Und warum fuhr jemand mitten in der Nacht mit einem Aufzug durch einen stillgelegten Klinikbereich? Sie bildete sich das nicht ein. Die Klinik verbarg etwas. Und sie würde herausfinden, was es war.

-23-

Frühling 2015

Alice war am Boden zerstört. Auch wenn sie es sich nicht anmerken ließ, es ging ihr richtig dreckig. Ich hatte sie in der Schule beobachtet, wie ich es eigentlich immer tat. Die heitere und sonst ausgelassene Art war einer gewissen Verzweiflung gewichen, was sie den anderen Mitschülern in den Pausen regelmäßig mitteilte. Der Grund: Ihre Beziehung war in die Brüche gegangen. Ihr Freund hatte sie abserviert.

Mich wunderte das nicht. Alice hatte eine sehr eigene Vorstellung von Liebe und Treue. Die galt bei ihr offenbar nur während der gemeinsamen Zeit und endete, sobald sie zur Tür hinausging. Die anderen Mädchen trauten sich nicht, ihr das ins Gesicht zu sagen, tänzelten stattdessen um sie herum, nahmen sie in den Arm und sagten ihr, wie toll sie sei.

Dabei hatten sie keine Ahnung. Alice war besonders. Besonders für mich. Und ich konnte es ihr nicht sagen. Wie gerne wäre ich auch zu ihr gegangen, hätte sie in den Arm genommen, aber das ging nicht. Wir sprachen seit Monaten nicht miteinander. Alice war immer noch sauer wegen der Sache mit Patrick, dabei war er längst Schnee von gestern. Verziehen hatte sie mir deswegen nicht.

Trotzdem sah ich in dem Bruch meine Chance, mit Alice wieder Frieden zu schließen. Mir war es die letzten Wochen so mies gegangen, ich konnte einfach nicht mehr so weitermachen. Ich wollte mit Alice reinen Tisch machen und ihr sagen, was sie mir bedeutete. Dabei hatte ich eine Heidenangst davor. Mir brach schon der Schweiß aus, wenn ich nur daran dachte. Doch vielleicht verstand es Alice dann endlich. Sie konnte doch immer auf mich zählen. Ich hätte sie niemals in die Wüste geschickt. Außerdem war ich mir sicher, dass sie in einer Beziehung mit mir niemals fremdgehen würde. Denn in mir würde sie den Menschen finden, bei dem sie ganz sie selbst sein konnte. Sie musste sich nicht schminken, aufbrezeln und jemanden darstellen, der sie nicht war.

„Erde an Leni! Bitte aufwachen." Mein Mathematiklehrer hatte wie immer das Talent, mich aus meinen Tagträumen zu reißen.

Zwei Stunden später saß ich in der überfüllten U15, als diese den Charlottenplatz nahe der Innenstadt verließ. Alice befand sich in derselben U-Bahn, nur wenige Sitzreihen von mir entfernt, den Blick aufs Handy gerichtet. Eigentlich hatte ich vor, mich zu ihr zu setzen, aber der Viererplatz war komplett voll. Die U-Bahn hielt an der nächsten Haltestelle und die mollige, ältere Dame, die schräg gegenüber von Alice saß, erhob sich. Ich witterte meine Chance. Bevor es sich jemand anderes dort bequem machen konnte, spurtete ich zu dem freien Platz und ließ mich auf den Sitz plumpsen. Alice warf mir einen kurzen Blick zu, bevor ihre Augen wieder auf das Smartphone wanderten.

„Hey“, sagte ich in bemüht lässigem Ton.

„Hey.“ Begeisterung hörte sich anders an. Weder sah sie mich an, noch zeigte sie sonst irgendwelche Regungen. Es ruckelte und die U-Bahn verließ das Olgaeck in Richtung der Eugenstaffel bergauf.

„Können wir vielleicht kurz miteinander reden?“

Sie drehte den Kopf zu mir. „Was willst du?“

Alice, ich liebe dich und die bist die Liebe meines Lebens. Nicht, dass ich mich jemals getraut hätte, ihr das in der überfüllten Bahn zu sagen. Oder überhaupt. Dabei war es genau das, was ich loswerden wollte.

Ich ließ den Blick durch die Bahn gleiten. „Unter vier Augen vielleicht?“

Alice senkte kommentarlos den Blick und richtete ihre Aufmerksamkeit wieder auf ihr Smartphone. Das hieß dann wohl nein.

Ich presste die Zähne zusammen, als mir der Typ gegenüber das Knie in den Oberschenkel rammte. Anstatt sich zu entschuldigen, tippte er auf seinem iPad herum. Bei Alice hätte er das bestimmt nicht gemacht.

Alice stand auf. Sie zwängte sich zwischen uns hindurch, rempelte den Kerl ebenfalls unsanft an, was dieser mit einem Murren kommentierte, und ging. Wieso stieg sie hier aus? Unsere Station war doch erst die nächste. Sie blieb stehen und drehte sich zu mir. „Kommst du jetzt?“

Mein Herz machte einen Freudensprung. Eilig erhob ich mich und folgte Alice nach draußen. Der Eugensplatz war um diese Jahreszeit wie leer gefegt. Statt langen Schlangen vor der Eisdiele waren nur eine Handvoll Leute unterwegs, die auf die U-Bahn oder den Bus warteten, während der kalte Wind um sie herum peitschte.

Wir überquerten schweigend den Platz und setzten uns auf eine Bank, von der aus man einen herrlichen Blick über Stuttgart hatte. Mein Blick wanderte zu dem Brunnen neben uns, der eine halb nackte Nymphe zeigte, die darauf thronte.

Eine frische Windböe riss mich aus meinen Gedanken und ich schlang meine Jacke enger um mich. Alice saß weiter neben mir und fixierte einen imaginären Punkt im Tal.

„Tut mir leid, mit deinem Freund."

Sie zuckte mit den Schultern. „Er war ein Arsch."

„Warum hat er Schluss gemacht?"

Sie zuckte abermals mit den Schultern.

Alice war heute nicht die Gesprächigste. Das machte es mir umso schwerer. „Ich finde, ihr habt gut zusammengepasst." Nicht, dass ich das tatsächlich so sah.

Alice drehte den Kopf zu mir. „Woher willst du das wissen?" Ihr finsterer Blick ging mir durch Mark und Bein. „Du kanntest ihn doch gar nicht. Also was tut dir leid? Dass du nicht mit ihm rumgemacht hast?" Als ich nicht sofort antwortete, drehte sie sich wieder nach vorn. Alice war wirklich sehr nachtragend.

„Ich habe doch schon gesagt, dass es mir leidtut. Es war ein Fehler."

Anstelle einer Antwort griff Alice in ihre Jackentasche und zog eine Zigarettenschachtel hervor.

Ich stutzte. Seit wann rauchte Alice? Anscheinend gab es einiges, was ich nicht wusste.

„War das alles, was du mir sagen wolltest? Dass dir das mit dem Penner leidtut?"

Wieso konnte Alice nicht endlich diesen verächtlichen Tonfall sein lassen? „Nein." Ich blickte zu Boden. Besser ich rückte mit der Sprache heraus, aber meine Kehle war wie zugeschnürt und das Herz schlug mir bis zum Hals. So sehr hatte ich Angst, Alice würde mich auslachen, sitzen lassen, nie wieder mit mir sprechen.

„Alice, du bedeutest mir wirklich viel." Ich spielte mit dem Bändel meiner Schultasche.

„Schön." Sie nahm einen kräftigen Zug und sah weiter in die Landschaft.

Ich schluckte. „Nicht nur als Freundin." Warum war das so verdammt schwer? „Ich ... Ich liebe dich." Mit angehaltenem Atem beobachtete ich sie.

Alice nahm die Zigarette herunter und sah mir direkt in die Augen. Sie musterte mich. „Du bist ne Lesbe?"

Mit einer gewissen Erleichterung stellte ich fest, dass ihr Ton nicht mehr so hart klang wie zuvor. Stattdessen zog sie die Stirn hoch. Ich hatte keine Ahnung, ob ich lesbisch war. Eigentlich hatte ich mich nie für irgendeine andere Frau oder überhaupt für irgendeinen anderen interessiert als Alice.

„Kann sein?"

Alice musterte mich noch immer. Ich wüsste nur zu gern, was hinter ihren wunderschönen, nussbraunen Augen vor sich ging. Ein flüchtiges Lächeln umspielte ihre Mundwinkel und eine wohlige Wärme breitete sich in mir aus.

„Du weißt, dass ich eher auf Typen stehe, oder?" Sie nahm einen letzten kräftigen Zug, bevor sie die Zigarette auf den Boden warf.

„Ja." Ich nickte. *Leider.*

Sie stand auf. „Ich frier mir hier den Arsch ab. Lass uns gehen.“

Mit einem flauen Gefühl im Bauch erhob ich mich. Irgendwie hatte ich gehofft, Alice würde mehr als nur einen Satz dazu sagen.

„Lust auf nen Mädelsabend?“

Ich riss die Augen auf. „Meinst du das ernst?“

„Klar.“ Sie lächelte und ich hatte sofort einen Schwarm Schmetterlinge im Bauch. „Heut Abend. Bei mir. Nur du und ich.“

Am liebsten hätte ich vor Freude einen Luftsprung gemacht, konnte es mir aber verkneifen. „Ja, klar.“ Meine Stimme bebte vor Aufregung. Und dennoch war da noch etwas anderes. Ein Gefühl, das ich nicht haben wollte – und nicht benennen konnte. Das mir sagte, dass ich dabei war, einen Fehler zu begehen. Ich ignorierte es. Nichts und niemand würde mich daran hindern, zu Alice zu gehen.

-24-

Ihr Traum der letzten Nacht war furchtbar gewesen. Sie hielt ihre Tochter Hannah fest im Arm, während diese mit den Fingern ihren Bauch berührte. Sie hatte Witze darüber gemacht, ob Cecilie ihr wohl ähnlich sah. Cecilie hatte mächtig gestrampelt und gegen ihre Bauchdecke getreten. Nicht mal zwei Monate war es her, dass ihre Welt in Ordnung gewesen war. Auf einmal war Hannahs Gesicht verschwunden. Stattdessen waren da quietschende Autoreifen, ein greller Schrei, blitzende Lichter. Und sie war schweißgebadet aufgewacht.

Nadja Raunfeld konnte sich noch daran erinnern, wie sie aus dem Auto gekrochen war und nach Hannah gesehen hatte. Eingeklemmt in ihrem Sitz, das Gesicht blutüberströmt. Sie hatte gehofft, Hannah war nur bewusstlos, obwohl sie wusste, dass es für ihre Tochter keine Chance gab. Der bohrende Schmerz suchte sich bereits wieder seinen Weg an die Oberfläche.

Cecilie hatte zu diesem Zeitpunkt noch gelebt – das hatte sie gespürt. Das Nächste, woran sie sich erinnerte, war, dass sie im Krankenhaus aufgewacht und Cecilie verschwunden war. Und man versuchte ihr tatsächlich weiszumachen, dass es sie nie gegeben hätte. Doch sie würde ihr Baby finden. Und wenn sie dafür ans Ende der Welt fliegen musste.

Nadja lief unauffällig um den Gebäudetrakt herum. Die ehemalige Station C befand sich in einem dreistöckigen Altbau mit Ziegeldach, beigefarbenen Wänden und alten, nach außen klappbaren Holzrollläden. Im Gegensatz zu den modernen Neubauten mit dem weißen Anstrich befand sich die Station in marodem Zustand. Die winzigen Balkone, die nicht einmal groß genug waren, um darauf zu stehen, bröckelten teilweise herab, die Rollos hingen schief und einige Fensterscheiben waren demoliert.

Nadja ging zum Seiteneingang, der sich im Erdgeschoss befand. Seit sie den Mann in den verlassenen Trakt hineinlaufen sehen hatte, stellte sie sich die Frage, was er dort gemacht hatte. Ihr erster Verdacht war, dass man ihre Tochter und die anderen Kinder vielleicht in dem verlassenen Trakt gefangen hielt, bis man sie weitergab. Doch als sie einige Tage zuvor den Trakt durch eine schlecht bewachte Eingangstür im Erdgeschoss betreten hatte, fand sich nichts außer altem Gerümpel. Nichts sah danach aus, als würde hier regelmäßig jemand ein und aus gehen oder gar Operationen durchführen. Doch was hatte der Mann, von dem sie vermutete, dass es sich um einen Pfleger handelte, dort gewollt? Noch dazu mitten in der Nacht? Sie würde einen weiteren Anlauf unternehmen.

Nadja drückte sich an die Hauswand des alten Kliniktrakts und spähte um die Ecke. Neben dem abgesperrten Korridor im ersten Stock des B-Trakts war dies der einzige ihr bekannte Eingang. Die Klinik hatte zwar eine Sicherheitsfirma eingestellt, die den Trakt vor randalierenden Jugendlichen schützen sollte, aber das Risiko war es ihr wert. Vielleicht gab es aber auch einen ganz anderen Grund für die Bewachung ... Sie suchte mit den Augen die gegenüberliegende Station B mit ihren zahlreichen Fenstern ab. Wenn gerade in dieser Sekunde eine Mitarbeiterin aus dem Fenster blickte, konnte sie Nadja sehen und den Ärger wollte sie sich ersparen.

Der Seiteneingang befand sich etwas tiefer gelegen und bestand nur aus einer morschen Holztür. Sie stieg die mit Laub bedeckten Stufen hinab und berührte die Klinke der Tür. Ein leises Quietschen ertönte. Nadja presste die Zähne aufeinander. Hatte sie jemand bemerkt? Ein Blick über ihre Schulter verriet ihr, dass niemand sonst in der Nähe war. Sie öffnete die Tür und ein muffiger Geruch, gemischt mit dem Gestank von abgestandenem Kaffee, schlug ihr entgegen. Vor ihr befand sich ein langgestreckter Gang, der nur von den vergitterten Fenstern weiter hinten beleuchtet wurde. Von dem Sicherheitsmann gab es keine Spur. Sie lauschte. Auf Zehenspitzen lief sie weiter. Zu beiden Seiten des Gangs erstreckten sich Zimmer mit geöffneten Türen. Dahinter standen alte Tische, Plastikstühle, marode Klinikutensilien und Kartons.

Im Raum zu ihrer Rechten befand sich ein Schreibtisch mit einem aufgeklappten Laptop darauf. Daneben stand ein Becher Kaffee und eine Jacke hing über dem Stuhl. Entweder sie hatte Glück und der Securitymann war gerade auf der Toilette oder sie hatte Pech und er drehte eine Runde – dann würde sie ihm direkt in die Arme laufen. Sie musste vorsichtig sein. Vor ihr befand sich eine Abzweigung. Eine Treppe führte nach oben in den ersten Stock, die andere in den Keller. Sie war das letzte Mal in beide Richtungen gegangen. Die Treppe endete im Untergeschoss vor einer massiven Stahltür, die nicht aussah, als könne man sie öffnen. Im Obergeschoss sah es nicht anders aus als hier. Sie lauschte abermals. Irgendwo hörte sie einen plätschernden Wasserhahn, sonst war alles still. Sie lief nach oben. Auch hier gab es keine Spur von dem Securitymann. Sie hatte den oberen Treppenabsatz erreicht und spähte mit klopfendem Herzen um die Ecke. Am Ende des Gangs befand sich die Glasfront zu Station B – ab hier konnte man sie entdecken. Aus genau diesem Grund hatte sie diesen Gang das letzte Mal ausgelassen, aber jetzt musste sie herausfinden, wohin der Pfleger verschwunden war. Sie musste sich beeilen. Jede Sekunde konnte jemand hier hinüberschauen.

Sie stellte sich auf eben jene Stelle, von der sie glaubte, den Pfleger gesehen zu haben. Sowohl auf der linken als auch auf der rechten Seite befanden sich Zimmer. Vor ihr eine karge Wand. Kein Fahrstuhl. Sie warf einen Blick in den linken Raum. Er enthielt lediglich eine leere Gefriertruhe, die nicht angeschlossen war. In der Ecke stand ein Regal, das kurz davor war, in sich zusammenfallen, und ein alter Farbeimer lag auf dem Boden. Nichts deutete darauf hin, dass jemand hier gewesen war. Weder an der Decke noch sonst wo gab es Licht. Dennoch war sie sicher, dass sie etwas gesehen hatte. Das andere Zimmer enthielt zwei kaputte Aktenschränke, einen Schreibtisch, einen uralten Monitor sowie einen Rollstuhl. Auch hier gab es kein Licht. Wohin zum Teufel war der Pfleger verschwunden?

Sie trat hinaus in den Flur und ihr blieb für einen Moment die Luft weg, als sie aus den Augenwinkeln heraus eine Bewegung wahrnahm. Allerdings war es nur ein älterer Patient, der im benachbarten Trakt mit seinem Rollstuhl den Gang entlangfuhr und ihr den Rücken zugewandt hatte. Sie suchte abermals die Wand ab. Wenn hier ein Fahrstuhl eingebaut war, dann musste es doch einen Knopf oder zumindest einen Spalt in der Wand geben. Mit den Fingern fuhr sie über die raue Tapete, die an manchen Stellen abblätterte, aber außer einem Lichtschalter nichts zeigte. Probeweise drückte sie ihn, aber es blieb düster. *Das gibt's doch nicht*, fluchte sie innerlich. War sie an der falschen Stelle? Mit Pudding in den Beinen näherte sie sich dem Übergangskorridor, den Blick fest auf die Wand gerichtet. Ihre Finger berührten eine Rille. Ihr Puls beschleunigte sich. Da war tatsächlich etwas. Sie ging mit dem Gesicht näher heran. Was auf den ersten Blick nach einem Riss in der Wand aussah, war ein Spalt. Ein kühler Luftzug schlug ihr entgegen. Der verlassene C-Trakt enthielt tatsächlich einen Aufzug. Nur warum? Und die Frage, die ihr noch mehr unter den Nägeln brannte: Wo führte er hin?

Sie schob die Fingerspitzen zwischen den Spalt und brach sich einen Nagel ab. *Verdammt noch mal!* Wie ging das Teil auf? Am liebsten hätte sie dagegen gehauen. Wenn ihre Tochter irgendwo dort unten versteckt wurde, dann würde sie Cecilie finden. Sie drückte mit aller Kraft ihre Finger in den Spalt, aber es gelang ihr nicht. Mit klopfendem Herzen tastete sie die gegenüberliegende Wandseite ab. Auch hier gab es weder einen Aufzugknopf noch sonst etwas.

Sie kniff die Augen zusammen. An einer Stelle an der Wand hatte die Raufasertapete eine glatte Oberfläche. Sie legte ihre Hand darauf. In dieser Sekunde verschwand die Stelle, auf der sie eben noch die Hand hatte, und ein Scanner kam zum Vorschein. Darunter befand sich ein Tastenfeld. Sie hatte den Öffnungsmechanismus gefunden. Das Adrenalin schoss wie eine Rakete durch ihren Körper. Allerdings fehlten ihr sowohl die Scankarte als auch der Code. Nadja trat einen Schritt zurück. Ein hochmoderner Aufzug in einem völlig maroden Trakt. Was immer die Klinik verheimlichte, der Aufzug würde sie zu den Antworten führen, die sie suchte. In diesem Augenblick hörte sie Schritte auf der Treppe.

-25-

„Julia, ist das dein Ernst?" Li klang entsetzt. „Ich breche bestimmt nicht in das Büro des Chefarztes ein und hacke mich in seinen Computer. Weißt du eigentlich, was passiert, wenn das rauskommt?"

„Weißt du eigentlich, was passiert, wenn wir es nicht tun? Möglicherweise werden weitere Babys entführt. Weitere Frauen werden traumatisiert oder vielleicht sogar umgebracht. Wir müssen herausfinden, was in diesen Unterlagen steht." Julia war fest entschlossen. Ihr Plan war, nach Dienstschluss die Bürotür des Chefarztes mit einer Plastikkarte zu öffnen, damit Li das Passwort für den Ordner mit den Namen ,Selektion' knacken konnte.

Li stieß einen tiefen Seufzer aus. „Ich spreche mit Preiß."

„Wenn du mit dem Kriminalrat sprichst, kannst du auch gleich den Chefarzt um Erlaubnis bitten. Komm einfach um 21 Uhr in die Klinik, ich lasse dich durch den Seiteneingang rein. Abhauen kannst du jederzeit, weil das Notausgänge sind."

Abermals Schweigen am anderen Ende der Leitung. Julia war klar, dass das Vorgehen keineswegs legitim war, aber wenn es Informationen zum Tod von Saskia Bertel gab, dann lagen sie in diesem Ordner. Warum sonst sollte Dietrich eine verschlüsselte Datei auf seinem eigenen Rechner anlegen?

„Julia, du bist schlimmer als Keller, weißt du das? Der macht auch immer irgendwelche illegalen Sachen und hat dann einen riesengroßen Zoff mit Preiß.“

„Also sind wir uns einig?“

„Nein!“, sagte Li energisch. „Es ist einfach …“

Ein Klopfen wurde laut. Julia sah zur Zimmertür. „Li, ich muss Schluss machen. Wir sehen uns später.“ Ihr Kollege wollte noch etwas erwidern, aber Julia drückte ihn weg. Sofort machte sich ein schlechtes Gewissen in ihr breit, weil sie ihren Kollegen einfach so abgewimmelt hatte. Sie mochte Li und hasste es, ihn unter Druck setzen zu müssen. Doch wenn sie sich erst mal etwas in den Kopf gesetzt hatte, war sie nicht mehr zu bremsen.

„Störe ich bei geheimen Staatsgesprächen?“ Der gut aussehende Pfleger mit den fülligen, braunen Haaren und den hohen Wangenknochen betrat das Zimmer. Er warf ihr ein umwerfendes Lächeln zu, das bei Julia für einen Schwarm Schmetterlinge im Bauch sorgte. „Sie dürfen ruhig weiter telefonieren – ich höre diskret weg.“

Tat er das? Oder hatte er sie möglicherweise belauscht? „Wir waren eh gerade fertig.“ Sie bemühte sich um einen möglichst neutralen Tonfall. „Was gibt’s?“

„Ich soll bei Ihnen ein wenig Blut abzapfen.“ Er stellte eine Schale mit Desinfektionsspray und zwei Spritzen mit Injektionsnadel auf den Holztisch. „Darf ich?“

Julia nickte und er nahm ihren Arm. Seine Hand lag angenehm warm auf ihrer Haut.

„Bitte einmal eine Faust machen und pumpen.“

Julia tat, wie ihr geheißen, während ihr der Pfleger einen Venenstauer anlegte. Ihr Blick wanderte zu seinem Namensschild. „Sven Heuser", las sie vor. „Jetzt habe ich auch mal einen Namen zu den komischen Sprüchen." *Und dem beeindruckenden Oberkörper.* Die muskulösen Oberarme und breiten Schultern zeichneten sich deutlich unter dem hellen Shirt ab, ebenso wie eine trainierte Brustmuskulatur. Ein Kribbeln erfüllte ihre Leistenregion. Leider war sie nicht zu ihrem Privatvergnügen hier.

Er lächelte erneut. „Einfach Sven. Sonst komme ich mir so alt vor."

Die entspannte Art gefiel ihr. Julia beobachtete, wie ihr Blut über den Kunststoffschlauch in das Blutentnahmeröhrchen lief. „Meinen Namen kennst du bestimmt schon." *Oder besser gesagt mein Pseudonym.*

„Natürlich. Konntest du dich schon etwas einleben, Katharina?" Es brauchte nicht einmal einen Seitenblick in seine Unterlagen. Doch so leicht ließ sich Julia nicht beeindrucken. „Das Essen ist gut; die anderen Patienten scheinen ganz nett. Nur das Pflegepersonal ist etwas gewöhnungsbedürftig."

Ein leichtes Schmunzeln machte sich um seine Mundwinkel herum breit. „Und dabei kennst du Schwester Hilde noch gar nicht."

„Warum? Hat die auch immer einen flotten Spruch auf den Lippen?"

„Nicht in den zehn Jahren, in denen ich hier arbeite. Außer sie erwischt dich nachts außerhalb des Bettes, dann wirst du in aller freundlichstem Ton gebeten, auf dein Zimmer zurückzugehen."

Gut zu wissen. „Dann bleibe ich bei meinen nächtlichen Touren wohl besser auf derHut."

Sven entfernte die Kanüle aus ihrem Arm und klebte ihr ein Pflaster auf die Stelle. „Zwei Minuten fest draufdrücken, danach darfst du tun und lassen, was du willst." Er erhob sich. „Ich wünsche dir einen angenehmen Aufenthalt. Und sollte irgendetwas sein, du Fragen oder Probleme hast, darfst du dich jederzeit an mich wenden."

Der konnte ja richtig höflich sein. „Danke schön."

Julia sah Sven nach, wie er den Raum verließ, während er ihr beim Hinausgehen noch einmal zuzwinkerte. So charmant und gut aussehend er auch sein mochte, musste sie Vorsicht walten lassen. Sie durfte niemandem trauen.

Kurze Zeit später stand Julia hinter dem Seiteneingang des Hauptgebäudes und spähte nach draußen. Den Parkplatz und die Zufahrt konnte sie von hier aus nicht sehen. Schräg vor ihr lag der Anbau von Station A und ein kleiner Kiesweg. Der Rest des Geländes wurde von der Dunkelheit des Waldes verschluckt.

Sie sah auf ihr Smartphone. Li war bereits zehn Minuten über der Zeit. Für gewöhnlich kam er pünktlich. *Hatte er die Wegbeschreibung verstanden?* Sie wusste auch nicht, ob er einfach über den Haupteingang hineinlaufen konnte, da die Besuchszeiten vorbei waren.

Schließlich entdeckte sie ihn einige Meter entfernt, während er auf den Seiteneingang des Nebengebäudes zulief. Unter dem Arm trug er sein Notebook. Sie öffnete die Tür und ein Schwall eisiger Luft schlug ihr entgegen. „Li! Hier rüber."

Ihr Kollege hatte sie gehört und drehte sich zu ihr. „Hey." Mit hängenden Schultern trabte er zu ihr.

„Hi. Schön, dass du da bist."

„Ich halte das nach wie vor für keine gute Idee. Anstatt mit meiner Frau und den Kindern gemütlich auf der Couch zu sitzen, beteilige ich mich an einer Straftat."

Sie schluckte den Kloß im Hals hinunter. „Ich weiß deinen Einsatz sehr zu schätzen."

„Na, wenigstens bekomme ich die Klinik jetzt zu sehen, um die es die ganze Zeit geht." Ein Lächeln umspielte seine Mundwinkel.

„Hier lang." Sie führte ihn ins Untergeschoss des Hauptgebäudes, von dem aus ein Tunnel in den B-Trakt führte. Sie hatte die verbleibende freie Zeit genutzt, sich ein wenig in der Klinik umzusehen und sich mit den Örtlichkeiten vertraut zu machen. Das Areal war deutlich größer, als es von außen den Anschein hatte. Neben dem Hauptgebäude und den beiden Stationen gab es noch einen verlassenen Trakt sowie mindestens zwei weitere Gebäudeteile, in denen separate Facheinrichtungen untergebracht waren.

Ihre Schritte klangen auf dem Linoleum ungewöhnlich laut. Außer einer einsamen Mitarbeiterin, die einen Stapel Bettwäsche vor sich her rollte, entdeckten sie niemanden. Sie blieben vor den Fahrstühlen stehen und Julia drückte die Zwei. Ihr Puls beschleunigte sich. Sie wusste nicht, wie lang Dietrich arbeitete, und hatte daher kurz nach dem Abendessen an dessen Tür geklopft. Sie hätte nicht gewusst, was sie sagen sollte, falls der Chefarzt geöffnet hätte. Da nichts passierte, ging sie davon aus, dass dieser bereits Feierabend hatte.

Die Fahrstuhltüren glitten auf und Li folgte ihr den Gang entlang. Es war niemand zu sehen. Julia atmete aus.

„Hast du eigentlich eine Idee, wie wir in das Büro reinkommen?", flüsterte Li und sah sich zu allen Seiten um.

„Hiermit." Julia zog ihren Büchereiausweis hervor.

Li legte die Stirn in Falten. „Ich hoffe, du hast das schon mal gemacht?"

„Einmal zugesehen."

„Na super." Li stand die Begeisterung ins Gesicht geschrieben.

„Okay, hier wären wir." Julia blieb vor dem Büro stehen und vergewisserte sich mit einem Schulterblick, dass sie allein waren. „Pass auf, dass keiner kommt."

„Das brauchst du mir nicht zweimal zu sagen."

Julias Puls beschleunigte sich. Sie nahm erneut einen tiefen Atemzug, bevor sie die Karte vorsichtig in den winzigen Schlitz zwischen Tür und Türrahmen schob. Die größte Herausforderung war es, den Schnapper und die Schlossfalle der Tür mit der Karte zu finden. Sie führte den Ausweis weiter nach unten.

„Julia, da kommt jemand!"

Sie zog mit einem Ruck an der Karte, die sich in der Tür verhakte. „Scheiße." Julia sprang auf und sah in den Gang. Eine ältere Krankenschwester lief mit zügigen Schritten den Flur entlang.

Li packte ihren Arm und zog sie in Richtung der Aufzüge.

Julia betete, dass die Mitarbeiterin nichts bemerkt hatte.

Ihr Herz hämmerte wie verrückt in ihrer Brust.

„Alles okay?“ Li sah sie an, während sie langsam den Gang zurück zum Aufzug liefen.

„Die Karte steckt noch.“

„Was?“ Li warf ihr einen entsetzten Seitenblick zu.

„Ich konnte sie nicht rechtzeitig rausziehen.“

„Verdammt.“

Die Mitarbeiterin hatte sie fast erreicht. Wenn ihr Blick ausgerechnet in der Sekunde auf die Bürotür des Chefarztes fiel, waren sie geliefert. Jede Faser ihres Körpers zog sich zusammen. Mit Beinen so schwer wie Blei wartete sie auf die drohende Stimme der Mitarbeiterin. Nichts geschah. Die Mitarbeiterin ging grußlos an ihnen vorbei. Als sie hinter der nächsten Biegung verschwand, rang Julia nach Luft. „Das war ganz schön knapp.“

Auch Li stand der Schock ins Gesicht geschrieben. „Abbruch?“

„Nein.“ Julia lief zurück zur Bürotür. „Ich habs fast!“

Sie führte die Karte weiter nach unten und stieß auf einen kräftigen Widerstand. Julia versenkte die Karte vollständig in dem Türspalt und rüttelte sachte an dem Türgriff. „Jetzt komm schon!“ Sie zog den Griff vor und zurück. Es ploppte und die Tür ging auf. „Bingo!“

Li lief ins Zimmer. Sie schloss die Tür und aktivierte das Licht ihrer Handytaschenlampe. Das Risiko, den Lichtschalter zu drücken, war zu hoch. „Dort ist der PC.“ Sie deutete hinter den Schreibtisch und fuhr ihn hoch. Zu ihrer Erleichterung erschien keine zusätzliche Passwortabfrage. Nachdem sie die Patientendaten in der Software geöffnet hatte, suchte sie den Ordner von Saskia Bertel heraus.

„Jetzt bist du am Zug.“ Li, der bereits seinen Laptop eingeschaltet hatte und ihn über ein Kabel mit dem PC verband, tippte auf die Tastatur.

Julia behielt die Tür im Blick. Einige Minuten verstrichen. „Wie lange dauert das ungefähr?“

„Gib mir noch ein paar Minuten.“ Sein Blick blieb fest auf den Laptop gerichtet.

Julia hatte keinen Zweifel, dass ihr Kollege das hinbekam. Wenn es jemand schaffte, dann er. Es hatte sie immer wieder beeindruckt, mit welcher Leichtigkeit und Geschwindigkeit er an Informationen kam.

„Habs!“ Li sah mit einem Lächeln auf.

„Du bist einsame Spitze!“ Die Aufregung in ihrem Bauch wuchs. „Jetzt bin ich aber mal gespannt.“ Anstelle einer Liste von Frauen, deren Babys die Klinik entführt hatte, erschien ein mehrseitiges Gutachten. Sie ließ die Schultern hängen.

„Ist es das, was du erwartet hast?“ Li kniff die Augen zusammen.

„Nicht ganz. Aber ich bin sicher, es enthält auch brisante Infos.“ Sie holte ihr Handy heraus und fotografierte die erste Seite ab. Das Gutachten, das ein Arzt namens Dr. Rainer Kastjansen geschrieben hatte, beschäftigte sich auf den ersten Blick mit der gesundheitlichen, familiären und beruflichen Laufbahn von Saskia Bertel und das über fünf Seiten hinweg. Warum bewahrte es Dietrich in einem passwortgeschützten Ordner auf? Julia schoss das nächste Foto, während sie die Informationen überflog. Sollte ihre ganze nächtliche Aktion umsonst gewesen sein? Sie erreichte die letzte Seite und drückte den Auslöser. Als sie gerade das Dokument schließen wollte, hielt sie inne. Sie beugte sich vor. Es war der letzte Satz auf der Seite, der ihr den Atem raubte. „Li, guck dir das mal an.“

-26-

Freitag, 15. November 2024

Keller verließ seine Wohnung, die sich *Im Heppächer* inmitten der Esslinger Altstadt befand. Seine Laune war auf dem absoluten Tiefpunkt, nachdem ihm das rege Sexleben seiner Nachbarn aus dem Schlaf gerissen hatte. Er hasste diese verdammte Wohnung, die nicht nur bei jedem Schritt so laut knarzte, als würde man gleich durchbrechen. Seine damalige Frau Nina hatte die Wohnung ausgesucht und ihn überredet, sie zu kaufen. Er war schon zu diesem Zeitpunkt nicht von dem Fachwerkbau mit dem rustikalen Einrichtungsstil begeistert gewesen, konnte seiner Frau den Wunsch aber nicht abschlagen. Zwei Jahre später hatte sie Reißaus genommen und er saß in der verfluchten Wohnung, die noch nicht abbezahlt war, fest.

Keller ließ den Innenstadtring hinter sich und folgte der viel befahrenen Ulmer Straße in Richtung Oberesslingen. Zu seiner Überraschung wohnte die Familie von der verstorbenen Eveline Sanderlah nur eine Viertelstunde Fahrt von seiner Wohnung in der Esslinger Altstadt entfernt.

Das Ergebnis, das seine beiden Kollegen ihm gestern Nacht geschickt hatten, gab weit weniger her, als er sich erhofft hatte. Ein passwortgeschütztes Gutachten von Saskia Bertel mit dem Fazit, dass ein Arzt sie als geeignet für eine *selektive Auslese* erachtet hatte – was immer das heißen mochte? Und dafür hatte Wing-Wing seinen Job und Julia ihre Tarnung riskiert. Er hielt das noch immer für keine gute Idee, dass seine junge Kollegin undercover Ermittlungen anstellte. Nicht, weil er ihr das nicht zutraute, sondern weil er bezweifelte, dass sie so an Informationen kamen, die sie später auch vor Gericht nutzen konnten. Und Nadja Raunfeld schien mehr Interesse an dubiosen Verschwörungstheorien als an der Wahrheit zu haben. Den Vorschlag, sie von einer unabhängigen Gutachterin untersuchen zu lassen, hatte sie in dem Telefonat abgelehnt.

Er ließ den Bahnhof von Oberesslingen hinter sich, bog in die Schorndorfer Straße ab und erreichte schließlich sein Ziel in der Hindenburgstraße. Die Eltern von Eveline Sanderlah wohnten in einem schlichten, weißen Mehrfamilienhaus mit schwarzem Ziegeldach und altmodischen Rollläden.

Keller parkte seinen Wagen am Straßenrand direkt davor und klingelte. Er wollte mehr über die Todesumstände von Eveline Sanderlah erfahren und vor allem auch wissen, warum sie genau in der Annaberg-Klinik entbunden hatte, wenn sie selbst in Esslingen gewohnt hatte.

„Ja bitte?", erklang eine Frauenstimme.

„Keller, Kripo Stuttgart. Wir haben telefoniert."

„Kommen Sie rein."

Kurz darauf saß Keller einer Frau Mitte fünfzig mit hagerer Figur und braunen Haaren auf einem Ecksofa gegenüber.

„Ich muss sagen, Ihr Anruf hat mich sehr verwundert", eröffnete die Frau das Gespräch, die sich als Johanna Sanderlah vorgestellt hatte. „Wieso interessiert sich die Polizei nach so langer Zeit plötzlich wieder für unsere Tochter?"

„Wir gehen Hinweisen zu einem Entführungsfall in der Annaberg-Klinik nach. Und dabei sind wir auf Ihre Tochter gestoßen. Sie hat die Klinik wegen eines Behandlungsfehlers bei der Entbindung verklagt?"

Johanna Sanderlah gab einen tiefen Seufzer von sich. „Ja, aber damals hat das niemand ernst genommen. Es gab für den Behandlungsfehler keinerlei Beweise und somit war die Sache schnell vom Tisch. Und als dann meine Tochter ..." Sie blickte zu Boden. „Als sie dann weg war, hatte sich die Sache eh erledigt."

„Wie kam sie denn auf die Idee, dass ein Behandlungsfehler vorlag?"

„Na ja, die Umstände waren sehr seltsam. Angeblich hat sie spätnachmittags einen Anruf von der Klinik erhalten, dass es eine weitere Untersuchung geben sollte wegen des Babys. Und dann musste sie mitten in der Nacht operiert werden, weil das Kind offenbar in einer falschen Position im Mutterleib lag. Aus irgendeinem medizinischen Grund konnte das Baby nicht gerettet werden und starb dann bei der Geburt. Es klang alles reichlich diffus."

„Sie glauben nicht an einen Behandlungsfehler?"

„Ich weiß nicht, was ich glauben soll." Johanna Sanderlah legte die Stirn in Falten. „Meine Tochter war davon überzeugt, dass ihr Kind hätte gerettet werden können. Sie war völlig am Boden zerstört. Allerdings glaube ich, dass sie nur eine Erklärung gesucht hat, um den Verlust des Kleinen besser verarbeiten zu können." Ihre Augen füllten sich mit Tränen.

Auch wenn Eveline Sanderlah offenbar keine Entführung vermutete, war das Ergebnis dasselbe wie bei Saskia Bertel: ein vermeintlich toter Säugling.

„Ich muss auch dazu sagen, dass mein Mann und ich zu der Zeit kein gutes Verhältnis zu unserer Tochter hatten. Sie hat die Ausbildung hingeworfen, irgendeinen zwielichtigen Kerl geheiratet, sich schwängern lassen und dann hat er sie sitzen lassen. Wie Sie sich vorstellen können, war das nicht gerade das, was wir uns für unsere Tochter gewünscht hätten. Offenbar waren sogar Drogen im Spiel gewesen. Aber, als ich sie darauf angesprochen habe, war sie völlig empört, hat alles abgestritten und wollte nichts mehr mit uns zu tun haben. Das änderte sich dann erst, als sie das Baby verloren hat und unsere Hilfe wollte."

Keller machte sich Notizen auf seinem Smartphone. „Welche Art von Hilfe?"

„Einen Anwalt aufsuchen, die Klage vorbereiten – juristische Dinge eben." Sie zuckte mit den Schultern.

„Gab es sonst enge Freunde oder Verwandte, zu denen ihre Tochter Kontakt hatte?"

„Verwandte definitiv nicht. Freunde weiß ich nicht. Erwähnt hat sie niemanden." Sie schüttelte den Kopf.

„Und Ihr Mann ist wo?"

„Er starb voriges Jahr an Krebs." Sie kämpfte mit den Tränen. „Bitte entschuldigen Sie."

„Kein Problem." Die arme Frau hatte einiges durchmachen müssen. Erst war die Tochter an einem Herzinfarkt gestorben, dann der Mann an Krebs. „Können

Sie mir mehr über die Todesumstände von Eveline verraten?"

Sie senkte die Stimme. „Laut des Notarztes lag ein Herzinfarkt vor."

„War es eine Überdosis von irgendetwas?"

„Man hat nichts gefunden." Sanderlah schüttelte den Kopf. „Sie hat auch nicht geraucht, war nicht adipös und hat, soweit ich weiß, auch keine Medikamente genommen." Ihre Augen wurden erneut wässrig.

„Wie alt war Ihre Tochter?"

„Achtundzwanzig." Sie hielt sich die Hand vor den Mund. „Bitte entschuldigen Sie mich einen Moment." Sie stand auf und ging in ein anderes Zimmer.

Keller überlegte. Eine Achtundzwanzigjährige, die an einem Herzinfarkt starb. Das war mehr als ungewöhnlich. Sollte da etwa jemand nachgeholfen haben?

Er hörte ein geräuschvolles Naseputzen. Sanderlah kehrte ins Wohnzimmer zurück und setzte sich wieder aufs Sofa.

„Geht's?"

Sanderlah nickte.

„Ich hab nur noch eine Frage. Hat Ihre Tochter jemals einen Dr. Kastjansen erwähnt?"

„Kastjansen." Die Mutter sah nach oben. „Kommt mir nicht bekannt vor, wieso?"

„Es schien mir etwas ungewöhnlich, dass Eveline, wo sie doch ebenfalls in Esslingen wohnte, zur Entbindung in die Annaberg-Klinik fährt. Ist nicht unbedingt das nächste Krankenhaus." Keller blickte sie mit hochgezogenen Brauen an.

Sanderlah zuckte mit den Schultern. „Hat ihr, glaube ich, ihr Hausarzt empfohlen."

„Und der hieß?"

„Das weiß ich beim besten Willen nicht mehr." Sie schüttelte energisch den Kopf. „Tut mir leid."

„Macht nichts." Keller hatte bereits eine Idee, wie er das herausfinden konnte.

Er trat ins Freie und fischte eine Zigarette aus seiner Jackentasche. Wenn es eine Sache gab, die er in seinem Beruf hasste, dann war es, trauernde Hinterbliebene zu befragen. Auch wenn er im Laufe seiner langen Dienstjahre bei der Polizei einen Schutzpanzer entwickelt hatte, ließ es ihn nie völlig kalt.

Die Todesumstände von Eveline Sanderlah blieben mysteriös. Auffällig waren die Gemeinsamkeiten mit Saskia Bertel. Kein gutes Verhältnis zu den Eltern, keine engen Freunde oder Bekannte. War das ein Zufall? Er dachte an Nadja Raunfeld. Oder eine Gemeinsamkeit, nach der die Frauen ausgewählt wurden?

Er drückte die Zigarette aus, ging zurück zu seinem Wagen und nahm sein Handy zur Hand. Er suchte im Internet die Nummer von Dr. Rainer Kastjansen heraus. Wie sich herausstellte, gab es in der Umgebung nur einen Allgemeinmediziner mit diesem Namen. Keller sah auf die Uhr. Kurz vor Mittagspause. Vielleicht hatte er Glück und erreichte noch jemanden. Er drückte das Anrufsymbol und ein Freizeichen erklang.

„Praxis Dr. Kastjansen, Müller, hallo?"

„Robert Sanderlah. Ich würde gerne einen Termin ausmachen, wegen wiederkehrender Bauchkrämpfe." Etwas Besseres war ihm auf die Schnelle nicht eingefal-

len. Er hatte keine Ahnung, wegen welcher Wehweh-
chen die Leute mittlerweile zum Hausarzt gingen – bei
seinem war er zuletzt als Teenie gewesen.

„Sie waren schon mal bei uns?"

Genau die Frage, die Keller erwartet hatte. „Ja, zusammen mit meiner Frau Eveline Sanderlah. Wir waren bei
ihrem letzten Termin gemeinsam da."

„Öhm, das kann ja sein. Aber wenn Ihre Freundin zur
Behandlung da war, sind Sie nicht automatisch Patient.
Wir bieten schließlich keine Pärchen-Flatrate an."

Klugscheißerin. Keller versuchte nicht allzu genervt zu
klingen. „Dr. Kastjansen hat uns bei dem Termin beide
untersucht, deswegen sehe ich darin kein Problem."

„Das ist aber höchst unorthodox."

Die Sprechstundenhilfe war beinahe so nervig wie
seine Kollegin. „Gucken Sie jetzt bitte mal nach?"

„Das tue ich bereits. Und bei Eveline Sanderlah steht
kein Vermerk. Deswegen müssen Sie als neuer Patient
…"

Keller drückte sie weg. *Wieso nicht gleich?* Eveline
Sanderlah war tatsächlich Patientin bei Dr. Kastjansen
gewesen. Genau wie Saskia Bertel und Nadja Raunfeld.
Das war der gemeinsame Nenner. Was immer die Klinik trieb, dieser Kastjansen wusste Bescheid. Und kas-
sierte mit Sicherheit auch für die Vermittlung. Den
Mistkerl würde er sich vorknöpfen.

-27-

Ich klingelte. Meine Knie zitterten, während ich wieder auf mein Mobiltelefon starrte. Zehn Minuten zu früh. Die Aufregung machte mich ganz hibbelig. Ich konnte bereits den ganzen Tag kaum still sitzen. *Würde es sein wie früher?*

Der Türöffner summte und ich betrat kurz darauf das Haus von Alice' Eltern.

Alice sah wie immer unglaublich aus. Sie trug einen flauschigen, pinkfarbenen Pullover und darunter einen knappen, schwarzen Rock sowie eine Strumpfhose. Ein Kribbeln durchzog meinen Körper. Ich versuchte es zu ignorieren, schließlich hatte mir Alice klargemacht, dass sie auf Jungs stand, und ich wollte die Freundschaft mit ihr keinesfalls aufs Spiel setzen.

„Gehen wir in mein Zimmer." Sie lächelte und ich hatte sofort einen Schwarm Schmetterlinge im Bauch.

Ich folgte Alice. Ihr unverkennbarer Duft erfüllte das Haus und ich schloss für einen Moment die Augen. Rechts neben dem Esszimmer entdeckte ich den Garten. Mir schauderte bei der Erinnerung an meinen Vater, der dort im Gebüsch gesessen hatte. Ich durfte mir heute keine Fehltritte erlauben, sonst war es endgültig aus.

Wir erreichten ihr Zimmer und Alice ließ sich aufs Bett fallen. Ich betrachtete die vielen Wandposter von bekannten Rockstars, während ich mich auf dem Sitzkissen niederließ. Wie viele CDs hatte ich mir gekauft, nur um die gleiche Musik zu hören wie Alice?

„Warum warst du damals eigentlich bei mir zu Hause? Du wusstest doch, dass ich in der Schule bin."

Mir lief es kalt den Rücken hinunter. Sie meinte meinen Besuch, bei dem ich mich als Alice ausgegeben hatte. Was mochte ihre Mutter erzählt haben?

„Keine Ahnung." Ich zuckte mit den Schultern und hoffte, dass Alice nicht bemerkte, wie sich meine Hände in den Stoff meiner Hose krallten.

Sie warf mir einen Blick zu, der mich durchbohrte. „Film?"

„Okay." Ich atmete erleichtert aus.

Bei dem Film handelte es sich um ein schnulziges Liebesdrama mit einer merkwürdigen Entwicklung. Irgendwann bemerkte ich ein Schluchzen neben mir. Ich drehte mich zur Seite und sah Alice, der die Tränen über die Wange liefen.

„Alles gut?" Ich strich ihr sanft über den Rücken und sie lehnte ihren Kopf an meine Schulter. Ihr unglaublicher Duft stieg mir in die Nase.

„Sorry", flüsterte sie.

„Wofür denn?" Tatsächlich war dies einer der schönsten Momente in meinem Leben. Alice und ich, ganz nah beieinander. Fast wie damals unter der Decke.

„Hattest du eigentlich schon mal was mit einer Frau?"

Die Frage von Alice kam so überraschend, dass ich nicht gleich eine Antwort wusste.

Sie hob den Kopf. „Na ja, du bist doch lesbisch. Also, hattest du schon mal was mit einer Frau?"

„Ich ... ähm, nee", stammelte ich. Ich wollte mir vor Alice nicht die Blöße geben, dass ich noch nie eine Beziehung oder Ähnliches hatte. Augen hatte ich immer nur für sie gehabt. Andere hatte ich ausgeblendet. Vermutlich ganz im Gegensatz zu den zahlreichen Männerbekanntschaften ihrerseits. Ob auch eine Frau dabei war, wusste ich nicht und wollte mir in diesem Moment auch keine Gedanken darüber machen.

Ein flüchtiges Lächeln umspielte Alice' Mundwinkel. Plötzlich war sie mir ganz nah. Unsere Gesichter trennten nur wenige Zentimeter voneinander. Ihr warmer Atem streifte mein Gesicht. Das Herz schlug mir bis zum Hals. *Was passiert hier?*

Alice kam mir noch näher und unsere Lippen berührten sich. Es war eine Empfindung, die ich noch niemals erlebt habe. Mein Bauch zog sich zusammen und zwischen meinen Beinen kribbelte es. Alice' Berührung fühlte sich intensiver an, als ich es mir im Traum jemals ausgemalt hatte.

„Alice, was tust du?"

„Schh." Sie legte mir einen Finger auf die Lippen.

Ich saß still da, während sich mein Puls beinahe überschlug. Alice setzte sich auf mich, küsste sanft meinen Hals und zog an meinem Pullover. War das ein Traum? Geschah das wirklich?

Sie zog ihren eigenen ebenfalls aus und darunter kam Alice unglaublicher Oberkörper zum Vorschein. Sie war makellos. Mit üppigen Rundungen und einem flachen Bauch.

„Hat's dir die Sprache verschlagen?" Alice hatte noch immer dieses verführerische Lächeln im Gesicht. Was hätte ich sagen können? Sie führte meine Hand auf ihren Bauch. Jede Zelle meines Körpers vibrierte.

„Gefällt dir, was du siehst?" Ihre Stimme an meinem Ohr.

„Ja", war alles, was ich herausbrachte.

Alice stieg von mir hinunter und öffnete die Knöpfe meiner Jeans. Sie zog mir erst die Hose und danach meinen Slip aus. Es war wie ein wahr gewordener Traum. Wir lagen nackt nebeneinander und berührten uns an Stellen, von denen ich niemals gedacht hätte, dass ich sie jemals würde anfassen dürfen. Sie ließ ihre Finger über meine Brüste gleiten, über meinen Bauch und weiter abwärts. Ich lag auf dem Bett, hatte die Augen geschlossen und genoss, wie Alice mich an meinen intimsten Bereichen streichelte. Es war wie eine Ekstase. So musste sich ein Rausch anfühlen. Dieser Moment sollte niemals enden.

Doch irgendwann tat er es. Und als ich danach schwer keuchend neben ihr lag, wusste ich, dass sie genauso empfand wie ich. Mein Gefühl hatte mich nicht getäuscht. Alice und ich waren füreinander geschaffen und niemand würde daran etwas ändern können.

-28-

Julia lief den Gang entlang, auf dem Weg zu ihrer ersten Gruppentherapie.

Die Sitzung befand sich zu ihrer Verwunderung im zweiten Stock von Trakt B. Sie war davon ausgegangen, dass sich dort nur die beiden Fachabteilungen sowie Schwimmbad und Verwaltung befanden.

Julia nahm den Durchgang im Erdgeschoss, vorbei an der Rezeption, und erreichte schließlich die Aufzüge. Sie drückte den Knopf und wartete, aber der Fahrstuhl fuhr in den oberen Etagen umher. Ihr Blick glitt zu einer jungen Frau, etwa Anfang dreißig, die in Begleitung von einem jungen Mann langsam den Flur entlangging. Ihr stark gewölbter Bauch war

ein klares Anzeichen einer fortgeschrittenen Schwangerschaft; Julia tippte mindestens auf Anfang des neunten Monats, wenn nicht sogar schon kurz vor der Entbindung. Die freudige Erwartung stand den werdenden Eltern ins Gesicht geschrieben. Julia zog sich unwillkürlich der Magen zusammen. Sie dachte an die Worte von Nadja Raunfeld, als sie von ihrer vermeintlichen Schwangerschaft berichtet hatte: *Dann kann ich dir nur eins raten. Mach, dass du von hier wegkommst!*

Doch was konnte sie tun? Die Eltern warnen? Keine gute Idee, wenn sie etwas herausfinden wollte. Zumal die beiden nicht auf sie hören würden. Doch vielleicht war das die Gelegenheit, auf die sie gewartet hatte. Die Aufzugtüren ploppten auf, aber die Gruppentherapie musste schon mal ohne sie anfangen.

Sie lief auf das Pärchen zu und verlangsamte ihr Tempo, als sie sich den beiden näherte. „Gar nicht so einfach, so ein zusätzliches Körpergewicht mit sich herumzutragen." Julia lächelte.

Die Frau lachte. „Man gewöhnt sich dran. Schlimmer sind die wildfremden Leute, die dann plötzlich anfangen, darf ich Ihren Bauch mal anfassen? Dann komme ich mir vor, wie eine Attraktion auf dem Rummelplatz."

Julia konnte sich das Grinsen nicht verkneifen. Das hatte sie von ihrer ehemals besten Freundin auch gehört. „Bestimmt nicht so angenehm. Wann ist es denn so weit?"

Die Frau blieb schwer atmend stehen. „Laut der Frauenärztin noch in dieser Woche. Kann jederzeit losgehen. Wir waren heute nur noch mal wegen einer Routineuntersuchung da und fahren jetzt wieder. Aber vermutlich nicht für lange."

Julia blickte zur Seite. Wenn sie Kellers letzte Nachricht richtig verstanden hatte, hatte die Klinik Eveline Sanderlah spätnachmittags noch mal zu einer Untersuchung einbestellt, um sie dann über Nacht dazubehalten und das Kind zu entführen. Auch wenn sie den letzten Teil nur spekulierte, müsste die Klinik in diesem Fall auch das junge Paar abends anrufen. Aber was geschah, nachdem sie in der Klinik eingetroffen waren? Sie musste unbedingt mit Nadja Raunfeld sprechen, hatte diese aber weder beim Frühstück noch beim Mittagsessen angetroffen.

„Wisst ihr, ich bin selbst schwanger und schon total aufgeregt, auf das, was die nächsten Wochen und Monate auf mich zukommt." Da sie schon mit dieser merkwürdigen Masche angefangen hatte, konnte sie diese auch fortführen.

„Hey, Glückwunsch", rief der Mann, der offensichtlich Freund oder Lebensgefährte der Frau war. Einen Ehering trugen die beiden nicht.

„Herzlichen Glückwunsch. Das wird schon. Man wächst da rein." Die Frau tätschelte ihren Arm. „Und wenn ich mir Ihren schlanken Bauch so anschaue, haben Sie noch ein bisschen Zeit." Sie grinste.

„Stimmt. Aber vielleicht können wir uns trotzdem mal austauschen." Sie kramte aus ihrer Hosentasche eine Visitenkarte hervor. „Habe nämlich auch vor, hier in der Klinik zu entbinden, und vielleicht können Sie mich ja informieren, wenns losgeht, und mir von Ihren Erfahrungen berichten." Ehe Julia ihren Fehler bemerkte, hatte die junge Mutter bereits die Visitenkarte mit ihrem echten Namen und Beruf entgegengenommen. Julia hätte sich ohrfeigen können. Das Pärchen war zwar nicht das Problem, aber sie musste unbedingt aufpassen, wem sie, was erzählte, damit ihre Lügengeschichten nicht aufflogen.

„Klar gern. Wir machen uns mal auf den Weg. Alles Gute Ihnen." Der Mann nickte ihr noch mal zu und die beiden gingen weiter.

„Euch auch." Julia sah den beiden nach. Wenn das sympathische Ehepaar ihr Kind verlor, könnte sie sich das nie verzeihen. Vielleicht waren die beiden schon im

Visier der Entführer. Sie durfte jetzt keinen Fehler machen.

Die Gruppentherapie bestand aus einer Runde von vierzehn Leuten und einem Psychiater, die allesamt in einem Stuhlkreis zusammensaßen. Julia fand die Gruppe viel zu groß, um auf die Probleme von jedem Einzelnen einzugehen. Vermutlich ging es eher um kollektive Selbsthilfe, was bedeutete, dass jeder mit gut gemeinten, völlig überflüssigen Ratschlägen seine Meinung zum Besten gab. Zumindest war das die Erfahrung ihrer letzten Reha, an der sie teilgenommen hatte.

Als Julia den Raum betrat, erklärte ein Arzt, ein dürrer Mann Anfang fünfzig, gerade den Ablauf der Selbsthilfegruppe. Sein Namensschild wies ihn als Dr. Brenner aus. Er warf Julia einen missbilligenden Blick zu, verzichtete aber auf eine Standpauke wegen der Verspätung.

Es folgte eine Vorstellungsrunde, in der jeder etwas über sich und seine Probleme erzählte. Julia gab in zwei Sätzen die Antwort aus dem Dossier wieder. Eine Teilnehmerin nutzte die Vorstellungsrunde, um ihre gesamte Lebensgeschichte aufzurollen, angefangen davon, was in ihrer Kindheit schieflief, bis zu dem Tag, an dem sie entschied, in eine Klinik zu müssen. Julia sollte es recht sein. So konnte sie sich zurücklehnen. Ihre Gedanken drifteten zu dem Pärchen ab, als eine Stimme sie zurück in die Situation holte.

„Katharina, Sie hatten vorhin erzählt, Sie arbeiten in einer Bäckerei und haben dort häufiger mit Depressionen und Angstzuständen zu kämpfen. Inwiefern macht sich das bei Ihrer Arbeit bemerkbar?" Dr. Brenner betrachtete sie mit gerunzelter Stirn.

Julia stöhnte innerlich auf. Von vierzehn Patienten musste er ausgerechnet bei ihr anfangen. Sie hatte sich vorab ein paar Antworten zurechtgelegt, die ihr jetzt partout nicht einfielen. Also musste sie improvisieren.

„Na ja, ich, ähm ..." stammelte sie, während sie überlegte, was sie sagen sollte.

„Lassen Sie sich alle Zeit." Der Arzt hatte eine beruhigende, angenehme Art, die Julia entgegenkam, auch wenn der Grund für ihre Verunsicherung mit Sicherheit nicht der war, den der Psychiater vermutete.

„Ich habe oft das Gefühl, einfach zu funktionieren." Einige der anderen Patienten nickten. Brenners Blick ruhte fest auf ihr. „Ich bin da. Ich arbeite. Nach außen hin ist alles in Ordnung, aber im Inneren ..." Sie hielt inne. „Da ist einfach nichts. Wie eine gähnende Leere." Julias Hand ballte sich zur Faust. Sie war viel zu nah an ihre eigene Geschichte geraten.

„Wissen Sie noch, wann das angefangen oder was das bei Ihnen ausgelöst hat?"

Julias Puls beschleunigte sich. Das wusste sie nur zu gut, aber sie wollte es unter keinen Umständen preisgeben. Julia sah sich in der Runde um, nach einer Möglichkeit das Gespräch auf jemand anderes zu lenken, doch die meisten Blicke waren auf sie gerichtet. „Ich habe vor knapp drei Jahren meine Mutter verloren." Sie sah zu Boden. „Ich habe sie gepflegt, während den Phasen ihrer schweren Krankheit." Sofort flammten Bilder in ihren Kopf. Bilder von ihrer Mutter. Bilder, die sie nicht haben wollte.

Der Psychiater nickte. „Das war sicher eine schwere Zeit für Sie. Erzählen Sie uns davon. Was hatte Ihre Mutter?"

„Das würde hier den Rahmen sprengen. Die anderen Patienten wollen sicher auch noch etwas erzählen." Ihr Versuch, die Aufmerksamkeit auf jemand anderes zu lenken, misslang.

„Ich bin jetzt bei Ihnen", sagte der Arzt freundlich, aber bestimmt. „Natürlich müssen Sie hier nichts sagen, wenn Sie nicht wollen, aber ich glaube, es täte Ihnen gut. Ich höre sehr viel Schmerz in Ihrer Stimme."

Julia wünschte sich, er würde gar nichts hören. Sie wünschte, sie wäre überhaupt nicht zu der Gruppentherapie gekommen. „Meine Mutter hatte Multiple Sklerose. Schon sehr lange, seit Jahrzehnten. Aber sie war eine Kämpferin, die sich nicht unterkriegen ließ. Die letzten Jahre während meiner Ausbildung ging es ihr immer schlechter. Ich habe mich um sie gekümmert. Morgens das Frühstück für meine Mutter vorbereitet, einen Plan und aktuelle Ereignisse für die Pflegerin geschrieben, die tagsüber da war. Dann zur Arbeit gefahren bis spätabends. Und wenn ich nach Hause kam, eingekauft, geputzt, für meine Mutter gekocht, ihr ..." Sie stockte. Die Gefühle drohten, sie zu übermannen. Die Erinnerungen, die sie all die Jahre so krampfhaft versucht hatte zu verdrängen, waren plötzlich so greifbar, als wäre es gestern gewesen. „Ihr die Windeln gewechselt, sie gefüttert, ins Bett gebracht." Ihre Stimme klang erstickt. „Arbeit und Pflege. Für ein Privatleben blieb keine Zeit."

Im Raum wurde es still. „Haben Sie es Ihrer Mutter übel genommen, dass sie ihretwegen kein Privatleben mehr hatten?"

„Nein." Julia schüttelte den Kopf. „Was für ein Mensch müsste ich sein, um meine Mutter dafür zu verurteilen?"

„Ein Mensch mit Gefühlen und Bedürfnissen." Brenner notierte etwas auf seinem Klemmbrett, ehe er die Aufmerksamkeit wieder auf Julia richtete.

„Ich habe meine Mutter geliebt. Sie hat alles für mich getan." Ihre Hände zitterten. „Sie war für mich da, als mein Vater uns sitzen gelassen hat. Sie war da, wenn meine Mitschüler mir fiese Streiche gespielt haben. Sie hat mich getröstet, als ich meinen ersten Liebeskummer hatte. Sie hat an mich geglaubt in Zeiten, in denen ich es selbst nicht konnte." Julia merkte nicht, wie ihr die Tränen über die Wangen liefen. Die Gedanken sprudelten aus ihr heraus, während die Gefühle sie überwältigten. „Sie war sogar noch für mich da, als sie mir auf dem Sterbebett gesagt hat, was für ein wunderbarer Mensch ich sei, was für eine große Karriere mir bevorsteht und dass ich nur das Beste auf der Welt verdient hätte." In Julia explodierte ein Vulkan. All die Trauer, all der Schmerz, den sie all die Jahre so erfolgreich verdrängt hatte, schossen an die Oberfläche. Sie sprang auf, warf dabei den Stuhl um und rannte nach draußen. Nach Luft japsend, krallten sich ihre Finger am Geländer fest, als drohe sie, jeden Moment abzustürzen. Sie musste dringend wieder Herrin über ihre Gefühle werden.

Julia hatte gewusst, dass ihr in der Klinik eine schwere Aufgabe bevorstand. Nur hätte sie nie mit einer Aufgabe gerechnet, die ihr alles abverlangte.

-29-

Frühling 2015

Ich fühlte mich wie im siebten Himmel. Der gemeinsame Abend mit Alice, die Zweisamkeit, die Intimität und das Gefühl der Geborgenheit hatten neue Lebensgeister in mir geweckt. Ich konnte gar nicht mehr aufhören, zu lächeln. Die Welt strahlte in allen Farben. Genau so musste es sich anfühlen, wenn man verliebt war.

Alice hatte ich im Klassenzimmer gesehen. Danach waren wir uns ein paar Mal über den Weg gelaufen und sie hatte gelächelt. Gesprochen haben wir nicht, aber es gab auch nichts zu sagen. Das zwischen uns konnte man nicht in Worte fassen.

Ich schlenderte mit gemächlichen Schritten über den Pausenhof. Das Wetter war immer noch kalt und regnerisch, aber an diesem Tag konnte nichts meine Stimmung trüben. Alice stand zusammen mit zwei Jungs und Iris hinten auf der Empore. *Sollte ich mich dazu stellen?* Alice wollte es vielleicht nicht. Und ich hasste es, wenn sämtliche Blicke auf mir ruhten und ich wieder keine Silbe hervorbrachte.

Als ich gerade weitergehen wollte, bemerkte ich, wie einer der Kerle seinen Arm um Alice legte. Es war wie ein feiner Nadelstich in meiner Brust. Warum stieß

Alice ihn nicht weg? Sie war doch jetzt mit mir zusammen. Ich blieb stehen. Weder sie noch einer der anderen bemerkten mich.

Er legte seine Hand auf Alice Hintern und flüsterte ihr etwas ins Ohr. Eine Welle der Empörung überrollte mich. Spätestens jetzt musste Alice doch etwas sagen. Doch sie lachte nur. Meine Hände ballten sich zur Faust. *Es ist nur freundschaftlich,* versuchte ich mir einzureden. Es passierte nichts. *Alice liebt dich – das hast du gespürt. Dich würde sie niemals fallen lassen.*

Einen Moment lang unterhielten die beiden sich nur, bis sich der Typ ihr wieder näherte. Sie drehte ihren Kopf zu ihm und er küsste sie. Es war wie ein Blitzschlag. Noch nie in meinem Leben habe ich mich so verraten und ausgenutzt gefühlt. Meine Hände ballte ich so fest, dass es schmerzte. Ich sah, wie Alice den Typen anhimmelte, und das nach allem, was wir gemeinsam erlebt hatten. Ein unbändiger Schmerz baute sich in meinem Inneren auf. Wie von einer Wespe gestochen, stürmte ich auf Alice zu. Ich rempelte Iris grob zur Seite und baute mich vor Alice auf.

„Was soll das?" Ich schrie sie förmlich an.

Ihr entspannter Gesichtsausdruck verwandelte sich in Überraschung.

„Leni, was ist denn?"

Wollte sie mich verarschen?

„Hey, Pummelchen, hast du deine Tage oder was?" Der Kerl, der neben Alice stand, grinste und die anderen lachten. Am liebsten hätte ich ihm eine reingehauen.

„Was los ist?" Meine Stimme klang beinahe hysterisch. „Hast du vergessen, was zwischen uns war? Hast du vergessen, was vor zwei Tagen gewesen ist? Zwischen dir und mir?" Die Tränen schossen mir ins Gesicht.

„Uhh, heißer Lesbensex. Dürfen wir das nächste Mal dabei sein?" Wieder Gelächter.

Alice lachte nicht und sah stattdessen zu Boden. „Hör mal, Süße." Sie kam einen Schritt auf mich zu. Weder nahm sie mich zur Seite, noch legte sie mir einen Arm um die Schulter, um mich zu trösten.

„Das, was wir da hatten, war ..." *Magisch? Einzigartig?* Sie schien nach dem richtigen Wort zu suchen. „Es war okay."

Ein Faustschlag in die Magengrube. Im ersten Moment hoffte ich noch, dass Alice lachte, weil ich darauf hereingefallen war, aber ihre Mimik blieb regungslos. Der schöne und bedeutsamste Augenblick unserer gemeinsamen Zeit war für sie okay. Nicht mehr.

„Mir gings an dem Tag beschissen, weil mich mein Freund sitzen gelassen hat. Und du warst da. Das fand ich cool. Aber das heißt nicht, dass wir jetzt heiraten müssen, okay? Ich steh auf Männer, das hab ich dir gesagt. Und du warst an dem Tag einfach ne gute Ablenkung."

Ich stand einfach nur da. Konnte nichts sagen, nicht reagieren. Stattdessen starrte ich sie an, während in meinem Inneren ein Gewitter tobte.

„Jetzt hast du ja mich", trompetete der Kerl neben Alice und legte sofort wieder seinen Arm um sie. Alice gab einen neckischen Kommentar, aber ich hörte nicht zu. Von einem Moment auf den anderen brach meine

Welt zusammen. Alles, was ich für uns, unsere gemeinsame Zeit gesehen hatte, zerbrach im Bruchteil einer Sekunde.

Ich weiß nicht, was die nächsten Minuten geschah. Wie ich nach Hause kam. Den Brei meiner Mutter hinunterwürgte. Wie ich auf dem Bett saß, ins Leere starrte. Da war nur dieser lähmende Schmerz, der mich von innen heraus auffraß.

Ich ging ins Bad und stellte mich vor den Spiegel. Betrachtete das fremdartige, hässliche Wesen, das mir entgegensah. Das für meine geliebte Alice nichts weiter als eine *Ablenkung* gewesen war. Mein Bild verschwamm. Zu viele Tränen behinderten meine Sicht. Ich war für Alice nicht die große Liebe. Ich war für sie nicht der bedeutendste und wichtigste Mensch auf der Welt. Ich war für sie ein Nichts. Ein Stück Scheiße. *Eine Ablenkung.* Während die Erkenntnis langsam durchsickerte, mischte sich in meine Trauer etwas anderes. Eine Wut, die meine Muskeln verkrampfen ließ und meinen Herzschlag beschleunigte.

Wie konnte Alice mir das nur antun? Ich stieß einen lauten Schrei aus und donnerte meine Faust in den Spiegel. Das Glas splitterte und die Scherben regneten auf mich herab. Die warme, rote Flüssigkeit verteilte sich über meine Hand. Ich spürte keinen Schmerz.

Meine Atmung beruhigte sich und ich ließ den Arm sinken. Und plötzlich war da ein Gedanke, der alles vereinnahmte. *Alice hat mich verraten. Sie alle haben mich verraten.* Meine Eltern. Jeder, der mir nahestand. Alice hatte es nicht verdient, dass man sie vergötterte. Sie war nichts weiter als eine notgeile Schlampe, die nach Aufmerksamkeit dürstete. Jetzt wusste ich, was ich zu

tun hatte. Ich nahm eine Scherbe zur Hand und umschloss sie. Die messerscharfen Kanten bohrten sich in
mein Fleisch. Ich dachte an die Szene, als Alice den Kerl
auf dem Pausenhof geküsst hatte. Es war ihr letzter
Kuss gewesen. Denn ich würde ihr die Kehle aufschlit-
zen.

-30-

Freitag, 15. November 2024

Nadja sah immer wieder auf die Armbanduhr an ihrem Handgelenk. Sie würde alles auf eine Karte setzen. Kurz vor dem Abendessen würde sie sich in den verlassenen Trakt schleichen und dort auf die Lauer legen. Ohne die Zugangskarte hatte sie keine Chance, in das Untergeschoss zu kommen und ihre geliebte Cecilie, insofern sie noch da war, herauszuholen. Deswegen würde sie sich eine besorgen. Wenn ihre Tochter dort unten war, würde sie diese retten. Und wenn nicht, würde sie herausfinden, wo die Klinik sie hingebracht hatte.

Sie zog sich einen Fließpullover über. Es war unklar, wie lange sie in dem alten Trakt ausharren musste. Vielleicht dauerte es Stunden, bis ein Mitarbeiter kam. Wenn es blöd lief, verbrachte sie die ganze Nacht in der Nähe des Aufzugs und niemand erschien. Doch das würde sie nicht davon abhalten, es in der darauffolgenden Nacht noch einmal zu versuchen.

Sie warf einen erneuten Blick auf die Armbanduhr. Kurz vor 17 Uhr. Sie wusste nicht, ob oder wann der Typ von der Security-Firma Feierabend machte und es war einfacher hineinzugelangen, solange er da war. Die meisten der Fenster auf Station C waren mit Holzbrettern vernagelt, andere vergittert. Ein Einbruch wäre schwieriger gewesen, als sich durch die offene Tür zu schleichen. Auch wenn ihr die letzte Begegnung mit dem Security-Mitarbeiter noch immer in den Knochen steckte. Als sie die Schritte gehört hatte, hatte sie sich schnell hinter dem defekten Kühlschrank versteckt und gehofft, dass er sie nicht fand. Glücklicherweise hatte er nur einen kurzen Blick hineingeworfen und war dann wieder abgehauen. Auf eine weitere Begegnung konnte sie verzichten.

Sie entsperrte das Display ihres Handys. Zwei entgangene Anrufe, einer von ihrem Ex-Mann, der andere von einer Kollegin. Sie ignorierte die Anrufe und verstaute das Telefon in ihrer Jeans. Saskia hatte sich noch immer nicht gemeldet – irgendetwas stimmte da nicht.

Auf ihre Anrufe reagierte nur die Mailbox. Was, wenn ihr doch etwas zugestoßen war?

Sie hatte keine Zweifel, dass die Klinik über Leichen ging. Das würde aber bedeuten, dass jemand aus der Klinik wusste, dass Saskia etwas Wichtiges herausgefunden hatte. Und Saskia hatte die Klinik damit konfrontiert. War es ein Fehler, der sie das Leben gekostet hatte? Nadja schnürte es die Kehle zu. Wenn Saskia ihr nur gesagt hätte, was sie herausgefunden hatte – aber davor war der Kontakt abgebrochen.

Sie griff nach dem Springmesser und ließ die scharfe Klinge herausspringen. Sie fuhr mit den Fingern vorsichtig an der scharfen Kante entlang. Ein Beben erfasste ihren Körper. Keiner von Frankensteins Mitarbeitern würde sie freiwillig in das Untergeschoss lassen. Also musste sie demjenigen zur Not ein Messer an die Kehle halten. Sie war kein gewalttätiger Mensch, aber es ging um das Leben ihrer Tochter. Und wenn es hart auf hart kam, musste sie bereit sein, es zu benutzen. Falls die Klinik keine Skrupel hatte, Saskia aus dem Weg zu räumen, hatte sie auch keine Skrupel, sie selbst zu beseitigen.

-31-

Nach der anstrengenden Gruppentherapiesitzung war Julia auf ihr Zimmer geflüchtet. Dort hielt sie es keine fünf Minuten aus. Sie schlüpfte in ihre Joggingsachen und lief mehrere Kilometer durch den angrenzenden Wald. Teilweise joggte sie nicht nur, sondern rannte, bis die Erschöpfung sie in die Knie zwang. Manchmal brauchte sie das einfach. Es war, als könnte sie mit jedem Schritt ein wenig Ballast abwerfen. Als sie wieder in der Klinik ankam, hatte sich ihre Atmung normalisiert, die Enge in ihrer Brust hatte sich gelöst und ihr Verstand war klar und aufmerksam. Ihr knurrender Magen verriet ihr, dass es Zeit zum Abendessen war.

Als sie den Flur entlangging, sah sie eine Gestalt, die sich näherte. Ihr Herz machte einen Satz. *Nadja Raunfeld.* Sie wollte sie gerade mit Namen ansprechen, als ihr einfiel, dass Nadja ihr diesen beim Essen gar nicht genannt hatte. „Hey!"

„Hey." Nadja lief unbeirrt weiter.

„Warte mal." Julia drehte sich um und folgte ihr. „Erinnerst du dich? Katharina. Wir haben uns beim Essen unterhalten."

„Wie schön."

Wieso machte es Nadja ihr so schwer? Zu Nadja Raunfeld hatte sie im Gegensatz zu Bertel keinen Selektionsordner auf dem PC des Chefarztes gefunden. Was sie daraus schließen sollte, wusste sie noch nicht.

Julia stellte sich vor sie. „Können wir uns kurz unterhalten?"

„Ich wüsste nicht, worüber." Nadja blieb stehen und verschränkte die Arme vor der Brust.

„Was hast du damit gemeint, dass die Klinik Kinder entführt?"

„Genau das, was ich gesagt hab." Ihr Blick blieb feindselig. „Wenn du wirklich schwanger bist, dann mach, dass du von hier wegkommst!" Sie musterte sie von oben bis unten. Julia hatte ihre Rolle als werdende Mutter wohl nicht besonders überzeugend gespielt. Oder gab es andere Gründe für Nadjas Skepsis?

„Und jetzt lass mich durch." Nadja drängte sich an ihr vorbei.

So kam sie nicht weiter. Julia musste eine andere Karte ziehen. „Ich kenne Saskia Bertel."

Nadja, die bereits an ihr vorbeigegangen war, blieb, wie vom Blitz getroffen, stehen. Sie drehte sich um und lief auf Julia zu. „Woher?"

„Spielt keine Rolle. Ich will wissen, was hier los ist." Julia senkte die Stimme, da sich weitere Patienten auf den Weg in Richtung Speisesaal bewegten.

Nadjas Augen verengten sich zu Schlitzen. „Du bist eine elende Lügnerin! Ich kauf dir weder deine Schwangerschaft ab noch glaub ich dir, dass du Saskia Bertel wirklich kennst. Sonst hätte sie dir nämlich erzählt, was los ist." Damit wandte Nadja ihr den Rücken zu.

„Das konnte sie nicht. Sie ist tot.“

Nadja blieb abermals stehen. Als sie sich umdrehte, war jede Farbe aus ihrem Gesicht verschwunden. „Was soll das bedeuten?“

„Man hat sie tot in der Badewanne aufgefunden. Mit aufgeschnittenen Pulsadern.“

„Großer Gott.“ Nadja lehnte sich an die Wand. Tränen kullerten über ihre Wangen.

Als Julia zu ihr gehen wollte, versiegten die Tränen plötzlich und Nadjas Augen verengten sich zu Schlitzen.

„Woher weißt du das und wer zum Teufel bist du?“

Sollte Julia wieder lügen? Aber falls Nadja es durchschaute, würde sie ihr nichts mehr verraten. „Ich arbeite für die Polizei“, flüsterte sie. „Ich wurde hergeschickt, um die mysteriösen Todesumstände von Saskia Bertel aufzudecken und herauszufinden, was es mit den verschwundenen Babys von dir und Saskia auf sich hat.“

In Nadjas Kopf schien es zu rattern. Sie fixierte Julia, als könne sie herausfinden, ob diese die Wahrheit sagte. „Mir hat neulich so ein unfreundlicher Kerl Fragen zu meiner Tochter gestellt. Gehörte der zu dir?“

„Mein Vorgesetzter, Martin Keller.“

„Ich hatte nicht das Gefühl, dass er mir wirklich glaubt.“

„Ohne Beweise ist das schwierig. Wieso hast du eine Untersuchung durch einen unabhängigen Gutachter abgelehnt? Wenn er deine Schwangerschaft bestätigt, kann die Klinik sich nicht mehr herausreden mit einem Fakebauch oder was auch immer.“

Nadja gab ein verächtliches Schnauben von sich. „Die stecken doch alle unter einer Decke. Ich glaub keiner Frauenärztin mehr."

Julia bezweifelte, dass ihr Vorgesetzter und eine unabhängige Gutachterin von der Polizei mit der Klinik gemeinsame Sache machten. „Sag mir, was du weißt, dann helfe ich dir, dein Kind zu suchen."

Nadja schien mit sich zu ringen. Sie blickte den Flur entlang, in dem gerade eine Frau eine Zimmertür verschloss und in ihre Richtung gelaufen kam. „Komm mit."

Wenige Minuten später waren sie beide auf Nadjas Zimmer. Julia hatte es sich auf dem Stuhl bequem gemacht, während Nadja auf dem Bett saß.

„Wie hast du von der ganzen Sache Wind bekommen?", fragte Julia.

Nadja schaute aus dem Fenster. „Durch den Unfall. Es gab einen Crash, bei dem meine vierjährige Tochter Hannah ums Leben gekommen ist. Cecilie hat überlebt – das habe ich gespürt. Einer Mutter kann man nichts vormachen." Ihre Stimme zitterte leicht. „Ich verlor zwischenzeitlich immer wieder das Bewusstsein, wahrscheinlich durch den Unfall. Aber vielleicht haben die mir auch was gespritzt. Und als ich dann in der Klinik wieder zu mir kam, hieß es, Hannah sei tot. Als ich nach Cecilie fragte, sahen sie mich nur irritiert an und sagten, ein weiteres Kind habe es nie gegeben." Nadja lachte freudlos. „Ich wusste, dass es Schwachsinn war und hab kurzerhand an meinem Verstand gezweifelt."

Sie schniefte. „Na ja, jedenfalls hab ich durch einen Zufall Saskia Bertel getroffen, die sich auf dem Flur einen riesigen Streit mit Dr. Wieland geliefert hat."

„Dr. Wieland war?" Julia zog die Brauen hoch.

„Die Frauenärztin hier. Saskia hat behauptet, man habe ihr ein anderes totes Baby gezeigt. Dass sie das falsche Kind beerdigt hätte. Und was man mit ihrer echten Tochter angestellt hätte?

Für Julia klang das reichlich sonderbar. Wo sollte denn die Klinik ein Alibikind herhaben? „Und die Ärztin?"

„Die hatte nur immer wieder gesagt, es tue ihr leid und bla, bla, bla."

„Danach hast du mit Saskia gesprochen?"

Nadja nickte. „Dann war mir klar, was mit meiner Tochter passiert war."

Julia war gar nichts klar. „Wieso? Was hat sie denn erzählt?"

„Dass die Klinik ihr Neugeborenes entführt hätte. Sie wüsste es; sie hätte es gespürt."

Julia seufzte innerlich. Sie hatte gehofft, mal eine konkrete Information zu erhalten, die nicht immer nur darauf baute, dass irgendjemand ein diffuses Gefühl hatte. „Hat Saskia Bertel denn etwas erzählt, was ihr zum Verhängnis werden könnte? Etwas Handfestes?"

Nadja verzog das Gesicht. „Sie meinte, sie habe ihre Tochter, also ihre echte, gesehen."

Julia horchte auf. „Wo?"

Nadja zuckte mit den Schultern. „Ich weiß es nicht mehr genau. Irgendwo auf der Straße hat sie eine Frau gesehen, die mit einem Baby unterwegs war, und sie war überzeugt, dass das ihr eigenes war."

Julia warf einen Blick zur Seite. Saskia Bertel entdeckte eine Frau mit Kind auf der Straße und glaubte fortan, es handele sich um ihr eigenes, während sie das falsche beerdigt hatte. War es Wunschdenken, weil sie ihr Kind verloren hatte? Oder hatte sie ihre echte Tochter erkannt? War das bei einem Blick im Vorbeigehen überhaupt möglich? „Und dann?"

„Sie hat mir ein paar Tage später geschrieben, dass sie bald den Beweis hätte, dass die Klinik ihr Kind entführt hat. Danach war Funkstille. Jetzt weiß ich, warum."

Wie konnte der Beweis aussehen? In Julias Kopf spukten verschiedene Szenarien herum. Hatte sie der Frau nachspioniert und herausgefunden, dass die vermeintliche Mutter nie schwanger gewesen war? War sie bei der Frau eingebrochen und hatte gefälschte Unterlagen gefunden? Oder hatte sie die Frau oder die Eltern bedroht, um die Wahrheit herauszupressen? Die Frau informierte daraufhin die Klinik, dass es ein Problem gab. Ein Problem namens Saskia Bertel. Sie dachte wieder an den *Selektions*-Ordner. Eines stand fest: Wenn Saskias Geschichte stimmte, ging es hier nicht um einen Prostitutionsring, sondern um illegale Adoptionen. Doch wie konnte sie das beweisen? Sie hatte weder Namen noch sonstiges. Sämtliche Aufzeichnungen von Saskia Bertel waren verschwunden.

„Ich weiß, wo die Entführungen stattfinden", sagte Nadja. Ihr Blick hatte sich verändert. Julia konnte nicht genau deuten, was in ihr vorging.

„Wo?"

„Kennst du den verlassenen Trakt, Station C?"

Julia schüttelte den Kopf.

„Der grenzt im ersten Stock an Station B an. Dort gibt es einen versteckten Aufzug, der nur mit einer speziellen Karte und einem Code aktiviert werden kann. Der führt nach unten. Ich habe ihn neulich erst entdeckt."

Das war ein Ansatz. „Das heißt, wir versuchen dort hereinzukommen?"

„Nicht wir." Sie blickte zu Boden. „Ich." Sie griff in ihre Hosentasche und holte das Springmesser heraus.

Julia sprang auf. „Bist du verrückt geworden? Wir werden auf gar keinen Fall das Klinikpersonal angreifen."

„Ich muss wissen, was mit Cecilie geschehen ist!", schrie Nadja. „Begreifst du das nicht? Es geht um das Leben meiner Tochter."

„Das verstehe ich." Julia trat dicht an sie heran. „Aber, so kommen wir nicht weiter. Wir überlegen uns einen anderen Weg hineinzukommen, ohne dich in eine solche Gefahr zu bringen."

Hatte sie Nadja erreicht? Wenn diese mit einem Sprungmesser bewaffnet durch die Klinik rannte, konnte das kein gutes Ende nehmen.

Nadja sah auf. „Vielleicht hast du recht." Sie klang nicht überzeugt.

„Heißt du eigentlich tatsächlich Katharina?"

Julia hatte mit der Frage nicht gerechnet. Doch nachdem sie ihr nun eh schon ihre wahre Identität preisgegeben hatte, konnte sie ihr auch ihren echten Namen verraten.

„Julia. Julia Beck. Aber das muss unter uns bleiben, klar?"

„Klar. Meinen Namen kennst du ja bestimmt schon."

Julia nickte. „Ich wusste schon beim Essen, dass du Nadja Raunfeld bist."

Ihr Gegenüber verzog das Gesicht. „Mir gefällt der Name nicht."

„Nadja?"

Sie nickte. „Klingt scheußlich. Passt auch nicht zu mir."

Julia wusste nicht, was gegen Nadja einzuwenden war. Ihr gefiel der Name.

„Wenn du einen Spitznamen oder so hast, kann ich dich auch anders nennen."

Ein eigenartiges Lächeln umspielte Nadjas Mundwinkel. „Nenn mich Alice. Wie Alice im Wunderland."

-32-

Herbst 2018

Unsere gemeinsame Schulzeit war vorbei. Mein Entschluss, Alice aus dem Weg zu räumen, nahm Form an. Inzwischen hatte ich mehr und mehr Alice' Gewohnheiten studiert. Tagsüber war sie an der Uni, mittwochs ging sie zum Volleyballspielen und an den Wochenenden kam sie meistens sehr spät nach Hause.

Die Sporthalle befand sich in unmittelbarer Nähe der Geroksruhe, nicht weit von ihrem Wohnort entfernt und an ein großes Waldgebiet angrenzend. Wenn sie keine Freundin mit dem Auto mitnahm, fuhr Alice mit der U-Bahn und lief die verbleibenden Meter zu Fuß. Rundherum war kaum etwas los. Der Hintereingang, der in die Sporthalle der Schule führte, war von der Straße aus nicht zu sehen. Es war die perfekte Gelegenheit.

Tief in meinem Inneren hatte ich mir gewünscht, alles wäre anders gekommen. Alice hätte mich auf den Knien angefleht, um Verzeihung gebettelt. Sie hätte ihren furchtbaren Fehler erkannt und vielleicht hätte ich ihr vergeben können.

Doch das tat sie nicht. Sie ignorierte mich. Schrieb mir kein einziges Mal. Und das steigerte meine Wut von Tag zu Tag mehr. Ich hatte mir ein Messer besorgt, dass ich Alice direkt ins Herz rammen wollte. Sie sollte spüren, wie es mir all die Jahre seit ihrem Verrat ergangen war. Ihr sollte der gleiche Schmerz widerfahren wie mir tagtäglich. Ob ich meinen Plan wirklich durchziehen konnte, wusste ich nicht. Ich hatte noch nie jemanden ernsthaft verletzt, geschweige denn getötet. Aber die Wunde, die Alice bei mir hinterlassen hatte, führte zu einem solch unermesslichen Hass. Ich wollte es Alice heimzahlen. Sie sollte mir nie wieder wehtun können.

Ich beobachtete sie. Sie saß in der U-Bahn mehrere Sitzreihen vor mir. Ich hatte mein Gesicht unter einer Cappy versteckt und es mir tief ins Gesicht gezogen, damit sie mich nicht zu früh entdeckte. Doch sie war so in ihr Smartphone vertieft, dass sie mich gar nicht bemerkte.

Schließlich stieg sie aus. Draußen war es dunkel und für Oktober verhältnismäßig kühl. Der Weg, den Alice entlanglief, führte über den Parkplatz und anschließend zwischen dem Tennisklub und einer Schule hindurch. Er war nur spärlich durch die hohen Fenster der Turnhalle beleuchtet. Ich näherte mich Alice. Mein Atem ging stoßweise. Am liebsten wollte ich ihr in den Rücken stechen, aber sie sollte mein Gesicht ein letztes Mal sehen, bevor sie starb. Ich holte das Messer hervor. In dieser Sekunde kamen zwei Männer, mit Sporttasche bepackt, den Weg entlang. Eilig steckte ich das Messer weg und machte auf dem Absatz kehrt. *Shit!* Sie waren zur falschen Zeit gekommen.

Ich ging hinter den Bäumen in Deckung. Von hier aus hatte ich einen guten Blick auf den Hinterausgang. Ich wusste, dass Alice' Training bis um 21:30 Uhr ging. Einige Frauen betraten und verließen die Halle.

Die Zeit verstrich. Ich sah auf mein Handy. 21:15 Uhr. Bald war es so weit. Meine Nervosität stieg von Minute zu Minute. Ich war nicht der kaltblütige Killer aus dem Fernsehen. *Sollte ich einfach wieder gehen?* Sofort schoss mir die Szene auf dem Pausenhof in den Kopf. *Eine Ablenkung.* Das Adrenalin rauschte mir ins Blut. Sie hatte es nicht anders verdient. Die ersten Vereinsmitglieder verließen das Gebäude. Wenn Alice wie letzte Woche zusammen mit den anderen ging, hatte ich keine Chance. Doch irgendwann musste sie die Letzte sein. Ich wartete geduldig. Schließlich entdeckte ich Alice, die noch immer ihren Trainingsanzug mit einer Jacke darüber trug. Sie kam in Begleitung von einer anderen Frau aus dem Gebäude. Sie blieben vor dem Eingang stehen und qualmten. *Hau endlich ab*, verfluchte ich die Frau, die noch immer neben Alice stand und fröhlich mit ihr tratschte.

„Soll ich auf dich warten?"

Ich hielt die Luft an. Was hatte Alice geantwortet? Ich beobachtete die Szene genau. Schließlich ging die andere Frau davon, während Alice zurückblieb. Ich konnte es kaum fassen. Es war der Tag, auf den ich so lange gewartet hatte. Leider blieb Alice nicht vor der Halle stehen, sondern lief wieder hinein. Das würde mich aber nicht davon abhalten. Wenn ich es richtig einschätzte, war Alice allein in der Umkleidekabine.

Ich sah mich zu allen Seiten um. Mein Herz hämmerte wild in meiner Brust und meine Finger waren schweißnass. Ich durfte jetzt nicht schwach werden. Nachdem ich mich vergewissert hatte, dass niemand sonst in der Nähe war, betrat ich das Treppenhaus der

Turnhalle. Ein muffiger Geruch aus Parfüm und Schweiß schlug mir entgegen. Wie ich durch meine Erkundungen herausgefunden hatte, befand sich die Umkleidekabine im hinteren Teil des Gebäudes. Ich schlich den beleuchteten Flur entlang und blieb vor der Damenumkleide stehen. Ich ließ die Luft langsam aus meinen Lungen strömen. Das Messer hatte ich griffbereit in meiner Jeans. Ich drückte die Tür auf. Alice war nur mit Unterwäsche bekleidet und gerade dabei, ihre Socken anzuziehen. Sie wirbelte herum.

„Leni? Was machst du denn hier?“

Ich erstarrte. Das Gefühl der Überlegenheit war mit einem Schlag dahin.

„Was ist?“ Sie blickte mich mit großen Augen an.

Mein Plan, den ich über Jahre hinweg ausgetüftelt hatte, war futsch. Statt das Messer zu ziehen, war mein Blick starr auf Alice’ Bauch gerichtet. Statt der flachen und ebenmäßigen Form zeigte er jetzt eine kleine, aber deutlich erkennbare Wölbung, die zuvor von der Kleidung bedeckt worden war. Sosehr ich auch Alice verachtete, ich wäre niemals in der Lage, ein ungeborenes Kind zu ermorden.

„Hallo?“

Ich drehte mich um und stürmte aus der Umkleidekabine. Immer schneller rannte ich in den Wald hinein, bis meine Seite schmerzte. Die Tränen flossen in Strömen hinab. Alice war schwanger. Ausgerechnet sie. Jetzt hatte sie nicht nur jede Menge Freundinnen, sondern auch noch ein Kind. Warum nur wurde Alice so beschenkt, während es mir so dreckig ging? Ich hatte zu lange gezögert. Hätte ich doch meinen Plan ausgeführt, ehe Alice sich von irgendeinem Kerl hatte schwängern lassen. Langsam normalisierte sich mein Puls. Meine Lungen füllten sich mit kalter Luft.

Ich musste Alice bestrafen. Kind hin oder her. Wenn ich ihr perfektes Leben schon nicht auslöschen konnte, dann würde ich es ihr eben stehlen.

-33-

Samstag, 16. November 2024

Keller hatte herausgefunden, dass Kastjansen eine Zeitlang in der Annaberg-Klinik gearbeitet hatte. Vermutlich war er dort auf Prof. Dietrich gestoßen, wonach sie gemeinsam ihren Plan entwickelt hatten. Vorausgesetzt, Dietrich wusste Bescheid. Doch Keller hielt es für ausgeschlossen, dass der Chefarzt nicht wusste, was in seiner Klinik vor sich ging. Inzwischen gab es drei Frauen, deren Babys in der Klinik auf mysteriöse Weise verstorben oder verschwunden waren. Das konnte kein Zufall sein. Wobei er immer noch nicht so recht wusste, was er von Nadja Raunfeld halten sollte.

Es klopfte an seiner Bürotür und Wing-Wing streckte den Kopf herein.

„Hallo, Chef. Ich habe gestern Nachmittag endlich die Unterlagen von den Kollegen der Verkehrsüberwachung erhalten." Seine Stimme klang aufgeregt.

„Das wurde auch Zeit", brummte Keller. „Und?"

Sein Kollege reichte ihm eine Handvoll Fotos. „Der Unfall ereignete sich gegen 20:30 Uhr auf einer Bundesstraße in Richtung Böblingen. Wie wir von ihrem Ex wissen, war Nadja Raunfeld auf dem Rückweg, nachdem sie ihre Tochter Hannah bei ihm abgeholt hat. Raunfeld hat bei schlechten Witterungsbedingen den

Wagen einer anderen Frau namens Marlene Juwelis gerammt. Von fahrlässigen Verhalten ihrerseits kann allerdings keine Rede sein. Der Wagen von Juwelis stand mitten auf der Straße in einer Kurve. Offenbar wollte sie in einer Parkbucht wenden. Genau in dieser Sekunde tauchte Raunfelds Wagen auf. Ein Zusammenstoß war unvermeidlich. Juwelis war sofort tot. Raunfelds Kind Hannah wurde schwer verletzt, bei Nadja Raunfeld konnte der Airbag das Schlimmste verhindern. Sie war als einzige bei Bewusstsein und hat immer wieder irgendwelche Namen gemurmelt. Was ich daran auffällig fand, war, dass die andere Fahrerin Marlene Juwelis ebenfalls schwanger war. Das Kind starb im Mutterbauch.“

Keller horchte auf. „Also eine Frau, die tatsächlich schwanger ist, und eine Frau, die überzeugt davon ist?“

„So ist es.“ Li nickte bedächtig. „Möglicherweise ein Zufall. Aber sehen Sie sich die Fotos mal genau an.“

Keller beugte sich vor. Das erste Foto zeigte die Leiche einer Frau, die eingekeilt und mit geschlossenen Augen auf dem Fahrersitz war. Daneben das Foto von Nadja Raunfeld, die mit einer Decke auf der Kante eines Krankenwagens saß. Li reichte ihm drei weitere Fotos, die die tote Hannah und die verunglückten Wagen zeigten.

Keller ging die Aufnahmen der Reihe nach durch und blickte irritiert auf. „Ich sehe kein Foto von Marlene Juwelis.“

„Das hier!“ Li deutete auf das Foto der Frau, die eingekeilt auf dem Fahrersitz saß.

Keller verzog das Gesicht. „Sie wollen mich verarschen, oder?“ Die Miene seines Kollegen blieb jedoch ernst. Keller nahm das Bild von der eingekeilten Frau und der Frau, die auf der Kante des Krankenwagens saß und hielt sie nebeneinander. „Das sind ein und dieselbe Person!"

„Eben nicht." Li setzte sich gegenüber und zeigte ihm die Akte. „Die Frau, die auf der Kante des Krankenwagens saß, war laut eigenen Angaben Nadja Raufeld. Sie trug ihren Personalausweis und Handy mit sich. Auf der Rückbank ihres Wagens saß ihre Tochter Hannah. Und die andere Frau war, laut ihren Personaldaten, Marlene Juwelis."

Keller verglich abermals die Fotos der beiden Frauen. Dasselbe abgerundete Gesicht mit dem spitzen Kinn, die vollen Lippen und kastanienfarbenen, langen Haare. Es bestand kein Zweifel. Keller sah auf. Sein Puls beschleunigte sich. „Die beiden Frauen mussten Zwillingsschwestern gewesen sein."

-34-

Winter 2018

„Ich halte das ehrlich gesagt für keine gute Idee." Der alte Mann mit weißem Kittel, Bartansatz und grau melierten Haaren sah mich mit zusammengekniffenen Augen an.

Es war mir egal, ob er es für eine gute Idee hielt oder nicht. Mein Entschluss stand fest und ich würde nicht nachgeben. Wenn es eins gab, was mir die letzten Monate gezeigt hatten, dann war es, dass mir keine andere Möglichkeit blieb, wenn ich Alice sein wollte.

„Sie scheinen mir auch noch ziemlich jung." Er warf einen Blick in seine Unterlagen. „Zumal sich mir der Sinn dieser Operation nicht erschließt."

Er musste ihn auch nicht verstehen – er musste es nur tun. Natürlich fand der Arzt mein Vorhaben sonderbar, aber ich war fest entschlossen.

„Wissen Sie ..." Der Arzt beugte sich vor. „... ich habe viele junge Patienten, vor allem Frauen, die gerne Eingriffe vornehmen lassen würden. Primär geht es um Sachen wie Brustvergrößerung oder Lidstraffung. Ihr Anliegen ist, nun ja ..." Er machte eine ausladende Handbewegung. „... sehr speziell. Ich werde diesen Eingriff nicht vornehmen, wenn Sie mir keinen konkreten Grund nennen können."

Ich verschränkte die Arme vor der Brust. „Wenn Sie es nicht tun, dann finde ich jemand anderes." Es war mein Leben und meine Entscheidung.

„Außerdem sind solche Eingriffe auch nicht ganz billig. Können Sie sich das denn leisten?"

Ich nickte. Das Geld dafür hatte ich auf meinem Sparkonto, das mir meine Großmutter damals als Kind eingerichtet hatte. Es zwar für eine andere Verwendung vorgesehen gewesen, aber ich konnte darüber frei verfügen. Allerdings schien es dem komischen Kauz mehr um Gegenargumente als um das Geld zu gehen.

Einen kurzen Moment wurde es still im Behandlungszimmer. „Ich mache Ihnen einen Vorschlag." Der Arzt sah mich an. „Sie schlafen ein paar Nächte darüber und dann sprechen wir noch mal. Es gibt natürlich diverse Möglichkeiten, aber eine Gesichtsoperation nach Vorgabe ist etwas schwierig."

Pah, von wegen. Ich verzog das Gesicht. Dieser Chirurg hatte keine Ahnung, was er mir damit antat. Ich war nicht hübsch, nicht im Mindesten. Ich spürte doch die abwertenden Blicke der anderen. Die verächtlichen Blicke von Alice. All das würde sich mit einem Schlag ändern. Doch ich brauchte diese Operation.

„Bitte." Mein Tonfall klang fast bettelnd. Ich lehnte mich vor. „Ich brauche diese OP."

Der Arzt warf mir einen mitfühlenden Blick zu. „Es tut mir leid, ich kann und werde Ihnen diesen Wunsch zum jetzigen Zeitpunkt nicht erfüllen." Er stand auf. „Vertrauen Sie mir. Sie tun sich damit keinen Gefallen."

Wie in Trance erhob ich mich. Es spielte keine Rolle. Ich würde nicht aufgeben, bis ich jemanden fand, der mir half, meine fürchterliche Visage loszuwerden.

-35-

„Raunfeld?"

„Keller, Kripo Stuttgart. Es geht um Ihre Ex-Frau Nadja Raunfeld."

Am Ende der Leitung war ein Seufzen zu hören. „Ich habe Ihrer Kollegin doch schon alles mitgeteilt."

„Offensichtlich nicht. Sie haben uns nämlich vorenthalten, dass Ihre Ex-Frau Nadja eine Zwillingsschwester hat."

„Was?" Justus Raunfeld klang völlig perplex. „Da muss ein Irrtum vorliegen. Meine Ex ist ein Einzelkind – das weiß ich."

Konnte das sein? Justus Raunfeld hatte keinen Grund, ihn anzulügen, aber anders konnte er sich die Ähnlichkeit zu der verunglückten Marlene Juwelis nicht erklären. „Haben Sie mit Ihrer Ex seit dem Unfall gesprochen oder telefoniert?"

„Nein. Ich habe es versucht, aber sie hat auf keine meiner Anfragen oder Nachrichten reagiert."

„Und das hat sie nicht gewundert?"

„Na ja, sie hat mir geschrieben, dass unsere gemeinsame Tochter Hannah gestorben ist. Ich war daraufhin in der Annaberg-Klinik und hab mir Hannahs Leiche zeigen lassen. Danach war ich am Boden zerstört und ich bin davon ausgegangen, dass es Nadja genauso geht. Wir haben unser gemeinsames Kind verloren. Danach hat sie auch auf Anfragen wegen der Beerdigung nicht mehr reagiert, was ich ziemlich mies fand. Ich glaube, sie machte mich mit für Hannahs Tod verantwortlich, weil wir uns an dem Abend gestritten haben und sie erbost losgerast ist. Das sagte ich Ihrer Kollegin bereits."

Keller überlegte. Justus Raunfeld hatte seine Ex weder gesehen noch gehört, nur ein paar Nachrichten erhalten. Ihm kam ein ungeheurer Verdacht. Was, wenn die Nachrichten gar nicht von Nadja stammten?

„Herr Raunfeld, ich schicke Ihnen jetzt mal ein paar Fotos und Sie sagen mir, ob Ihre Frau darauf ist?"

„Von mir aus." In seiner Stimme klang abermals Irritation.

Keller fotografierte die Aufnahmen von Li ab und schickte sie Justus Raunfeld. Was würde er gleich erfahren? „Haben Sie sie erhalten?"

„Ja, Moment." Am anderen Ende der Leitung war ein tiefes Ausatmen zu hören. „Großer Himmel. Was hat das zu bedeuten?"

„Das wüssten wir gerne von Ihnen."

„Die Frau, die auf dem Fahrersitz eingequetscht wurde, ist sie noch am Leben?"

„Nein. Ist das Nadja Raunfeld?" Keller hielt die Luft an.

„Ja." Seine Stimme war mehr ein Flüstern. Heißt das etwa, bei dem Unfall ist Nadja auch gestorben?"

„Das kann ich Ihnen sagen, wenn Sie mir verraten, woran Sie den Unterschied erkennen? Die beiden Frauen sehen fast identisch aus."

„An dem knallgelben Pullover. Den hatte Nadja an, als sie kurz vorher bei mir war."

Keller sah sich das Bild erneut an. Das Gelb schimmerte deutlich hindurch. Das war ungeheuerlich. Marlene Juwelis hatte Nadja Raunfeld tatsächlich die Identität gestohlen. Mit einem Mal wurde Keller auch klar, warum die Klinik behauptete, es habe nie eine Schwangerschaft gegeben. Sein ungutes Gefühl, dass da irgendetwas nicht stimmte, hatte sich bewahrheitet. Sie hatte nicht nur die Klinik, sondern auch die Polizei an der Nase herumgeführt. Seine Hände ballten sich zur Faust.

„Außerdem hatte meine Ex braune Augen und die andere Frau hat blaue Augen", fuhr Raunfeld fort. Er schluchzte.

Keller dachte an die Begegnung in der Cafeteria zurück. Die Frau, die ihm dort gegenübergesessen hatte, besaß definitiv auch braune Augen. Wie passte das zusammen? Und woher kam diese ungeheure Ähnlichkeit, wenn sie nicht verwandt waren?

Sie mussten unbedingt einen DNA-Vergleich durchführen, damit diese Irrfahrt ein Ende hatte.

Raunfeld schniefte. „Ich kann das alles nicht fassen. Erst der Tod von Hannah und jetzt erfahre ich, dass meine Ex, von der ich dachte, sie hätte überlebt, ebenfalls gestorben ist. Das kann doch alles nicht wahr sein."

„Es tut mir leid." Keller konnte ihn gut verstehen. Es war völlig verrückt.

„Heißt das Marlene Juwelis war die Unfallfahrerin?"

Keller horchte auf. „Woher kennen Sie Marlene Juwelis?"

Am anderen Ende der Leitung war ein kurzes Schweigen zu hören. „Sie ging mit Nadja in eine Klasse. Marlene, oder Leni, wie sie sich früher nannte, war völlig krank. Krankhaft besessen von Nadja. Sie nannte meine Ex immer Alice, wie in diesem Film, Alice im Wunderland. Sie trug ähnliche Klamotten, tauchte überall auf, wollte wie Nadja sein." Er schnaubte verächtlich. „Eines Tages stand sie bei uns vor der Tür."

„Marlene Juwelis stand bei Ihnen vor der Tür?"

„Ja." Es entstand eine kurze Pause. „Nur sah sie nicht mehr aus wie Marlene Juwelis."

-36-

Frühling 2021

Es war mein erster Auftritt als neue Alice. Meine Nervosität drückte auf meinen Brustkorb, dass ich kaum noch Luft bekam. Im Gegensatz zu Alice hatte ich keinen Schlüssel zur gemeinsamen Wohnung mit Justus und musste klingeln. Für die Operation hatte ich einen Arzt gefunden, der mich für viel Geld nach meinen Wünschen umgestaltet hatte. Ein Blick in den Spiegel verriet mir, dass ich Alice nun täuschend ähnlichsah. Wir hatten ungefähr die gleiche Größe; die schlanke Figur hatte ich durch strikte Diäten inzwischen auch erreicht. Nur die Haarfarbe war noch anders, aber das ließ sich mit einem Friseurbesuch richten. Das einzige Problem waren die Augen. Ich hatte mit dem Gedanken gespielt, mir die Augen lasern zu lassen, hatte aber allein bei der Vorstellung, wie mir ein Laser ins Auge schoss, einen Kloß im Hals. Daher trug ich Kontaktlinsen. Ich drückte die Klingel. Das Herz sprang mir fast aus der Brust und Schweißperlen liefen mir über die Stirn. Ich wischte sie eilig weg. Wie würde Justus auf mich reagieren? Würde er den Schwindel bemerken?

Die Tür öffnete sich. „Schlüssel vergessen?", begrüßte mich der Mann, mit dem Alice seit zwei Jahren zusammenwohnte.

Wie ich herausgefunden hatte, war ihr Liebhaber Justus Raunfeld auch der Vater ihrer gemeinsamen Tochter Hannah. Justus war anders als die meisten Männer, mit denen Alice sonst verkehrte – das hatte ich schon mit der Überwachung des Hauses herausgefunden. Er schien glücklich über das gemeinsame Kind, mit dem sie zusammen in seiner Erdgeschosswohnung am Waldrand von Heumaden wohnten, und keineswegs ein überheblicher Macho. Ich betrachtete ihn. Er war ein Meter neunzig groß und hatte dunkelbraune, nach oben gegelte Haare. Mit Ende zwanzig war er deutlich älter als Alice, aber ausgesprochen gut aussehend. Dass sich seine geliebte Alice an den Wochenenden, wenn er auf Geschäftsreise war, durch die Clubs vögelte, schien er nicht zu bemerken. Sie hatte ihn nicht verdient. Dieses Leben hatte sie nicht verdient.

„Hey", sagte ich und ließ zu, dass er mir einen Kuss aufdrückte. Es fühlte sich sonderbar an, aber auf eine angenehme Art und Weise. Alice war zuvor mit dem Auto weggefahren. Wohin, wusste ich nicht, aber es spielte auch keine Rolle. Solange sie nicht aufkreuzte, während ich da war, sollte es mir recht sein. Früher oder später würde sie mit irgendeinem anderen Typen durchbrennen und dann konnte ich ganz für Hannah und ihn da sein.

Ich ließ meinen Blick durch die Wohnung schweifen. Sie war größer, als es von außen den Anschein machte, bestand aus mehreren Zimmern, die in der Mitte zu einem rechteckigen Flur zusammenführten. Links entdeckte ich die Küche, die gleichzeitig als Essbereich diente. Daneben sah ich ein chaotisches Zimmer mit allerlei Spielzeug, einem Kinderbett und einer violetten

Sternchentapete. Gegenüber musste sich das Bad befinden, das allerdings im Halbdunkel verschwand. Hinter dem Wohnzimmer konnte ich ein weiteres Zimmer ausmachen, das vermutlich das gemeinsame Schlafzimmer von Alice und ihrem Freund darstellte.

Von ihrem Freund und mir, korrigierte ich mich. Der Satz ließ mein Herz höherschlagen. Was würde sich zwischen uns beiden abspielen, wenn die Kleine erst schlafen gegangen war? Ein Kribbeln durchzog meinen Körper. Ich würde es Alice endlich heimzahlen.

„Kommst du noch oder bleibst du da im Flur stehen?", riss mich Justus aus meinen Tagträumen.

„Ähm, sorry, komme." Ich fluchte. Das Einzige, was ich nicht beheben konnte, war meine Stimme. Es gab zwar auch Stimmoperationen, aber dass ich mich danach nach wie Alice anhörte, schien unmöglich. Daher hatte ich vor dem Spiegel etwas geübt, wie sie zu sprechen, die gleichen Wörter wie sie zu benutzen und auch versucht ihre Gestik und Mimik zu imitieren. Besonders gut gelungen war es mir allerdings nicht. Meine Nervosität stieg wieder.

Ich betrat das Wohnzimmer. Justus saß neben seiner Tochter auf dem Boden und half ihr dabei, ein paar riesige Bauklötze aufeinanderzustapeln. Hannah machte eine ausufernde Handbewegung und der Turm aus Bauklötzchen fiel in sich zusammen. Hannah quietschte. Mir ging das Herz auf bei dem Anblick. Wie liebevoll sie zusammensaßen. Hannah war Alice wie aus dem Gesicht geschnitten.

„Sag mal, hallo, Mama." Justus nahm den rechten Arm seiner Tochter und winkte mir damit zu. „Sag hallo Mama."

„Amma". Sie ließ ihren Arm von Justus auf- und abführen.

„Hallo, Mama", wiederholte Justus. Wie rührend er
mit der Kleinen umging.

„Amma." Hannah lachte wieder und auch ich musste
lächeln. Sie war so ungeheuer niedlich. Mir standen die
Tränen in den Augen, was Alice für eine zauberhafte
Familie hatte – und wie sie all das mit Füßen trat. Ich
schluckte meine Wut hinunter und genoss den Augenblick.

„Alles okay bei dir?" Justus ließ Hannahs Arm sinken
und betrachtete mich. „Du siehst traurig aus. Ist was
passiert?"

„Nein, alles gut." Schnell wischte ich meine Tränen
weg und lächelte.

Auf seiner Stirn bildeten sich Sorgenfalten. „Bist du
erkältet? Deine Stimme klingt so anders als sonst."

Verdammt. „Nur ein bisschen." Ich hustete demonstrativ. „Geht bestimmt bald wieder weg."

„Ich kann dir ne heiße Brühe machen, wenn du
magst." Er stand auf und ging in die Küche. *Wie fürsorglich er war.*

„Danke, gerne." Ich stand auf und folgte ihm.

Justus stand am Herd und hantierte mit einem Koch-
topf herum. Er warf mir einen kurzen Seitenblick zu
und lächelte. Ich wünschte, Alice hätte mich jemals so
angesehen. Das Gefühl, von einem Mann begehrt und
geliebt zu werden, war für mich völlig neu. Mein erster
Tag als Alice und alles war perfekt. Ich machte einen
Schritt auf ihn zu und umarmte ihn von hinten.

„Was ist denn los mit dir?" Er strich sanft über meine
Hand. „Irgendwie bist du heute ..."

„Glücklich. Einfach nur glücklich", vollendete ich den Satz für ihn. „Ich liebe dich." Mein Herz trabte im Galopp.

Er drehte sich zu mir und schlang seine Arme um mich.

„Das hast du schon lange nicht mehr gesagt." Einen Moment blickte er mich schweigend an, als könne er direkt in mich hineinsehen. Als spürte er, dass etwas nicht stimmte. Doch dann zog er mich fester an sich und küsste mich erneut. Dieses Mal war es kein Einfach-so-Kuss, sondern ich spürte, dass er mich wollte. Und ich war bereit für ihn. „Die Suppe kann noch warten. Vielleicht machen wir erst etwas anders."

Er lächelte und drückte mich an die Küchenwand. „Du kleines Luder", flüsterte er mir ins Ohr und massierte sanft meine Brüste.

Ich schloss die Augen. Ein Geräusch ließ mich herumfahren. Ein Schlüssel, der umgedreht wurde. Eine Frau, die die Wohnung betrat. Mir rutschte das Herz in die Hose. Es war Alice. Die echte Alice.

-37-

„Das ist ja unglaublich!" Julia atmete tief aus. Sie aktivierte die Freisprechanlage und legte das Handy neben sich ab.

„Unglaublich ist, dass wir auf diesen Schwachsinn reingefallen sind", polterte Keller. „Stellt sich die Frage, welche von Juwelis' Aussagen überhaupt stimmen."

„Sie meinen die vermeintlichen Kindesentführungen?"

„Genau das. Möglicherweise entsprang das auch nur ihrer Fantasie."

Julia bezweifelte das. Auch wenn Nadja Raunfeld nicht die war, für die sie sich ausgab, glaubte sie nicht, dass die ganze Sache nur ausgedacht war. „Aber wir wissen doch, dass sowohl Saskia Bertel als auch Eveline Sanderlah hier ihr Kind verloren haben und jetzt beide tot sind."

„Bedeutet aber nicht, dass die Klinik ihre Kinder entführt und sie kaltgemacht hat." Er klang gereizt. „Wir fangen im Grunde wieder bei null an. Deswegen besorgen Sie eine DNA-Probe von Juwelis und nehmen Sie die mal kräftig in die Mangel."

Julia ließ seinen Befehl unkommentiert. „Ich habe ein weiteres Ehepaar getroffen. Die Frau steht kurz vor ihrer Entbindung."

„Eigenbrötlerin wie Bertel?"

„Weiß ich nicht, aber sie schien mir recht kommunikativ. War mit ihrem Mann hier."

„Dann vergessen Sie's." Keller legte ohne ein weiteres Wort auf.

Julia war fassungslos, wie Keller sie mal wieder abkanzelte. Zwar entführte die Klinik sicher nicht jedes Kind, trotzdem hätte er es sich mal anhören können. Sie würde sich davon nicht beirren lassen und wachsam bleiben.

Die Information, dass die Frau, bei der sie gestern Abend gewesen war, gar nicht Raunfeld war, überraschte sie. Sie dachte an die heftige Reaktion, als sie Raunfeld, oder Juwelis, oder wer auch immer sie war, auf ihre Kinder angesprochen hatte. Das war nicht geschauspielert gewesen. Vielleicht hatte sie eine Art Persönlichkeitsstörung, durch die sie überzeugt war, Nadja Raunfeld zu sein.

Julia musste unbedingt mit ihr sprechen. Sie verließ ihr Zimmer und machte sich auf den Weg zu Juwelis. Sie klopfte an deren Zimmertür. Wie würde diese wohl auf die Vorwürfe reagieren? Hinter der Tür blieb es still. Julia klopfte abermals und rief Raunfelds Namen, auch wenn es nicht ihr echter war. Die Frau war offensichtlich nicht auf ihrem Zimmer. Als sie sich gerade umdrehen wollte, entdeckte sie eine Reinigungskraft, die zwei Räume weiter staubsaugte. Wusste die Reinigungskraft, welcher Patient wo wohnte? Vermutlich eher nicht.

Julia witterte ihre Chance. Die Putzkraft, eine Frau Mitte fünfzig mit korpulenter Figur, schien von ihrem Klopfen nichts mitbekommen zu haben. Julia verzog sich unauffällig hinter der nächsten Biegung und wartete, bis die Putzkraft das Zimmer von Juwelis aufschloss. Sie huschte hinein. Die Reinigungskraft, die gerade dabei war, das Bett frisch zu beziehen, betrachtete sie argwöhnisch. Ahnte sie etwas?

„Ich muss nur kurz eine Kleinigkeit holen." Sie lächelte und verschwand im Bad. Auf der Anrichte lag eine Haarbürste. Julia riss ein paar Haare heraus, wickelte sie in ein Taschentuch und verschwand wieder aus dem Zimmer. Die DNA-Probe hatte sie.

Der Tag verging äußerst zäh. Sie versuchte es mehrfach bei Raunfeld, oder besser gesagt bei der Frau, die sich für sie ausgab, aber die Reaktion blieb dieselbe. Auch in den Aufenthaltsräumen war keine Spur von ihr zu finden. Inzwischen war es später Nachmittag und sie hatte sie weder gesehen noch von ihr gehört. Julia dachte an das Springmesser, das Juwelis ihr am gestrigen Abend gezeigt hatte. War sie mit ihrer Warnung nicht deutlich genug gewesen? War Juwelis auf eigene Faust losgezogen und dabei in die Fänge der Klinik geraten? Julias Anspannung wuchs von Minute zu Minute. Schließlich hielt sie es auf ihrem Zimmer nicht mehr aus und lief zu den Räumlichkeiten des Pflegepersonals, die sich im Erdgeschoss des Hauptgebäudes befanden. Die Tür stand offen. Julia klopfte dennoch.

Ein vertrautes Gesicht erschien in der Tür. „Na, wo brennt's?" Sven grinste übers ganze Gesicht.

Er sah wieder ungemein gut aus. „Ich bin auf der Suche nach Nadja Raunfeld. Weißt du zufällig, wo ich sie finde?"

Sven zuckte mit den Schultern. „Ich vermute auf ihrem Zimmer?“

„Da war ich heute schon mehrmals, hab sie aber nicht angetroffen.“

Sven legte die Stirn in Falten. „Vielleicht ist sie unterwegs.“

„Kann sein. Ich mache mir langsam Sorgen.“

Sven betrachtete sie einen Moment mitfühlend. Sie widerstand dem Bedürfnis, sich an ihn zu schmiegen. Dieser Mann übte eine unheimliche Anziehung auf sie aus.

„Ich halte mal die Augen offen und wenn ich sie sehe, gebe ich dir Bescheid, okay?“

„Danke.“ Julias Blick blieb noch einen Moment an Sven heften, bevor sie sich losriss und zur Cafeteria lief. Außer zwei Patienten, die sich an einem Kartenspiel versuchten, war der Raum leer. *Wo zum Teufel steckst du, Marlene?* Inzwischen war es fast 17 – seit beinahe vierundzwanzig Stunden gab es kein Lebenszeichen von ihr. Sie lief eine Runde durch den B-Trakt und suchte auch dort die Aufenthaltsräume ab, schließlich lief sie in das Schwimmbad im Untergeschoss und probierte es wieder auf ihrem Zimmer. Doch Marlene Juwelis war wie vom Erdboden verschwunden.

-38-

Was war passiert? Sie suchte mit den Augen die Umgebung ab, konnte aber nichts sehen. Das Letzte, woran sie sich erinnerte, war das Zimmer mit dem Krankenbett gewesen. Das Handy, das ihre PIN nicht angenommen hatte. Der Geldbeutel. Das Foto. Sie hatte entschieden, sich am nächsten Tag auf die Suche nach Antworten zu machen. Doch wo war sie jetzt? Es war kein Bett, soviel stand fest. Sie saß auf einem Stuhl. Ihr Rücken schmerzte. Um sie herum war nichts als Dunkelheit. Als sie ihre Hände bewegte, schoss ein pulsierender Schmerz durch ihren Körper. Panik ergriff sie. Warum saß sie gefesselt auf einem Stuhl?

„Hilfe!", schrie sie. „Hört mich jemand?" Es klang gedämpft. Als wäre sie in einem unterirdischen Gewölbe. Dazu passten auch die kühlen Temperaturen, die sie frösteln ließen. Nichts rührte sich. Niemand kam. Wie zum Teufel war sie hierhergekommen? Erst das Erwachen in einem Krankenzimmer, jetzt das Aufwachen in einem *Kerker*.

Die Angst schnürte ihr die Kehle zu. „Hallo, hört mich jemand?" Sie rüttelte an ihren Fesseln, aber außer den qualvollen Schmerzen in ihrem Rücken und den Armen geschah nichts. Einige tiefe Atemzüge beruhigten sie etwas. Es musste eine Erklärung hierfür geben. Wieso konnte sie sich nur an nichts erinnern?

Mit geschlossenen Augen versuchte die letzten Stunden – oder waren es Tage? – zu rekonstruieren. Sie hatte sich in dem Krankenzimmer wieder hingelegt, war vermutlich eingeschlafen. Danach war sie hier wieder aufgewacht? Ihr Gefühl sagte ihr etwas anderes. Auch wenn man sich schlafen legte, wusste man beim Aufwachen, dass Zeit vergangen war. Ihr Gefühl sagte ihr, dass das Aufwachen in dem Krankenbett nicht erst gestern Nacht stattgefunden hatte. Es kam ihr eher vor, als hätten mehrere Tage dazwischen gelegen. Doch wieso hatte sie keine Erinnerung daran? Und warum war sie hier?

Die Gedanken in ihrem Kopf kreisten immer wieder um die gleichen Fragen. Ihr Hals war staubtrocken und sie hatte ungemeinen Durst. Sie brauchte dringend einen Schluck Wasser, aber hier gab es nichts. *Wenn sie nur etwas sehen könnte.* Doch der Raum war vollkommen dunkel.

Sie schabte mit den Füßen. Steinboden. Mit angehaltenem Atem lauschte sie. Irgendwo plätscherte leise Wasser, was ihren Durst sofort verstärkte. Doch sie konnte nicht mit Bestimmtheit sagen, wo es sich befand. Selbst wenn, was nutzte es ihr in dieser Situation? Sie war auf dem Stuhl angekettet und konnte sich nicht bewegen. Außer dem leisen Plätschern hörte sie nichts.

War sie entführt worden? Würde ihr Entführer kommen und ihr Wasser und etwas zu essen bringen? Was, wenn nicht? Ein Zittern erfasste ihren ganzen Körper. Sie rang nach Luft. Jeder Muskel krampfte sich zusammen. Panik und Verzweiflung bahnten sich ihren Weg an die Oberfläche. *Ganz ruhig*, ermahnte sie sich. *Du wirst hier unten nicht sterben!* Doch überzeugt war sie nicht. Plötzlich war da wieder dieses schrille Geräusch in ihrem Kopf, das sie fast wahnsinnig machte. Es war ein heller Ton, der mitten in ihrem Kopf auf die maximale Lautstärke aufgedreht wurde. Blitze. Lichter. Zerberstendes Glas, quietschende Reifen, ein heftiger Schlag. Die Geräusche und Bilder verschwanden genauso schnell, wie sie gekommen waren. Sie nahm einen tiefen Atemzug. Es hatte einen Unfall gegeben. Deswegen war sie im Krankenhaus gelandet. Hatte sie vielleicht ein Schädel-Hirn-Trauma erlitten und die Aussetzer waren Folge des Unfalls? Doch warum sperrte man sie dann in dieses Kellergewölbe?

Erneut tauchte das schreckliche Surren in ihrem Kopf auf. Die Blitzlichter. Das Martinshorn. Das Quietschen der Reifen. Das Splittern von Glas. Plötzlich, mit einem Schlag, kehrte die Erinnerung zurück. Sie wusste wieder, wer sie war.

-39-

Sonntag, 13. Oktober 2024

Alice hatte es geschafft, alles zu zerstören. Wieder einmal. Wie konnte man nur so dämlich sein? Sie hatte einen liebevollen, fürsorglichen Ehemann. Eine zuckersüße, quirlige Tochter. Ein Zuhause, in dem sie bedingungslos geliebt wurde. Etwas, für das ich alles getan hätte. Etwas, das ich niemals als Kind hatte erleben dürfen. Das mir niemals vergönnt war. Und was tat Alice?

Sich von irgendeinem fremden Typen in einer Bar schwängern lassen. Ich konnte es nicht fassen, als mir wieder ihr dicker werdender Bauch auffiel. Eigentlich hätte es mich nicht wundern dürfen. Ich hatte sie schon häufiger abends beobachtet, wenn sie wieder mit einem Typen aus der Bar kam und er ihr direkt an den Arsch fasste. *Wie damals auf dem Schulhof.* Das Kind war bestimmt nicht von Justus.

Seit meinem ersten Besuch waren mehrere Jahre vergangen und ich war vorsichtiger als jemals zuvor, wenn ich mich in Alice Nähe aufhielt. Als sie mich mit Justus in der Küche gesehen hatte, war ihr sprichwörtlich die Kinnlade heruntergeklappt. Ein Moment hatte sie nur dagestanden und mich angestarrt. Genauso wie Justus, als ihm klar wurde, dass ich nicht die echte Alice war. Er schien es einfach zu wissen.

Noch ehe sie etwas sagen konnte, hatte ich sie beiseitegestoßen und war aus der Wohnung gerannt.

Alice und Justus würden die Polizei rufen, das stand für mich außer Frage, und vermutlich durfte ich mich ihnen niemals wieder nähern. Vorausgesetzt, sie hatten herausgefunden, wer ich war.

Ich wusste, wenn ich noch einmal Justus und seine Tochter besuchen würde, musste alles wie selbstverständlich wirken, damit Justus keinen Verdacht schöpfen konnte. Alice' Schwangerschaft war meine Chance. Spätestens jetzt musste er erkennen, was für ein Miststück seine Frau war. Wie sie ihn einfach hintergangen, ausgenutzt und belogen hatte.

Es war meine Gelegenheit, für immer ihren Platz einzunehmen. Justus liebte sie – das hatte ich bei meinem ersten Besuch gespürt. Ich war überzeugt, er tat es noch immer, wenn sie ihn auf den Knien angefleht hätte. Und genau das würde ich tun. Er würde mich lieben. Mich als Alice.

Ich raste die bewaldete Bundesstraße entlang, die mich zu Justus führte. Er wohnte inzwischen nicht mehr in der Erdgeschosswohnung in Heumaden, sondern hatte sich eine größere Bleibe am Goldberg in Sindelfingen gesucht, damit Hannah, Alice und er mehr Platz hatten. Da hatte er wohl noch nicht gewusst, dass Alice ihn betrog. Ich brauchte für die Strecke länger als geplant, weil Teile der A81 gesperrt waren. Es war wenig los, obwohl es erst kurz nach acht war.

Ich hatte erfahren, dass Alice und Justus sich getrennt hatten. Vermutlich hatte er sie herausgeworfen, nachdem er von der Affäre erfahren hatte. Seitdem hatte

Justus seine Tochter immer freitags bis und sonntagabends. Um diese Uhrzeit musste Alice mit Hannah bereits daheim sein. Justus würde sich vermutlich wundern, warum Alice ohne die gemeinsame Tochter zurückkehrte, aber dafür hatte ich mir einen Plan zurechtgelegt. Ich würde ihm erklären, dass eine Freundin auf Hannah aufpasste, damit wir noch mal in Ruhe über unsere Beziehung sprechen könnten. Mit der Hand berührte ich meinen künstlichen Babybauch. Irgendwann musste ich Justus die Wahrheit sagen, aber fürs Erste wollte ich einfach nur bei ihm sein und unsere kleine Familie retten.

Leichter Nieselregen setzte ein. Meine Finger waren schwitzig und zitterten leicht. Ich hatte mich tausendmal im Spiegel vergewissert, dass ich wirklich aussah wie Alice. Die Kontaktlinsen lagen im Handschuhfach, ich durfte nicht vergessen, sie einzusetzen. Auch meine Stimme hatte ich trainiert. Meine letzte Unterhaltung mit ihr lag zwar ewig zurück, trotzdem hatte ich den Klang ihrer Stimme in der Schulzeit so oft gehört, dass es mir leichtfiel, mich zu erinnern. Genauso wie die Art, wie sie manche Wörter betonte, die Veränderung ihrer Mimik, wenn sie wütend oder überrascht war. Ich hatte viel vor dem Spiegel geübt. So viel, dass ich es mittlerweile im Schlaf konnte. Nur die Nervosität bereitete mir Probleme. Oft ertappte ich mich dabei, wie ich an meinen Fingernägeln kaute oder mir ständig durch die Haare fuhr. Unschöne Angewohnheiten, die Alice nicht besaß. Daher musste ich aufpassen.

Ich nahm einen kräftigen Schluck von der Cola, die neben mir in der Halterung zwischen den Sitzen eingeklemmt war. Das Koffein hielt mich wach. Ich wollte die Dose zurück in die Halterung klemmen, verfehlte sie aber, die Dose kippte und die braune Flüssigkeit verteilte sich auf dem Boden. *Scheiße*, fluchte ich und griff nach der Dose, bekam sie aber nicht zu fassen. Vor mir machte die Straße eine Kurve. Während ich mit einer Hand das Lenkrad hielt und mit der anderen nach der Dose fischte, ließ ich für den Bruchteil einer Sekunde die Straße aus den Augen. Völlig aus dem Nichts tauchte ein Auto auf, das mitten auf der Straße stand. Ich trat so hart auf die Bremse, dass mir der Sicherheitsgurt ins Fleisch schnitt. Mein Kopf wurde nach vorn geschleudert; ich hörte einen Schrei. Glassplitter flogen durchs Auto und mein Kopf donnerte gegen die Scheibe. Es wurde dunkel um mich herum.

Ich schnappte nach Luft. Etwas Weiches umgab mich. Wo war ich? Mein Kopf tat höllisch weh. Ich befühlte die schmerzende Stelle, um festzustellen, dass ich eine leichte Kopfverletzung hatte. *Der Unfall.* Mein Puls beschleunigte sich. Ich öffnete die Beifahrertür, befreite mich aus dem Airbag und stieg aus dem Auto. Kaum hatte ich einen Schritt auf den Asphalt getan, gaben meine Beine nach und ich fiel der Länge nach hin. Ich heulte auf vor Schmerzen. Schließlich berappelte ich mich und ging mit wankenden Schritten um den verbeulten Wagen herum, während ich mich daran festhielt. Ich war frontal in das andere Fahrzeug gekracht, das seitlich auf der Straße stand.

War jemand verletzt? Auf der Fahrerseite saß eine schlanke Frau mit blutüberströmtem Gesicht. Die kastanienfarbenen, langen Haare standen wirr zur Seite; die Augen waren geschlossen. Dennoch war die Ähnlichkeit zu mir erschreckend. Wer war sie? Warum sah sie mir so ähnlich? Ich griff nach der türkisfarbenen Handtasche, die neben der Frau auf dem Beifahrersitz lag und suchte das Handy, um den Notruf zu wählen. Plötzlich fiel mein Blick auf den Rücksitz. Dort saß ein junges Mädchen auf ihrem Kindersitz, mit einer dicken Schürfwunde auf der Stirn. Mein Herz machte einen Satz. Es war Hannah. Meine Tochter. So schnell ich konnte, riss ich an der völlig verbeulten Hintertür. Wieso saß sie bei dieser wildfremden Frau im Auto?

Ich berührte sie, suchte ihren Puls, rüttelte an ihr, aber sie gab kein Lebenszeichen von sich. Die Panik schnürte mir die Kehle zu. „Hannah?", flüsterte ich. „Hannah, bitte wach auf. Mama ist da." Tränen liefen mir über die Wangen. Ich löste ihren Sicherheitsgurt und versuchte, Hannah herauszuholen, aber sie hing irgendwo fest und so hievte ich sie mitsamt Sitz aus dem Auto. Keuchend legte ich den Kindersitz auf der Straße ab und schloss den erschlafften Körper meiner Tochter in die Arme. „Hannah, wach doch auf, bitte!"

Ohne sie loszulassen, griff ich wieder nach der türkisfarbenen Handtasche, um nach dem Handy zu suchen, aber in der Hektik hatte ich meine PIN vergessen. *Verfluchte Scheiße.* Ich ließ es fallen und drückte Hannah noch fester an mich. *Mama ist bei dir*, flüsterte ich und sang ihr ein Schlaflied vor, das ich von meiner Großmutter kannte. Ich bemerkte nicht, wie ein anderes Auto anhielt. Wie mir jemand Fragen an den Kopf warf, um mich herumtänzelte. Irgendwann ertönte in der Ferne ein Martinshorn und blaues Blitzlicht durchzuckte die Dunkelheit. Beamte legten mir eine Decke über. „Geht es Ihnen gut, sind Sie verletzt?"

Ich verstand ihn kaum, mein Kopf dröhnte. „Mama ist bei dir, mein Engel." Ich wiegte sie in meinen Armen wie ein Neugeborenes.

„Können Sie uns Ihren Namen sagen?"

„Nadja. Nadja Raunfeld.".In Gedanken war ich nur bei meiner Tochter – *Hannah* –, die leblos in meinen Armen lag.

„Darf ich?", fragte ein anderer Mann. Widerwillig ließ ich Hannah los. „Wie heißt die Kleine?"

„Hannah. Helfen Sie ihr, bitte." Ich befasste meinen Bauch. Tränen liefen mir über die Wange, als ich fieberhaft nachdachte, wie mein anderes Kind hieß. Ich erinnerte mich nicht. *Cecilie,* kam mir in den Sinn, so wie meine Großmutter. Wenn es überhaupt ein Mädchen war. Lebte sie? Warum spürte ich nichts? Ich betete, dass beide den Unfall überleben würden. Meine Gedanken wanderten zu Justus. Ich dachte daran, wie wir zusammen mit unserer Tochter gespielt hatten. Wie sie mich angestrahlt hatte. Wie wir uns in der Küche umarmt hatten, glücklich und froh über das Leben, das wir uns gemeinsam aufgebaut hatten. Das durfte nicht alles vorbei sein. Es durfte einfach nicht sein.

-40-

Julia machte kein Auge zu. Die Angst um Marlene raubte ihr den Schlaf. Zwei Frauen waren bereits tot. Eveline Sanderlah und Saskia Bertel – beide hatten etwas mit der Klinik zu tun. Und auch wenn Marlene Juwelis nicht die war, für die sie sich ausgab, so war Julia doch überzeugt, dass die Klinik mit ihrem Verschwinden zu tun hatte. Was, wenn sie auf eigene Faust losgezogen war?

Julia verließ ihr Zimmer. Ihre Armbanduhr zeigte 2 Uhr morgens. Der Flur, in dem sie sich befand, lag verlassen vor ihr. Kein Laut war zu hören. Mit Ausnahme der beleuchteten Notausgangsschilder war es dunkel. Sie lief zum Treppenhaus, das sich am Ende des Flurs befand, und huschte die Stufen hinunter ins Erdgeschoss.

Vor ihr befand sich der Übergang in den B-Trakt. Auch hier war alles ruhig. Das Büro, in dem tagsüber die Patientenaufnahme durchgeführt wurde, war leer. *Wenn Marlene Juwelis noch irgendwo hier war, dann im Untergeschoss des verlassenen Trakts.* Nur wie war sie hineingekommen? Nachdem Julia am Vortag die Cafeteria abgesucht hatte, war sie mehrmals um den verlassenen Trakt herumgelaufen, um nach einem Eingang zu suchen. Allerdings waren alle Fenster vergittert gewesen, die Türen verbarrikadiert und die Einzige, nicht mit Holzbrettern vernagelte, war verschlossen.

Sie hatte es noch einige Male auf dem Handy probiert, aber irgendwann eingesehen, dass sie so nicht weiterkam. Möglicherweise war Marlene bereits tot. Julia würde nicht aufgeben. Morgen musste sie Keller informieren, aber heute Nacht würde keine Suchmannschaft mehr ausrücken. An eine harmlose Erklärung glaubte Julia nicht mehr.

Sie erreichte über das Treppenhaus den ersten Stock von Station B, in der sich der verschlossene Übergang zu dem verlassenen Trakt befand. Julia blieb vor der gläsernen Doppeltür stehen. Vor ihr herrschte absolute Finsternis. Nichts rührte sich. Sie griff nach dem Türgriff, aber dieser war ebenfalls verriegelt. Marlene hatte etwas von einem Fahrstuhl und einer Chipkarte erzählt. Das hieß, sie musste in den Trakt hineingekommen sein, nur auf welchem Weg?

Laute Schreie ließen Julia herumfahren. Der Fahrstuhl am Ende des Gangs setzte sich in Bewegung. Wenige Augenblicke später stürmte eine Frau in weißem Kittel sowie zwei Pfleger hinaus, die ein Krankenbett mit einer Frau vor sich herfuhren. Daneben lief ein weiterer Mann. Und sie erkannte den Mann. Es war der Vater, den sie erst zwei Tage zuvor vor der Gruppentherapie kennengelernt hatte. Und die schreiende Frau auf dem Bett war vermutlich seine Frau.

Julia huschte so unauffällig wie möglich hinter die nächste Ecke. Die Bahre wurde genau in ihre Richtung geschoben. Wurde sie jetzt leibhaftig Zeugin einer Kindesentführung? Ihr Puls raste. Sie holte ihr Smartphone heraus und startete ein Video. Wenn geplant war, das Kind der jungen Mutter zu entführen, was geschah dann mit dem Ehemann?

Julia beobachtete mit angehaltenem Atem die Szene. Die Ärztin, die sie inzwischen als Dr. Wieland identifiziert hatte, kam mit zügigen Schritten näher und war nur noch wenige Meter von der verschlossenen Glastür entfernt. Plötzlich öffnete Wieland eine weitere Doppeltür auf der rechten Seite, über der sich die Aufschrift ‚Kreißsaal' befand. Neonlicht erhellte den Gang. Die beiden Pfleger, ein hochgewachsener Glatzkopf sowie ein Untersetzter, mit schwarz gelockten Haaren, schoben das Krankenbett hindurch, während der Vater mit gehetztem Gesichtsausdruck hinterherrannte. Die Tür fiel zu und Julia hörte nur noch die gedämpften Schreie der Frau. Was nun? Für sie sah das nicht nach einer Entführung aus. Weder wurde das Bett in einen stillgelegten, unterirdischen Trakt gebracht noch würde jemand das Baby entführen, wenn der Vater danebenstand.

Julia ließ das Handy sinken. Sie war schon vorher zu dem Schluss gekommen, dass die Klinik nicht jedes Kind entführen konnte und schon gar nicht, wenn sie unter Beobachtung des Vaters standen. Saskia Bertel hatte sicher niemanden gehabt, der sie begleitet hatte und vielleicht war das der entscheidende Punkt. Möglicherweise wurde die Auswahl bereits im Vorfeld durch Dr. Kastjansen getroffen, in dem er dem Chefarzt eins der Gutachten zukommen ließ, die sie bereits entdeckt hatte. Eine Hand packte sie an der Schulter. Sie stieß einen Schrei aus.

„Hey, du Nachtgespenst!“

Sie wirbelte herum und blickte in das Gesicht von Sven Heuser.

„O mein Gott, hast du mich erschreckt.“ Julia fasste sich an die Brust und wartete, dass sich ihr Puls normalisierte. „Musst du dich so von hinten anschleichen? Was machst du hier?“

„Öhm, die Frage ist doch wohl eher, was du hier machst? Ich hab Nachtdienst.“

„Ich ...“ Julia blickte hin und her. „Ich konnte nicht schlafen und da bin ich etwas herumgelaufen. Aber ich wollte gerade eh umdrehen.“

Sie war noch nie eine gute Lügnerin gewesen. Sven betrachtete sie aufmerksam. Wenn er sie durchschaut hatte, sagte er nichts. Sein Gesichtsausdruck wirkte ernst. Von seiner sonst gelassenen Art war wenig zu spüren.

„Es gibt etwas, das ich mit dir besprechen muss.“

„Okay?“ Julia blickte ihn an.

„Nicht hier.“ Er sah sich um. „Gehen wir rüber ins Hauptgebäude.“

Ein dumpfes Gefühl machte sich in Julia breit. Sie warf einen letzten Blick zu der Doppeltür des Kreißsaals und nickte schließlich. Hier würde sie heute Nacht nichts mehr herausfinden. Gleich morgen früh würde sie mit der Frau sprechen, fürchtete aber, dass sie den Säugling wohlbehütet in den Armen der Mutter finden würde. Umso gespannter war sie, was Sven ihr mitteilen würde.

Sie liefen den Rest des Wegs schweigend nebeneinanderher und blieben schließlich vor Julias Zimmer stehen. Sven blickte sich erneut um, als habe er Sorge, verfolgt zu werden. „Also, pass auf. Wegen …"

„Sollen wir das auf dem Flur besprechen?", unterbrach ihn Julia. „Wir können auch reingehen."

„Ich möchte mich nicht aufdrängen."

„Und ich möchte nicht im Flur stehen." Sie schloss mit ihrer Schlüsselkarte auf und ließ Sven eintreten. Was hatte er herausgefunden? Die Ungeduld durchzog ihren Bauch. Sven nahm auf dem Stuhl Platz, während sie sich gegenüber auf die Bettkante setzte. Julia ignorierte das erneute Kribbeln in ihrer Leistengegend und konzentrierte sich auf das, was Sven sagte. „Also?"

„Ich habe mich, nachdem du im Stationszimmer aufgetaucht bist, mal nach Nadja Raunfeld umgehört."

„Und?" Julia hielt die Luft an.

„Es sieht ganz danach aus, als sei sie abgereist. Ich war auf ihrem Zimmer und das Bett war komplett hergerichtet. Laut den Unterlagen im System hat sie die Reha frühzeitig abgebrochen und ist nach Hause gefahren."

„Schwachsinn." Ihre Stimme klang schärfer als beabsichtigt. Doch Julia wusste, dass Marlene nicht nach Hause gefahren war und die ganze Sache abgehakt hatte. Dafür war sie viel zu verbissen gewesen. Das Gefühl, dass die Klinik mit dem Verschwinden von Marlene Juwelis zu tun hatte, wuchs. Die Frage war nur, was wusste Sven? Konnte sie ihm vertrauen? „Wenn Nadja vorhatte, abzureisen, hätte sie mir das gesagt. Ich habe am Freitag noch mit ihr gesprochen und da hat sie mit keiner Silbe erwähnt, dass sie abreist. Auf dem Handy geht sie nicht ran und auch sonst reagiert sie auf keine meiner Nachrichten.“

Sven blickte einen Moment an ihr vorbei, ehe er seine Aufmerksamkeit wieder auf Julia richtete. „Tatsächlich erschien mir das auch ungewöhnlich. Ich hab daher ein bisschen herumgefragt. Niemand hat sie die Klinik verlassen sehen. Weder die Arzthelferin am Empfang noch sonst jemand vom Klinikpersonal. Normalerweise müsste jemand, der mit zwei gepackten Koffern die Klinik verlässt, auffallen. Außerdem ist ihre Unterschrift erforderlich, mit der sie bestätigt, dass sie die Reha auf eigenen Wunsch abbrechen möchte. Eine solche Unterschrift liegt nicht vor.“ Er betrachtete Julia mit einem Blick, den sie nicht so ganz deuten konnte.

Sie dachte einen Moment nach. „Ihr habt doch bestimmt Überwachungskameras im Haus, oder?“

Sven nickte. „Darauf hat aber nur unsere Sicherheitsfirma Zugriff. Wir können uns das nicht mal eben anschauen.“

„Auch nicht, wenn eine Patientin verschwunden ist?“ Sie zog die Stirn kraus.

„Dann müsste es sich die Polizei angucken. Allerdings ist sie ja offiziell nicht verschwunden, sondern nur abgereist.“

Julia zupfte an ihrer Bettdecke. Die Bilder der Überwachungskamera hätte sie zu gerne gesehen. „Gibt es auch Aufnahmen von Station C?“

„Von dem verlassenen Trakt?“

Sie nickte.

„Nein, wahrscheinlich nicht." Er musterte sie wieder mit diesem Blick, der sich anfühlte, als könne er ihr direkt in die Seele blicken. Es machte sie nervös. Einige Sekunden vergingen, ohne dass jemand etwas sagte.

„Was hast du wirklich vor dem Kreißsaal gemacht?"

Julia zog die Brauen hoch. „Wie meinst du das? Ich konnte nicht schlafen und bin etwas herumgelaufen, das sagte ich doch schon."

Sven verzog die Mundwinkel zu einem Lächeln. „Du bist eine miese Lügnerin, weißt du das?"

Anstelle einer Antwort stand Julia auf und sah nach draußen. Sie mochte es nicht, wenn jemand in ihr Lesen konnte wie in einem offenen Buch. Sven stand ebenfalls auf. Ihre Blicke trafen sich im Spiegelbild.

„Was verheimlichst du mir?"

Seine Stimme machte sie schwach, aber sie würde sich jetzt nicht zu etwas hinreißen lassen, dass sie später bereute. Zu viel stand auf dem Spiel.

Julia drehte sich abrupt um. „Was befindet sich auf Station C?"

Sven zuckte mit den Schultern. „Gerümpel, Müll, alte Klinikutensilien. Warum?"

Julia wünschte, sie könnte auch in ihm lesen wie in einem Buch. Doch sie konnte nicht ausmachen, ob er log. „Ich weiß von Nadja Raunfeld, dass es dort einen Fahrstuhl gibt, mit dem man nach unten fahren kann. Ich weiß nicht genau, was sich dort befindet, aber Raunfeld war fest entschlossen herauszufinden, wo ihr Baby ist."

„Nadja Raunfeld hat kein Baby. Sie hatte einen Autounfall und war danach überzeugt, dass sie schwanger sei."

Julia musste sich entscheiden. Wenn sie etwas herausfinden wollte, brauchte sie Hilfe von einem Mitarbeiter. Das bedeutete aber, die Karten offenzulegen. „Es gibt noch zwei anderen Patientinnen. Saskia Bertel und Eveline Sanderlah. Sie haben hier ihr Kind verloren und jetzt sind beide tot. Ich vermute, dass ihre Kinder entführt wurden; die Entbindung fand möglicherweise in einer geheimen Abteilung in Station C statt."

Er schüttelte mit dem Kopf und ging einige Schritte zurück. „Katharina, ich weiß nicht genau, was dir Nadja Raunfeld erzählt hat, aber das sind die Fantasien einer geistig verwirrten Frau. Da unten ist nichts."

„Wenn da nichts ist, dann zeig es mir. Ich möchte mich vergewissern."

Sven schüttelte abermals den Kopf. Wieso weigerte er sich? Wusste er doch etwas? Er setzte sich auf die Bettkante.

„Was ist los? Ich dachte, du willst mir helfen, herauszufinden, was mit Nadja Raunfeld passiert ist?" Julia musterte ihn.

„Und du glaubst, sie wird dort unten in einer geheimen Entbindungsstation gefangen gehalten? Das ist doch Unsinn!" Seine Reaktion war eine Spur zu energisch.

Julia setzte sich neben ihn. „Was verheimlichst *du* mir?"

Er warf einen Blick zur Decke, dann sah er sie an. „Ich bin geschieden. Ich habe zwei Kinder, beides Jungs."

Julia blickte ihn mit hochgezogenen Brauen an. Sie hatte mit vielem gerechnet, aber damit nicht. „Warum erzählst du mir das?"

Sven sah ihr tief in die Augen. Der Blick berührte etwas in ihrem Inneren.

„Damit du weißt, wer ich bin. Und was mir wichtig ist."

„Deine Kinder?"

„Und du."

Seine leise Stimme ließ Julias Herz höherschlagen. „Wir kennen uns doch kaum." Sie fuhr sich durch die Haare.

„Gut genug, damit ich weiß, wer du bist." Seine hellbraunen Augen hatten etwas Magisches. Sie war ihm so nahe, dass sie seinen Atem in ihrem Gesicht spüren konnte. *Julia, lass es sein.* Doch sie ließ es nicht sein. Ihr Verlangen war übermenschlich. Sie legte den Kopf schief und kam ihm näher. Ihre Lippen berührten sich. Es war ein Gefühl, wie sie es schon lange nicht mehr erlebt hatte. Was tat sie da?

„Ich kann das nicht." Julia schob ihn weg.

„Tut mir leid. Ich weiß nicht, warum ich das getan habe." Sven stand auf.

„Mir auch." Julia nahm einen tiefen Atemzug. Was war nur in sie gefahren? Sie musste dringend ihre Gefühle unter Kontrolle bekommen.

Er lief zur Tür. Anstatt zu gehen, blieb er stehen und drehte sich zu ihr um. „Ich helfe dir, Nadja Raunfeld zu finden. Aber bitte zieh nicht eigenmächtig los. Wenn es stimmt, was du über die beiden Frauen gesagt hast, will ich nicht, dass du in Gefahr gerätst."

„Da mach dir mal keine Sorgen." Julia stand ebenfalls auf. „Hast du einen Schlüssel, um in den C-Trakt zu kommen?"

„Ja." Sven sah sie mit zusammengekniffenen Augen an.

„Ich werde nicht warten, bis man ihre Leiche findet. Also los."

-41-

Montag, 18. November 2024

Keller sah sich den Laborbericht an und warf ihn auf den Tisch. „Schöne Scheiße!", bellte er. „Von wegen Kindesentführung." Er ließ sich in seinem Bürostuhl zurückfallen. Irgendwie hatte er die ganze Zeit geahnt, dass mit Nadja Raunfeld etwas nicht stimmte. Dass sie in Wirklichkeit jemand anderes war, hatte er allerdings nicht in Betracht gezogen. Blieb nur die Frage, was nun?

Die Tür zu seinem Büro wurde geöffnet und Preiß kam in den Raum. „Keller, klären Sie mich auf. Wie ist der aktuelle Stand?" Er zog einen Stuhl heran und setzte sich ihm gegenüber.

„Der Laborbericht." Keller deutete mit dem Kopf darauf. „Die DNA-Analyse ergibt keine Übereinstimmung zwischen der Probe, die Beck ins Labor geschickt hat, und die von der Toten auf dem Fahrersitz. Zum Vergleich haben wir auch noch eine DNA-Probe von Hannah Raunfeld eingereicht. Sie ist definitiv die Tochter der toten Fahrerin. Damit stimmt die Aussage von Justus Raunfeld, dass es sich bei der Leiche des Autounfalls um die echte Nadja Raunfeld handelte. Die Tochter Hannah saß ursprünglich bei ihr auf der Rückbank und Raunfeld war im neunten Monat schwanger. Wegen Marlene Juwelis habe ich vorhin mit den Eltern telefoniert. Die wissen nichts von einem Kind oder einer Schwangerschaft, haben aber auch schon länger keinen Kontakt mehr mit ihrer Tochter."

„Das ist ja spannend. Wo ist Herr Cheung Kwokwing?" Preiß sah sich um.

„Müsste gleich kommen."

„Gut." Preiß legte den Bericht zurück auf Kellers Schreibtisch. „Was bedeutet das nun für unsere Ermittlungen?"

„Das bedeutet, dass wir unsere Zeit mit Juwelis vergeudet haben", presste Keller zähneknirschend hervor. „Wir haben zwei Frauen, die beim selben Arzt waren und im Abstand von mehreren Jahren ihr Kind verloren haben. Die eine starb kurz danach an einem Herzinfarkt, die andere hat sich das Leben genommen. Das sind zwar auffällige Umstände, aber wir haben immer noch keine Hinweise, dass die Klinik ihre Finger im Spiel hat. Bei Justus Raunfeld habe ich noch nachgefragt, ob seine Ex ebenfalls bei Kastjansen in Behandlung war. Er nannte mir aber einen völlig anderen Arzt, der das auch bestätigt hat. Den Namen Kastjansen hat Juwelis vermutlich von Saskia Bertel aufgeschnappt und in ihre Hirngespinste eingebunden."

Preiß' Miene verfinsterte sich. „Gibt es Neuigkeiten von Frau Beck?"

Wie auf Kommando klingelte Kellers Handy. „Wenn man vom Teufel spricht." Er nahm den Anruf seiner Kollegin entgegen, legte das Telefon aber vor sich auf den Tisch und aktivierte den Lautsprecher.

„Nadja Raunfeld ist verschwunden", rief Julia.

„Nadja Raunfeld ist tot. Wir haben gerade den DNA-Bericht erhalten." Keller lehnte sich zurück.

„Ich meinte auch Marlene Juwelis."

„Seit wann ist sie verschwunden?" Preiß klang alarmiert.

„Ich habe sie zuletzt am Freitagabend vor dem Abendessen gesehen." Sie sprach schneller als sonst. „Das war vor mehr als achtundvierzig Stunden. Seitdem gibt es keine Spur mehr von ihr. Laut der Klinik ist sie frühzeitig abgereist, aber niemand hat sie gesehen, ans Telefon geht sie nicht und auf meine Nachrichten reagiert sie auch nicht mehr. Ich habe die ganze Nacht versucht, in den verschlossenen Trakt zu kommen, weil Juwelis dort nach ihrem vermeintlichen Kind suchen wollte. Für den Aufzug braucht man aber eine spezielle Zugangskarte, daher kam ich nicht weiter. Ich mache mir ernsthafte Sorgen um sie."

Preiß wandte sich an Keller. „Schicken Sie Beamte zu der Wohnadresse von Marlene Juwelis, ob sie diese dort antreffen. Fragen Sie auch bei Justus Raunfeld nach, ob er Marlene gesehen hat. Danach geben Sie eine Vermisstenfahndung raus."

„Na super", brummte Keller. „Erst ein vermisstes Kind, das nicht existiert, und jetzt eine vermisste Frau, die abgetaucht ist. Hätte Marlene Juwelis von Anfang an mit offenen Karten gespielt, hätten wir uns das ganze Theater sparen können. Denn ganz offensichtlich hat die Klinik die Wahrheit gesagt, was ihr Kind betrifft. Die Frau hat uns von Anfang an verarscht."

„Genau deswegen werden Sie sich auf die Suche machen", sagte Preiß, dessen Mimik unverändert blieb. „Dann können Sie sie fragen, was Sache ist."

„Ich denke nicht, dass uns Marlene Juwelis *verarscht*
hat“, entgegnete Julia. „Ich glaube, sie leidet unter einer
schweren Persönlichkeitsstörung. Sie ist wirklich überzeugt, Nadja Raunfeld zu sein, eine vierjährige Tochter
zu haben und schwanger zu sein. Vielleicht hat der Unfall die Störung ausgelöst oder nur verstärkt, wenn sie
es schon vorher sein wollte. Und ohne sie wären wir
wahrscheinlich gar nicht auf den Trichter gekommen,
dass die Klinik etwas im Schilde führt“, fuhr Julia fort.

„Falls sie etwas im Schilde führt.“ Keller wusste inzwischen nicht mehr, was er noch glauben sollte.

Die Tür zu Kellers Büro wurde erneut geöffnet und Li
kam mit zügigen Schritten um den Schreibtisch herum.
„Das müssen Sie sich unbedingt angucken.“ Sein Gesicht war blass.

„Das, worum ich Sie gebeten hatte?“

Li nickte.

„Darf ich auch erfahren, worum es geht?“ Preiß sah
von Li zu Keller.

„Die Infos sind nicht ganz … Wie soll ich sagen?“ Li
warf dem Kriminalrat einen abschätzigen Blick zu.
„Nicht auf offiziellem Dienstweg beschafft worden.“

Preiß atmete hörbar aus. „Zukünftig informieren Sie
mich, bevor Sie eigenmächtig handeln. Ist das klar?“

„Ja“, sagte Li kleinlaut.

„Meinetwegen“, murmelte Keller.

Preiß machte eine ausladende Handbewegung. „Was
haben Sie?“

„Ich habe mir die Finanzströme der Klinik angesehen.“ Li legte den Auszug auf die Mitte des Schreibti-
sches, auf dem eine ganze Reihe von Zahlen und Daten
vermerkt waren. „Julia, ich schicke dir gleich einen

Screenshot, dann kannst du es dir auch anschauen.“ Noch bevor Julia etwas erwidern konnte, zeigte Li auf eine Zeile.

„Auffällig ist, dass es immer wieder höhere Summen gibt, die vom privaten Konto von Prof. Dietrich zu dem von Dr. Kastjansen wandern.“

„Ich frage lieber nicht, woher Sie die Informationen haben.“ Preiß beugte sich vor.

Li rutschte auf dem Stuhl hin und her.

„Und weiter?“ Keller wedelte mit der Hand.

„Im August 2019, also bevor Eveline Sanderlah ihr Kind verloren und die Klinik verklagt hat, gab es eine fünfstellige Summe, die von Dietrichs Konto zu dem von Kastjansen wanderte. Etwa drei Monate später, also nach der Entbindung, floss ein weiterer hoher fünfstelliger Betrag auf das Konto von Kastjansen.“

„Vielleicht eine Art Vermittlungsprovision?“, überlegte Julia laut.

Keller hielt das für schlüssig. Er kratzte sich an der Stirn. Die Zahlungen unmittelbar vor und nach der Entbindung waren bestimmt kein Zufall gewesen. Möglicherweise hatte seine Kollegin recht und es handelte sich um eine Bezahlung dafür, dass Kastjansen speziell Frauen ohne große familiäre oder soziale Bindungen auswählte. Dadurch hatten sie niemanden, der sich für sie einsetzte, wenn man ihr Baby entführte. Und wenn sie noch psychische Probleme hatten, konnte man sie ohne Weiteres als ‚geistig verwirrt‘ abstempeln, wenn sie einen Aufstand veranstalteten. Es musste noch ein weiteres Konto geben. Denn von irgendwem musste Prof. Dietrich Geld für die Kinder erhalten. Dass er das nicht über sein Privatkonto laufen ließ, schien klar, weil er sonst in Erklärungsnot gegenüber dem Finanzamt kam. Zumal es sicher nicht nur um fünfstellige Summen ging. Er griff nach dem Auszug, aber der Kriminalrat kam ihm zuvor.

„Gab es das noch häufiger?" Preiß legte die Stirn in Falten.

„Hier". Li deutete auf eine andere Stelle. „Gerade einmal vierundzwanzig Stunden vor der Entbindung von Saskia Bertel und kurz danach."

„Wann war die letzte Zahlung?" Preiß kniff die Augen zusammen.

Lis Gesicht nahm einen unheilvollen Ausdruck an. „Gestern Abend."

Keller sah auf. Sein Puls beschleunigte sich. „Das bedeutet, wir haben weniger als zwölf Stunden Zeit, um eine weitere Entführung zu verhindern."

-42-

Ich hatte Schwierigkeiten, den Kopf zu heben. Der Schmerz an meinen Handgelenken war einer eisigen Kälte gewichen. Das Atmen fiel mir schwer. Meine Brust tat bei jedem Zug weh. Schlimmer als die Schmerzen war jedoch der unerträgliche Durst. Ich hatte seit mindestens zwei Tagen keine Flüssigkeit zu mir genommen. Mein Mund war ausgetrocknet; meine Zunge klebte am Gaumen und fühlte sich geschwollen an.

Die Erinnerung suchte mich in Lichtblitzen heim. Immer wieder sah ich die Bilder vor mir. Bilder von Alice.

Alice, der Mensch, den ich am meisten liebte. Und der Mensch, den ich am meisten verachtete. Ich dachte daran, wie wir auf ihrem Bett saßen und wir uns das erste Mal berührt hatten. Das unbeschreibliche Gefühl, das ich dabei gespürt hatte, und das kein Mensch jemals wieder bei mir auslösen würde. Das Lächeln, wenn Alice mir zuzwinkerte. Das warme Kribbeln, wenn Alice in meiner Nähe war. Dann dachte ich an jenen Moment auf dem Schulhof. Als ich Alice mit diesem anderen Kerl gesehen hatte. Und wie bei mir wegen Alice' Verrats alle Sicherungen durchgebrannt waren.

Dann kam der Unfall. Die quietschenden Reifen, das splitternde Glas. Es fühlte sich an, als erlebe ich jeden Augenblick noch einmal. Mein Kopf war gegen die

Scheibe geschlagen – ich erinnerte mich. Die Frau, deren Wagen ich gerammt hatte, war Alice gewesen. Ich hatte sie nicht erkannt, denn ich war selbst zu Alice geworden. Meine Gedanken wanderten zu Hannah, die ich für meine Tochter gehalten hatte.

„Wie heißen Sie?", hatte man mich im Krankenhaus gefragt.

„Nadja Raunfeld", hatte ich wiederholt. Es war nicht gelogen; ich hatte es tatsächlich geglaubt. Erst jetzt, in meiner ausweglosen Lage, erkannte ich die grausame Wahrheit.

„Nenn mich Alice". Dabei war ich es nie gewesen. Ich hatte meine ehemals beste Freundin beneidet. Um ihr Leben. Um ihr Glück. Um alles. Doch hatte Alice wirklich Glück gehabt? Sie war eine alleinerziehende Mutter, deren Freund sie hatte sitzen lassen, weil sie fremdgegangen war. Sie besaß keine richtige Arbeit und hatte Schwierigkeiten, über die Runden zu kommen. Sie hatte ihre Probleme hinter einer gut getarnten Fassade versteckt. Und diese Fassade von Glück und Unbeschwertheit hatte sie aufrechterhalten wollen. Ich hatte ihr furchtbares Unrecht angetan.

Ein Zittern durchzog meinen Körper, als säße ich in einer Tiefkühltruhe. Mir war so unendlich kalt. Gleichzeitig klebten meine Haare an der schweißnassen Stirn. Eine unerträgliche Schmerzwelle schoss durch mein Bein. Jeder einzelne Muskel zog sich zusammen. Der Krampf ließ nach, nur um kurz darauf wieder von vorn zu beginnen. Alles um mich herum drehte sich. Mein Kopf explodierte beinahe. Wie war ich nur in diese Lage geraten? Ich erinnerte mich, wie ich mich mit der Mitpatientin unterhalten hatte. Wie war ihr

Name gewesen? Ich erinnerte mich nicht. Die Frau hatte nicht gewollt, dass ich auf eigene Faust loszog. Doch ich hatte ihre Warnungen in den Wind geschlagen. Die Angst um meine Tochter, die es gar nicht gab, hatte mich umgetrieben. Ich hatte mich in dem verlassenen Trakt auf die Lauer gelegt. Irgendwann war jemand gekommen. Einer der Pfleger. Das war meine Chance gewesen, nach unten zu gelangen. Ich war aus der Dunkelheit hervorgekommen und hatte ihm das Springmesser an den Hals gehalten. Seine Augen weiteten sich. Ein Moment der Unachtsamkeit und der Pfleger schlug mir gegen den Kopf. Ich taumelte. Ein weiterer Schlag und ich ging zu Boden.

Ein Beben erfasste meinen Körper, gefolgt von einer weiteren Schmerzwelle, die von meinen Zehen bis zu meinem Kopf führte. Niemand kam, um mir zu helfen. Das war die Strafe für das, was ich getan hatte.

Ich hatte gewusst, dass die Klinik ein Geheimnis besaß. Weil ich mit Saskia gesprochen hatte. Das erste Mal war ich ihr auf dem Flur begegnet, als sie sich eine lautstarke Auseinandersetzung mit dem Klinikpersonal geliefert und verlangt hatte, auf der Stelle mit dem Chefarzt zu sprechen. Saskia hatte mir leidgetan. Sie war so verzweifelt und gleichzeitig so unendlich wütend. Wir hatten uns vor die Klinik gesetzt, wo Saskia mir alles erzählt hatte. Wie sie geglaubt hatte, ihr Kind sei gestorben, bis sie es in dem Park gesehen und sofort gewusst hatte, dass es ihre Tochter war. Sie hatte einen Plan. Einen Plan, wie sie beweisen konnte, dass es wirklich ihr Kind war. Doch den hatte ich nicht mehr erfahren. Eines wusste ich von diesem Augenblick an genau: Mein Baby wurde ebenfalls entführt!

Doch *mein* Baby gab es nicht. Es war bei dem Verkehrsunfall im Mutterleib von Alice ums Leben gekommen. Einem Verkehrsunfall, den ich verursacht hatte. Weil ich zu Justus fahren wollte, um Alice aus ihrem eigenen Leben zu drängen. Saskias Frauenarzt war ich nie begegnet. Das Ultraschallbild, das ich dem Kommissar gezeigt hatte, gehörte Alice. Ich hatte es in deren Tasche gefunden und einfach behalten. Was war ich nur für ein furchtbarer Mensch gewesen?

Dabei war alles, was ich jemals wollte, geliebt zu werden. So wie Alice geliebt wurde. Nicht ewig jemand zu sein, der für andere nichts weiter als ein lästiges Anhängsel war. Eine Außenseiterin. Ein Kind, das die Eltern am liebsten ausgetauscht hätten. Doch es war zu spät. Ich würde meine große Liebe nicht mehr um Verzeihung bitten können, denn Alice war jetzt im Wunderland. Und ich hatte das Gefühl, dass ich ihr bald Gesellschaft leisten würde.

„Ich brauche die Liste!", sagte Julia mit Nachdruck. Sie stand mit Sven neben dem Stationszimmer. „Bitte, uns läuft die Zeit davon."

„Ich verstehe immer noch nicht, warum." Er verschränkte die Arme vor der Brust. „Du hast gesagt, du bist auf der Suche nach Nadja Raunfeld. Jetzt willst du plötzlich eine Liste aller Geburtsanmeldungen, weil du glaubst, hier werden Babys entführt, und das ohne, dass es jemand mitbekommt?" Sven sah sie stirnrunzelnd an. „Woher kommt das auf einmal und was hast du für ein Interesse daran?"

„Weil …" Sie brach ab, als der glatzköpfige Pfleger das Stationszimmer betrat und ihr einen neugierigen Blick zuwarf. Sie schob Sven zur Seite. „Du musst mir einfach vertrauen. Wir haben Hinweise erhalten, dass eine Entführung unmittelbar bevorsteht."

„Wir?" Sven zog die Brauen hoch.

Julia hatte gehofft, sie käme drumherum, die ganze Wahrheit zu erzählen, um ihre Tarnung zu schützen. Doch wenn sie Svens Unterstützung wollte, musste sie die Karten offenlegen. Sie warf einen Blick über die Schulter. „Ich arbeite verdeckt für die Polizei. Wir untersuchen die mysteriösen Todesumstände von Saskia Bertel und was es mit dem vermeintlichen Tod ihres Kindes auf sich hat."

Sven stieß einen lauten Seufzer aus. „Du arbeitest verdeckt für die Polizei? Wie bei Undercoverboss?"

Julia wiegte den Kopf zur Seite. „So ungefähr."

„Das hättest du mir sagen müssen." Er sah sie nicht an. Seine Stimme klang gekränkt. „So viel zum Thema Vertrauen. Gibt es noch etwas, dass du mir verschwiegen hast?"

Ihr blieb keine Wahl. „Ich heiße nicht Katharina. Mein echter Name ist Julia Beck."

„Na großartig." Sven hob die Hände in die Luft. „Erst verarschst du mich und dann willst du meine Hilfe."

Julia senkte den Blick. „Ich hab dich nicht verarscht."

„Natürlich nicht. Und was war das auf dem Zimmer? Dachtest du, mit ein bisschen Rumknutschen kommst du schneller an die Infos?"

„Was? Nein!" Julia war völlig vor den Kopf gestoßen. Sie berührte seinen Arm. „Ich war aufrichtig, was meine Gefühle betrifft. Du bedeutest mir etwas. Aber verstehst du nicht, in welcher Lage ich bin? Hier geschieht ein fürchterliches Verbrechen und mehrere Leute, die für die Klinik arbeiten, wissen darüber Bescheid oder sind aktiv beteiligt. Ich musste einfach vorsichtig sein." Auch wenn sie es nicht zugeben mochte, hatte Sven sie mit seiner Unterstellung tief getroffen. Natürlich konnte sie es ihm nicht verdenken, nachdem sie ihn angelogen hatte – aber das hier war kein Spiel. Sie brauchte Unterstützung, wenn sie den Frauen helfen wollte. Ihr Bauchgefühl sagte ihr, dass sie Sven vertrauen konnte. Er war Vater zweier Söhne. Außerdem würde er ihr nicht helfen, wenn er für die Klinik arbeitete. Zumindest hoffte sie das.

Sven stand noch immer unschlüssig auf der Stelle. „Mal angenommen, es stimmt, was du sagst." Er sah sie einen Moment schweigend an. „Wie soll das ablaufen? Eine schwangere Frau wird hier in die Klinik eingeliefert, man entreißt ihr das Kind, behauptet es sei tot, und das, nachdem die Mutter es noch sehr lebendig gesehen und gehört hat, und dann? Bekommt es jemand anderes? Katharina, nein, sorry, Julia ..." Er warf ihr einen vorwurfsvollen Blick zu. „Das ist völlig unmöglich."

Die gleichen Fragen hat sie sich auch schon gestellt. „Ich weiß, wie sich das anhört. Aber wir gehen davon aus, dass die Frauen nicht offiziell im Kreißsaal entbunden werden, sondern im Untergeschoss des C-Trakts. Und wahrscheinlich werden die Frauen betäubt und das Kind mit einem Kaiserschnitt herausgeholt. Keine Ahnung, wie genau, aber ich weiß, dass uns die Zeit abläuft. Ich brauche unbedingt eine Liste aller Frauen, die heute oder morgen hier entbinden werden."

Sven schüttelte den Kopf. „Ich glaube, du verrennst dich da in etwas." Er drehte sich von ihr weg.

Julia schnellte hinter ihm her und stellte sich vor ihn. „Wir haben Hinweise, dass ein Arzt namens Dr. Kastjansen Geld dafür bekommt, dass er bestimmte Frauen in die Klinik überweist. Die letzte war Saskia Bertel und die Zahlung erfolgte nur vierundzwanzig Stunden, bevor sie ihr Kind verloren hat. Und jetzt wurde wieder Geld überwiesen. Ich brauche die Liste. Bitte." Sie sah ihn an. Wenn er wirklich in ihr lesen konnte, wie in einem offenen Buch, dann wusste er, dass sie die Wahrheit sagte. „Du willst nicht für die Entführung eines Kindes verantwortlich sein“, flüsterte sie.

Er stieß die Luft aus und blickte zur Seite. „Okay.“ Er sah wieder Julia an. „Ich besorge die Liste. Aber wenn es tatsächlich eine Entführung gibt und sie in dem verlassenen Trakt stattfindet, dann will ich dabei sein, wenn wir den Verantwortlichen das Handwerk legen.“

„Wieso?“

„Ich will es mit eigenen Augen sehen.“

„Einverstanden. Sven?“

Er drehte sich zu ihr.

„Bitte beeil dich.“ Sie sah auf ihre Armbanduhr. Es war kurz nach vier. Falls sie mit ihrer Einschätzung richtig lag, fand die Entführung heute Nacht statt. Wenn sie nur nicht zu spät kamen.

-44-

Martin Keller verließ die B10 und folgte der Hafenbahnstraße über den Neckar nach Mettingen, einem Stadtteil von Esslingen. Die Straße führte ihn durch die riesigen Industriekomplexe der Mercedes-Benz-Werke, bis er schließlich die Obertürkheimer Straße erreichte und von dort in die Lerchenbergstraße abbog, hinter der sich die Weinberghänge erhoben.

Das zweistöckige Mehrfamilienhaus, in dem Marlene Juwelis gemeldet war, wirkte im Gegensatz zu den meisten anderen Häusern in der Straße heruntergekommen. Der kleine Garten war verwildert und das Tor hing schief in den Angeln.

Keller parkte seinen Wagen direkt davor und stieg die Stufen hinauf zum Eingang. Als er von Li die Information mit den Transaktionen erhalten hatte, beschloss er, sich Kastjansen vorzuknöpfen und über die Ereignisse in der Klinik auszuquetschen. Allerdings schloss seine Praxis erst um 18 Uhr und vorher ergab es keinen Sinn, weil er wusste, dass Kastjansen niemals freiwillig mit der Sprache herausrücken würde. Daher fuhr er erst zu der Wohnadresse von Marlene Juwelis. Vielleicht fand er etwas, das ihm verriet, was mit ihr passiert war.

Vor ihm lag der Hauseingang. Laut den Klingelschildern wohnten hier sechs Parteien. Er schüttelte kaum merklich den Kopf, als der die Namen durchlas. Marlene Juwelis war nicht dabei, dafür aber Nadja Raunfeld. *Die Frau hat ernsthafte Probleme.*

Keller drückte die Klingel. Wie erwartet, geschah nichts. Er drehte sich um und sah sich die Briefkästen an. Der von Marlene Juwelis quoll über. Die ersten Werbeprospekte lagen bereits auf dem Boden. Offensichtlich war Juwelis seit ihrem Klinikaufenthalt nicht mehr hier gewesen. Er drückte eine andere Klingel und kurz darauf ertönte eine tiefe Männerstimme durch die Sprechanlage.

„Keller, Kripo Stuttgart. Ich hab ein paar Fragen zu ihrer Nachbarin. Machen Sie auf."

Der Türöffner summte. Keller betrat das muffig riechende Treppenhaus. Eine Etage höher stand ein Mann Anfang dreißig mit kurzem Stoppelhaar, Jogginghose und Trainingsanzug in der Tür.

„Ja?"

Keller stieg die Treppen hoch und zückte seinen Ausweis. „Ich bin auf der Suche nach Nadja Raunfeld." Beinahe hätte er Marlene Juwelis gesagt, aber mit dem Namen konnte der Kerl vermutlich nichts anfangen, wenn sie sogar ihr Klingelschild geändert hatte. „Wann haben Sie sie das letzte Mal gesehen?"

Der junge Mann zuckte mit den Schultern. „Schon ein paar Wochen her, wieso? Ist was passiert?"

Er ging nicht darauf ein. „Hatten Sie häufig Kontakt mit ihr?"

„So gar nicht." Der junge Mann schüttelte den Kopf. „Mal ein Hallo im Treppenhaus, das wars dann aber auch."

„Welche Wohnung gehört ihr?"

Der Mann deutete mit dem Finger eine Etage höher. „Die ganz links.“

Keller warf einen Blick nach oben.

„Gibt es hier einen Hausmeister oder Ähnliches?“

„Nö.“

„Also besitzt niemand außer ihr einen Schlüssel?“

„Keinen Plan.“ Sein Gegenüber zuckte mit den Schultern.

Keller presste einen Dank hervor und stieg die Stufen hinauf. Er drückte abermals die Klingel, aber das Ergebnis blieb dasselbe. Eine verschwundene Frau und ein Nachbar, der sie seit Wochen nicht gesehen hatte. Sofort schossen ihm die Erinnerungen an den blutigen Tod von Saskia Bertel in den Kopf. Sollte er die Tür aufbrechen? Allerdings konnte er sich nicht vorstellen, dass Juwelis mit aufgeschnittenen Pulsadern in der Badewanne lag. Denn wenn sie ihren Klinikaufenthalt abgebrochen und nach Hause gefahren wäre, hätte sie mit Sicherheit den Briefkasten geleert. Und dass sie ermordet und die Leiche anschließend in ihre Wohnung gebracht worden war, erschien ihm absurd.

Er trat ins Freie und fischte eine Zigarette aus seiner Jacke. Ein paar tiefe Züge halfen ihm, einen klaren Kopf zu bekommen. Sein Blick wanderte zu den Fenstern, hinter denen er Juwelis Wohnung vermutete. Weder war sie hier gewesen noch bei Justus Raunfeld. Zumindest konnte er sich nicht vorstellen, dass es diesem nicht in den Sinn kam, die Polizei zu holen, wenn seine vermeintlich tote Ex bei ihm vor der Tür stand. Nichts deutete darauf hin, dass Marlene Juwelis die Klinik jemals verlassen hatte – und das bereitete ihm Sorgen.

Keller wollte gerade sein Handy herausholen und die Vermisstenfahndung herausgeben, als sein Blick an den Briefkästen hängen blieb. Er warf den abgebrannten Stummel auf den Boden und riss den Inhalt von Juwelis Briefkasten heraus. Das meiste waren kostenlose Zeitungen, Werbeblätter und Flyer. Persönliche Briefe fand er keine. Keller warf die Post achtlos auf den Papierstapel neben sich, bis er plötzlich einen braunen DIN-A4-Umschlag in der Hand hielt.

Sein Herz machte einen Aussetzer, als er den Absender las. *Saskia Bertel.* Keller drehte den Umschlag um und riss ihn auf. Darin befanden sich mehrere Papierseiten. Er nahm die erste Seite zur Hand und las sie aufmerksam durch. Allem Anschein nach handelte es sich um einen Laborbericht. Es war aber nicht das Ergebnis einer Blutuntersuchung, sondern ein DNA-Abgleich, wie Keller ihn selbst schon unzählige Male in der Hand gehalten hatte. Doch was war hier untersucht worden?

Er kniff die Augen zusammen und las sich den Bericht Satz für Satz durch. Schließlich hatte er die letzte Seite erreicht. Diese enthielt eine handschriftliche Notiz von Saskia Bertel, an der sie sich direkt an Nadja Raunfeld wandte. In dieser Sekunde wurde ihm klar, was er da in den Händen hielt. Sein Puls beschleunigte sich auf hundertachtzig. Er nahm sein Handy zur Hand und wählte Lis Nummer. Das Freizeichen ertönte. Kellers Gedanken überschlugen sich. Die Nachricht war Juwelis auf dem Postweg zugestellt worden. Ganz offensichtlich war sie seit Wochen nicht zu Hause gewesen und hatte den Brief daher auch nicht zu Gesicht bekommen. Doch was, wenn Bertel die Nachricht auch per E-Mail verschickt hatte?

„Chef, was gibt's?"

„Leiten Sie sofort die Vermisstenfahndung nach Marlene Juwelis ein. Ich weiß, was Saskia Bertel herausgefunden hat. Wenn Juwelis die Info auf irgendeinem Weg erreicht hat, steht sie ganz oben auf der Abschussliste der Klinik."

-45-

Samstag, 02. November 2024

Saskia Bertel stand inmitten eines Scherbenhaufens ihres Lebens. Alles, was sie für sich und ihr Kind erträumt hatte, war zerstört. Nichts war ihr geblieben, außer einer unendlichen Leere und einer tiefen Verzweiflung.

Sie saß auf einer Parkbank. Das Wetter war für Anfang November sehr mild und die warmen Sonnenstrahlen berührten ihr Gesicht. Sie konnte es nicht genießen. Das Wetter verhöhnte sie. Für sie hätte es einen Orkan mit Starkregen gebraucht – das hätte besser zu ihrer Stimmung gepasst.

Es war das erste Mal seit der Beerdigung, dass sie ihre Wohnung verließ. Die letzten Tage hatte sie in ihrem Bett verbracht und hätte es am liebsten nie wieder verlassen. Sie hatte nichts essen können und mit niemandem sprechen wollen. Das Zimmer, das sie für ihr zukünftiges Baby hergerichtet hatte, konnte sie nicht mehr betreten. Was war nur geschehen?

Bei den Routineuntersuchungen ihres Frauenarztes war nichts Auffälliges entdeckt worden. Sie erinnerte sich noch an ihre Worte: _Machen Sie sich keine Sorgen. Ihrem Baby geht es gut._ Und dann ... erlitt sie eine Totgeburt. Weil es _unvorhergesehene Komplikationen_ gab. Doch warum? War es ihre Schuld gewesen? Hatte sie etwas falsch gemacht?

Die quälenden Fragen ließen sie nicht los. Ebenso wenig wie dieses undefinierbare Gefühl, dass ihre Tochter noch immer am Leben war. Sie konnte es selbst nicht erklären. Man hat ihr die Leiche gezeigt. Ihren kleinen Engel, den sie neun Monate in sich getragen hatte und der ihrem Leben eine Bedeutung schenkte. Doch als sie vor der Totenbahre mit ihrem Baby stand, kam es ihr vor, als zeigte man ihr ein fremdartiges Wesen, das niemals zu ihr gehört hatte.

Sie berührte ihren Bauch, wie sie oft die letzten Monate. Doch da war nichts, außer einer unerträglichen Leere. Alles, was von ihrem Traum, Mutter zu werden, blieb, war eine hässliche Narbe auf ihrem Unterbauch.

Auf der Arbeit hatte sie sich krankgemeldet. Sie konnte in dem Bekleidungsgeschäft nicht so tun, als sei alles bestens. Lächeln, wenn ein Kunde das Geschäft betrat. Ungezwungenen Smalltalk führen, als wäre die Welt völlig in Ordnung. Sie konnte mit niemandem reden, ihren Verlust teilen. Es ging einfach nicht.

Im Moment wusste sie nicht, wie ihr Leben weitergehen sollte. Es gab niemanden mehr. Ihre Familie hatte den Kontakt schon lange abgebrochen. Als sie ihnen von der Schwangerschaft berichten wollte und sie erfuhren, dass sie den Vater des Kindes auf einer Singleparty kennengelernt und er sie am selben Abend geschwängert hatte, war es endgültig aus. Das Verhältnis war vorher schon eisig gewesen, weil sie mit ihrer gesamten Lebensplanung nicht einverstanden waren. Ihre Eltern, die brillanten Akademiker, mit ihren perfekten Lebensläufen. Und jetzt hatten sie eine Tochter, die einen Bastard zur Welt brachte von einem Mann, dessen Name sie nicht kannte. Für ihre Eltern, die in dieser Hinsicht schon immer altmodisch waren, ein Desaster.

Sie warf einen Blick zur Seite und ihr Magen zog sich zusammen. Eine junge Mutter mit Kinderwagen näherte sich der Parkbank neben ihr. Am liebsten wäre sie aufgestanden und gegangen. Sie hatte heute den Spielplatz und den Kindergarten bewusst gemieden, aber trotzdem waren die Mamas mit ihren Babys überall. Als wollte die Welt ihr vor Augen führen, wie gut es andere hatten und wie dreckig sie dran war.

Die Frau stellte den Kinderwagen neben sie und nahm das Baby in den Arm. Saskia achtete nicht auf die beiden. Stattdessen hielt sie ihren Blick starr geradeaus gerichtet. Als könnte sie die Mutter mit ihrem Baby einfach verschwinden lassen. Plötzlich landete etwas in ihrem unmittelbaren Blickfeld. Es war ein beigefarbener Plüschteddy mit einer roten Schleife um den Hals. Erst wollte sie es ignorieren, aber sie bückte sich und hob den Teddy auf. Die Stelle, die sie berührte, war feucht. Offenbar hatte das Kind den Teddy schon im Mund gehabt. Sie nahm einen tiefen Atemzug und drehte sich zu dem Kind, das die Mutter gerade wieder in den Kinderwagen legte.

„Hey, du." Es kostete sie viel Überwindung, nicht loszuheulen. „Ich glaube, den hast du verloren." Sie hielt ihm den Stoffteddy hin und das Baby starrte sie mit riesengroßen Augen an. Die Finger waren so zart und klein. Sofort wandte sie den Blick ab.

„Oh, vielen Dank." Die Mutter lächelte. „Der muss mir runtergefallen sein."

Saskia verzog die Mundwinkel zu einem Lächeln, was ihr nicht so recht gelingen wollte. Ein Mädchen also. So wie bei ihr. *Paula* hatte sie ihr Kind nennen wollen. Wie das Mädchen aus dem Film. Sie schloss die Augen, während der brennende Schmerz in ihrem Inneren tobte.

„Alles okay?" Die junge Mutter sah sie von der Seite an.

„Jaja." Wieso war sie hergekommen? Wieso hatte sie überhaupt ihre Wohnung verlassen? „Wie heißt sie?", hörte sie sich fragen.

„Victoria." Die Mutter strahlte übers ganze Gesicht. Sie wirkte so glücklich.

Eine Welle der Wut überkam Saskia. Sie zwang sich, ruhig zu bleiben.

„Hübscher Name."

„Danke. Offenbar ist sie völlig fasziniert von Ihnen." Saskia Bertel wagte es das erste Mal, das Baby länger als eine Sekunde anzusehen. Die kleine Victoria starrte sie noch immer mit ihren großen, blauen Augen an. Das Kind musste etwa im gleichen Alter sein, wie es ihre Paula gewesen wäre. Sie betrachtete die wenigen, blonden Haare, die Stirn, die roten Pausbäckchen und die winzige Stupsnase. Das Kind war ihr wie aus dem Gesicht geschnitten. Jede Faser in Saskias Innerem zog sich zusammen. Wie war das möglich?

„Veranstaltet ihr ein Wettstarren?" Die Frau lächelte noch immer.

„Wann haben Sie das Kind zur Welt gebracht?" Ihr Blick blieb auf das Baby gerichtet. Woher kam diese Ähnlichkeit? Spielte ihr Verstand ihr vielleicht einen Streich?

„Vor drei Wochen." Die Stimme klang leicht irritiert. Saskia blieb für einen Moment die Luft weg. Vor genau drei Wochen hatte sie ihr Kind verloren. Jetzt saß sie hier. Mit dieser Frau, die ein Kind im gleichen Alter besaß, mit dem gleichen Geschlecht und einer haarsträubenden Ähnlichkeit zu ihr. Sie dachte an dieses unerklärliche Gefühl, dass ihre Tochter noch am Leben war. Und hier war sie. Direkt vor ihr. Ein ungeheurer Verdacht kam in ihr auf.

„Wo? In welcher Klinik?" Sie richtete die Aufmerksamkeit auf die Frau neben ihr.

Der Blick der Mutter verdunkelte sich. Sie rutschte auf der Bank leicht hin und her. Entweder, weil sie verunsichert war über Saskias harschen Tonfall oder ... weil ihr Kind in Wahrheit gar nicht tot war, sondern entführt wurde. Und zwar von dieser Frau.

„In der Engelbertklinik."

Der Name sagte Saskia nichts. Sie runzelte die Stirn. „Sind Sie sicher, dass es nicht in der Annaberg-Klinik war?"

Da war es. Ihr rechtes Augenlid hatte beinahe unmerklich gezuckt. So kurz, dass man es kaum gesehen hatte. Doch Saskia hatte es bemerkt. Sie unterlag keinem Irrtum. Es war auch kein Trugschluss. Ihr Kind war nicht verstorben. Man hatte ihr ein falsches Baby gezeigt. Ihr echtes war entführt worden. Entführt und verkauft.

„Annaberg-Klinik? Wie kommen Sie jetzt darauf?"

Saskia Bertel ignorierte sie. Sie griff behutsam nach dem Baby und hievte es aus dem Kinderwagen.

„Hey, was wird das? Lassen Sie sofort mein Kind los!" Die Stimme der jungen Frau klang aufgebracht.

„Ihr Kind? Von wegen. Sehen Sie es sich doch mal an. Es gehört mir. Ich habe es vor drei Wochen in der Annaberg-Klinik zur Welt gebracht und Sie haben es mir weggenommen!", schrie Saskia.

Einige Passanten blieben irritiert stehen.

„Was?" Die Frau klappte die Kinnlade herunter. „Sind Sie völlig übergeschnappt? Sie geben mir jetzt auf der Stelle mein Baby zurück!" Sie baute sich vor ihr auf.

„Nein!" Das Baby schrie. „Alles gut, Mama ist bei dir." Saskia sprang auf, stieß die junge Frau zur Seite und rannte los. Ein stechender Schmerz jagte durch ihren Unterbauch. Sie presste die Zähne zusammen.

„Halt! Geben Sie mir sofort mein Kind zurück", schrie die junge Frau und rannte ihr hinterher. Sie holte Saskia ein und griff nach dem Kind, das schrie und heulte. Doch Saskia hielt es fest. Niemals würde sie ihr Kind wieder loslassen. Sie hatte es schon einmal verloren – das passierte ihr kein zweites Mal.

„Lassen Sie mein Baby los!" Sie packte Saskia von hinten.

„Von wegen, Ihr Baby." Saskia trat mit dem Fuß so heftig gegen ihr Schienbein, dass die Frau aufheulte.

„Hilfe!" Sie schrie den ganzen Park zusammen. „Hilfe, sie versucht, mein Kind zu entführen!"

Ihr Hilferuf zeigte Wirkung. Mehrere Passanten hatten die Szene beobachtet und eilten hinter ihr her. Der Erste hatte schon das Handy in der Hand.

„Stopp!" Ein bulliger Typ stellte sich ihr schnaufend in den Weg und packte sie am Arm. „Geben Sie der Frau sofort ihr Baby zurück!"

„Das Kind gehört mir", schrie Saskia. „Ich habe es vor drei Wochen zur Welt gebracht. Sehen Sie nicht, wie ähnlich es mir ist? Sie hat es entführt!"

Der Mann ließ sich nicht abwimmeln. „Ich habe gesehen, was passiert ist. Hören Sie auf mit dem Irrsinn!"

Die Mutter entriss ihr das Baby.

Saskia hatte keine Wahl. Sie hätte es mit aller Gewalt festhalten müssen, aber sie wollte dem Baby – ihrem Baby – nicht wehtun.

„Sie sind doch völlig geisteskrank!" Mit geröteten Augen schloss sie das schreiende Baby wieder in ihren Arm und ging zurück zu ihrem Kinderwagen. Sie warf ihr einen letzten vernichtenden Blick zu, bevor sie mit dem Kind das Weite suchte.

„So. Und wir beide warten jetzt mal schön auf die Polizei!", rief der Mann.

„Lass mich los!" Saskia schlug seinen Arm weg. Sie würde nicht auf die Polizei warten, um sich noch mehr Lügenmärchen anzuhören. Es war ihr Kind gewesen. Darin bestand kein Zweifel, aber die Polizei würde ihr nicht glauben. Von nun an würde sie kämpfen. Man hatte sie belogen und benutzt. Alles, um ihr Kind zu verkaufen. Die Klinik würde dafür bezahlen. Doch erst brauchte sie einen Beweis. Nur wie? Noch immer unter dem strengen Blick des bulligen Typs, ging sie zurück zur Parkbank. Ihr Blick fiel auf den beigefarbenen Plüschteddy, der auf der Bank lag. Sie betrachtete die dunklen Stellen, an denen es ihr Baby im Mund gehabt hatte. Ihr kam eine Idee, wie sie beweisen konnte, dass die Klinik ihr Kind entführt hatte. Sie rannte weg.

-46-

Es klopfte und Julia sprang auf.

Sven Heuser stand vor ihr, in der Hand hielt er einen Stapel Unterlagen.

„Wieso hat das so lange gedauert?" Julia trat zur Seite und schloss die Tür.

„Weil Gynäkologie nicht mein Arbeitsbereich ist und ich erst mal suchen musste, wo sich die Unterlagen befinden. Hab sie dir ausgedruckt." Er hielt ihr die Papierbögen hin.

Julia nahm sie entgegen und ihr stockte der Atem. „So viele?" Sie stutzte. „Das sind ja Hunderte."

„Und das ist nur die Liste aller Geburtsanmeldungen der letzten zwei Monate."

Julia runzelte die Stirn. „Wieso der letzten zwei Monate?"

„Die Anmeldung erfolgt in der Regel zwischen der 30. und 32. Schwangerschaftswoche, manchmal aber auch erst später. Das heißt, die Frauen sind mindestens schon im siebten Monat."

Julia überflog die Liste. Wie erwartet, sagte ihr keiner der Namen etwas. Sie blickte auf die Uhr. Es war kurz nach sechs. Das Abendessen hatte sie ausfallen lassen, um keine weitere Zeit zu vergeuden. Doch wenn sie jeden Namen auf der Liste einzeln durchgehen musste, saßen sie die halbe Nacht daran. Sie warf einen Blick zu Sven. Er beobachtete sie mit zusammengekniffenen Augen.

„Bei welchen der Frauen ist die Entbindung für diese Woche vorgesehen?"

Sven zuckte mit den Schultern. „Das weiß ich nicht. Bei uns hat nicht jeder auf alles Zugriff. Außerdem lässt sich ja nicht immer auf den Tag genau sagen, wann es losgeht."

„Shit." Julia fuhr sich durch die Haare. Sie holte ihr Smartphone hervor.

„Wen rufst du an?"

„Meinen Vorgesetzten."

Das Freizeichen ertönte. „Keller?"

„Julia hier. Ich habe jetzt die Liste aller Geburtsanmeldungen der letzten zwei Monate. Aber das sind Hunderte Namen – wir müssen es irgendwie eingrenzen."

Keller ließ einen Augenblick verstreichen. „Bin dran."

„Und das heißt?"

„Das heißt, dass ich vor der Praxis von Kastjansen steh. Sobald er Feierabend hat, knöpfe ich ihn mir vor."

„Und Sie meinen, er wird Ihnen irgendetwas verraten?"

„Ich bring ihn schon zum Reden."

Julia wusste, was das bedeutete. Ihr Vorgesetzter war nicht gerade zimperlich, wenn es um Befragungen ging. Doch in diesem Fall war es vermutlich die einzige Option, die sie hatten.

„Schicken Sie mir die Liste", sagte Keller nach einer kurzen Pause.

„Mach ich."

Im Hintergrund waren Geräusche zu hören. Offenbar hatte Keller die Freisprechanlage aktiviert. „Übrigens hab ich im Briefkasten von Juwelis ein Schreiben von Saskia Bertel entdeckt."

Julia horchte auf. „Was für ein Schreiben?"

„Sie hat wohl ihr tot geglaubtes Baby im Park bei einer anderen Frau entdeckt, eine DNA-Probe ins Labor geschickt und die Bestätigung bekommen, dass es sich aller Wahrscheinlichkeit nach um ihr Kind handelt."

„Das ist ja unglaublich." Julia hatte sich schon einige Male gefragt, was Saskia Bertel herausgefunden haben könnte. Doch dass sie ihr entführtes Baby im Park gesehen und erkannt hatte, hätte sie nicht für möglich gehalten. Zumal Bertel ihr totes Baby gesehen und beerdigt hatte. Wenn das nicht ihr eigenes, wessen dann? „Wie kam sie an die DNA-Probe?"

„Keine Ahnung. Irgendeinen Weg hat sie wohl gefunden."

„Was ist mit Marlene Juwelis?"

„Keine Spur von ihr."

Das dumpfe Gefühl, dass Marlene Juwelis ebenfalls nur noch wenig Zeit blieb, wuchs. Sie mussten sie finden.

„Geben Sie mir Bescheid, wenn Sie den Namen haben?"

„Hatte ich vor."

Bis dahin würde Julia keine ruhige Minute haben.

***

Keller sah auf die Uhr. Es ging bereits auf sieben zu. Wann tauchte dieser Kerl endlich auf? Als er angekommen war, hatte er eine Runde um die Praxis gedreht, die sich in der Bahnhofstraße im Ortskern von Reichenbach befand, um sicherzustellen, dass es keinen zweiten Ausgang gab. Danach hatte er sich wieder ins Auto gesetzt und gewartet. Kurz nach sechs verließ eine Frau das Haus, bei der es sich um eine Arzthelferin oder eine Patientin handelte. Einige Minuten später folgte zwei weitere. Seitdem war nichts mehr geschehen.

Keller wusste nicht, wie viele Personen sich noch in der Praxis aufhielten und er wollte keine unangenehmen Überraschungen erleben. Seine Ungeduld stieg. Was trieb der Arzt noch so lange da drinnen? Ein Freund von Observierungen war er noch nie gewesen, weil das meistens hieß, stundenlang etwas oder jemanden zu beobachten, ohne dass etwas geschah.

Er ließ sich von Technomusik berieseln und lehnte sich in seinem Sitz zurück. Die Müdigkeit der letzten Tage holte ihn ein. Vielleicht wäre es mit einem starken Kaffee leichter gewesen. Die Chance hatte er verpasst. Das Café einige Meter weiter hatte bereits geschlossen, soweit er das von hier aus beurteilen konnte. Ihm blieb nichts anders übrig, als abzuwarten.

Als er gerade die Fahrertür öffnen wollte, um eine zu rauchen, ging die Tür zur Praxis auf. Keller kniff die Augen zusammen. Ein Mann, Mitte bis Ende dreißig, mit dunklen, streng zur Seite frisierten Haaren, Aktenkoffer in der einen, Handy in der anderen Hand, verließ die Praxis. Er hatte sich im Vorfeld ein Bild von Kastjansen auf der Homepage der Praxis angesehen und beobachtete den Mann, der, ohne Notiz von ihm zu nehmen, in einen BMW stieg. *Hab dich.* Keller startete den Motor. Kastjansen blieb einen Moment in seinem

Wagen sitzen und navigierte schließlich den BMW zur Ampel an der Kreuzung hinter ihm. Keller fuhr sein Auto aus der Parklücke heraus und folgte Kastjansen über die Ulmer Straße weiter ins Ortsinnere. An der nächsten Kreuzung bog Kastjansen erneut ab und folgte der Blumenstraße. Wenn er es richtig in Erinnerung hatte, fuhr der Arzt auf direktem Weg nach Hause, sodass er keine weitere Zeit vergeudete. Er hielt immer so viel Abstand, dass Kastjansen keinen Verdacht schöpfte, ihn aber auch nicht verlieren konnte. Der Arzt bog ein weiteres Mal ab und folgte der Weinbergstraße, die zu einer Hanglage oberhalb von Reichenbach führte. Zu seiner Rechten bot sich ein beeindruckender Panoramablick bis zur Schwäbischen Alb, der tagsüber bei guter Sicht mehr hergab als in der Dunkelheit. Die Straße vor ihm machte eine scharfe Kurve und ein Schild wies in Richtung der Risshalde. Hundert Meter dahinter teilte sich der Weg in die Danziger und Breslauer Straße auf. Kastjansen steuerte das erste Haus an, das sich unmittelbar hinter der Weggabelung befand, und sein Wagen verschwand in der Garage. Da Keller keinen freien Parkplatz entdeckte, stellte er sich vor eine Ausfahrt.

Keller näherte sich mit vorsichtigen Schritten dem eindrucksvollen Haus. Es handelte sich um ein zweistöckiges Gebäude mit separatem Dachgeschoss, dessen Fassade mit Holz verkleidet war. Rundherum verlief ein riesiges Gartengrundstück mit akkurat geschnittenem Rasen und einem kleinen Springbrunnen.

Im Haus ging Licht an. Keller stieg über die Steintreppe zum Hauseingang und klingelte.

Kastjansen öffnete die Tür zur Hälfte und blickte ihn stirnrunzelnd an. „Ja bitte?" Es klang alles andere als freundlich.

„Keller, Kripo Stuttgart." Er hielt seinen Ausweis hin. „Ich hätte ein paar Fragen zu einer Patientin von Ihnen."

Kastjansen gab ein verächtliches Schnauben von sich. „Dann machen Sie morgen früh einen Termin mit meiner Sekretärin aus. Ich hab jetzt keine Zeit." Er wollte die Tür schon wieder schließen, als Keller die Tür mit seiner Hand stoppte.

„Die Zeit haben wir nicht. Deswegen schlage ich vor, Sie beantworten jetzt meine Fragen. Was können Sie mir zu Saskia Bertel und ihrem Kind sagen?"

Kastjansen verdrehte die Augen und sah Keller mit erhobener Nase an. „Als sogenannter Kriminalbeamter sollten Sie und Ihre Kollegin eigentlich wissen, dass ich Ihnen keine Auskünfte über meine Patienten geben darf."

Keller ließ sich nicht provozieren. „Als sogenannter Arzt für alles sollten Sie eigentlich wissen, dass Kinderhandel ein Kapitalverbrechen ist."

Kastjansen entglitten die Gesichtszüge. Allerdings fasste er sich schnell wieder und setzte einen überheblichen Gesichtsausdruck auf. „Ich habe keine Ahnung, wovon Sie sprechen. Und da Sie ja wohl weder einen Durchsuchungsbeschluss noch sonst etwas besitzen, möchte ich Sie freundlich bitten, mein Grundstück zu verlassen." Er wollte ihm die Tür vor der Nase zuknallen, aber Keller stellte schnell seinen Fuß dazwischen.

„Was fällt Ihnen ein?" Seine Augen funkelten. „Nehmen Sie sofort Ihren Fuß aus der Tür oder ich hetze Ihnen meine Anwälte auf den Hals."

Keller ging einen Schritt zurück. Seine Stimme klang schneidend. „Ich frage Sie jetzt ein letztes Mal. Was hat es mit den Entführungen in der Annaberg-Klinik auf sich und welche Frau ist als Nächstes dran?"

„Ich habe nicht den blassesten Schimmer, wovon Sie reden. Allerdings frage ich mich, was bei Ihnen schiefläuft, dass Sie auf die Idee kommen, mitten in der Nacht bei mir zu klingeln und mir irgendwelche absurden Unterstellungen zu machen. Vielleicht benötigen Sie mal einen Klinikaufenthalt ..."

Keller hatte die Schnauze voll von seiner anmaßenden Art. Er machte einen weiteren Schritt zurück und ehe Kastjansen reagieren konnte, trat er mit voller Wucht gegen die Tür. Die Tür knallte gegen den Kopf des Arztes, sodass er auf dem Parkettboden aufschlug.

„Sie Arschloch!", schrie Kastjansen. Er versuchte sich zu berappeln, während er sich die blutige Nase hielt. „Dafür werde ich Sie fertig ..."

„Halt dein Maul!", rief Keller, ging in die Wohnung und knallte die Tür hinter sich zu. Mit den Händen packte er Kastjansen und stieß ihn unsanft in Richtung des Sofas. Er warf einen kurzen Blick in den Raum. Eine große Glasfront verlief zur Straße hin, mit einem ebenfalls gläserner Tisch davor. Eine offene Küche nahm die gesamte linke Wandseite ein und etwas abseits befand sich eine Treppe in beide Richtungen. Er ließ die Jalousien herunter, um keine unnötige Aufmerksamkeit zu erregen, und wandte sich wieder Kastjansen zu.

„Sie sind doch völlig …“ Ihm blieben die Worte im Hals stecken, als Keller seine Pistole herausholte und sie auf Kastjansen richtete.

„Was zum Teufel wird das?“ Aus seinem Gesicht verschwand jegliche Farbe.

„Schluss mit der Scharade. Sie sagen mir jetzt, was ich wissen möchte, oder es wird sehr ungemütlich für Sie.“

Kastjansen musterte ihn. Er sagte kein Wort, stattdessen hielt er sich weiter die blutige Nase.

„Wir wissen, dass Sie eine Vermittlungsprovision von der Annaberg-Klinik erhalten haben, und zwar vierundzwanzig Stunden, bevor Saskia Bertels Baby entführt wurde. Der Säugling wurde nicht tot geboren, denn Bertel hat ihr Kind sogar später im Park erkannt. Das können wir beweisen. Jetzt wurde eine weitere Zahlung getätigt und ich möchte wissen, wessen Kind als Nächstes entführt wird.“

Kastjansen verzog keine Miene. „Nette Geschichte. Aber wenn Sie auch nur einen einzigen stichhaltigen Beweis für diese absurden Behauptungen hätten, dann würde eine ganze Heerschar von Polizisten mein Haus auf den Kopf stellen, mich festnehmen und verhören. Keine One-Man-Show, die einen auf Rambo macht und versucht mich einzuschüchtern.“

Damit hatte er den Nagel auf den Kopf getroffen. Zwar hatten sie die DNA-Analyse aus dem Briefkasten, nur leider war die Frau, die den Auftrag gegeben hatte, tot und mit wessen DNA sie ihre verglichen hatte, war ebenfalls nicht eindeutig. Es konnte sich hierbei auch um die DNA eines anderen, nahestehenden Familienmitglieds handeln. Und die dubiosen Zahlungen waren höchstens eine Sache für die Steuerbehörde. Dennoch würde sich Keller auf keinen Fall geschlagen geben. Er machte einen Schritt auf Kastjansen zu und schlug ihm mit ganzer Kraft die Pistole gegen den Kopf.

Der Arzt schrie auf. Er griff sich an den Kopf, stieß eine Reihe von Flüchen aus. Seine Schläfen pulsierten.

Keller setzte erneut an.

„Hören Sie auf!" Er wimmerte.

„Dann reden Sie endlich!", brüllte Keller. „Es geht hier um Menschenleben, verdammt noch mal. Sie sind Arzt. Sie haben geschworen, die Menschen vor Unheil zu schützen, und nicht, Babys ihren Müttern zu entreißen, um sie an irgendwelche reichen Säcke zu verkaufen. Wissen Sie eigentlich, was sie den Frauen damit antun?"

Kastjansen reagierte nicht.

Er unternahm einen weiteren Versuch. „Ist Ihnen klar, woran Sie sich da beteiligen? Wenn die Sache auffliegt und das wird sie, dann wandern Sie für die nächsten zwanzig Jahre ins Gefängnis. Ist es Ihnen das wert?"

Der Arzt presste die Lippen aufeinander. In seinen Augen funkelte der blanke Hohn. „Von mir erfahren Sie gar nichts."

Keller atmete tief aus. Kastjansen war absolut skrupellos. Weder scherte er sich um die Frauen noch bewegten ihn die juristischen Konsequenzen seines Handelns zum Einlenken. Doch hier ging es um alles. Wenn er scheiterte, verlor möglicherweise eine weitere Frau ihr Baby und Juwelis' Leiche konnten sie in irgendeinem Straßengraben aufsammeln – falls sie noch am Leben war. Ihm blieb keine Wahl. Er musste aufs Ganze gehen.

Keller bemühte sich, seine Stimme ruhig zu halten. Er holte sein Smartphone hervor und hielt Kastjansen die Liste entgegen, die seine Kollegin ihm geschickt hatte. „Welche der Frauen ist die Nächste?“

Kastjansen machte sich nicht einmal die Mühe, hinzusehen. Stattdessen blickte er Keller hasserfüllt an. „Leck mich doch!“

Keller entsicherte seine Pistole und setzte sie auf Kastjansens Oberschenkel. „Welche der Frauen ist es?“

Der Arzt sah ihn an. In seinen Augen flackerte Angst auf. Einen Moment lang geschah nichts. Keller wusste, was sich ins Kastjansens Kopf abspielte. War er bereit, abzudrücken? War er bereit, seinen Job zu riskieren, um ein Kind zu retten? Ein Menschenleben? In dem Raum war es totenstill.

Kastjansen streckte die Hand aus, um die Ansicht auf dem Display zu vergrößern und nach einem Moment des Zögerns zeigte er auf einen Namen.

Keller verlor keine Zeit. Er rannte los; während er Becks Nummer wählte.

Seine Kollegin ging nach dem ersten Klingeln dran. „Ja?“

„Alina Pellert. Sie ist die Nächste.“

-47-

Julia ließ es mehrfach klingeln, bis sich erneut die Mailbox einschaltete. Li hatte die Kontaktdaten im Rekordtempo herausgefunden, allerdings erreichten sie Alina Pellert nicht. Julia konnte nur hoffen, dass die Beamten, die ihr Kollege losgeschickt hatte, Alina Pellert wohlbehütet daheim antrafen, aber so wirklich glaubte sie es nicht.

Sie eilte den Flur entlang und blieb schließlich vor dem Stationszimmer stehen, in dem sich Sven befand. „Wir haben einen Namen", rief sie anstelle einer Begrüßung.

„Und?" Er setzte sich an den PC. „Alina Pellert."

„Wie kommst du an den Namen?" Er warf ihr einen kurzen Blick zu.

„Frag lieber nicht." Sie beugte sich zum Bildschirm vor. „Hast du etwas über sie?"

„Hier." Er tippte auf einen Ordner. „Alina Pellert. Wohnhaft im Stuttgarter Westen, Handynummer ..."

„Die Daten haben wir alle, aber wir können sie nicht erreichen. Steht da irgendetwas zu der Entbindung?"

„Nein." Er schüttelte den Kopf. „Aber wie schon gesagt, auf die gynäkologischen Termine und Untersuchungen habe ich keinen Zugriff. Was mich irritiert ist, dass ich auch sonst nichts zu ihr finde. Keine Angaben zum Geburtstermin, gar nichts." Er klickte mehrere Dateien an. „Die nötigen Patientendaten sind nur teilweise vorhanden."

Julia wollte gerade zu einer Antwort ansetzen, als ihr Handy vibrierte. Das Display zeigte Lis Nummer.

„Ich bins." Seine Stimme klang alarmiert. „Die Beamten stehen vor Pellerts Wohnung, es macht aber niemand auf. Eine Nachbarin hat ausgesagt, dass Pellerts Wagen vor circa einer Stunde losgefahren ist."

„Shit." Für Julia bestand kein Zweifel: Pellert hatte sich auf den Weg in die Klinik gemacht. Sie dachte nach. Vor einer Stunde. Wenn sie im Stuttgarter Westen wohnte, war sie vermutlich schon hier. Ihr Puls beschleunigte sich. „Ich melde mich, sobald ich was hab." Sie beendete den Anruf.

„Was denkst du?" Sven blickte sie stirnrunzelnd an.

„Alina Pellert muss bereits hier in der Klinik sein." Doch was nun? Sie wusste immer noch nicht, wie sie in das Untergeschoss des verlassenen Trakts kam. Julia dachte fieberhaft nach. „Wer muss bei einer Geburt alles anwesend sein?"

Sven legte den Kopf schief. „In der Regel eine Hebamme und eine Frauenärztin bzw. Frauenarzt."

Vielleicht hatte sie Glück und es waren noch nicht alle für die Geburt zuständigen Personen im C-Trakt. „Schau nach, welche Frauenärztin heute Abend Dienst hat."

Sven drehte sich wieder zu seinem Bildschirm und rief den Dienstplan des heutigen Abends auf. Eine farbige Tabelle mit mehreren Namen erschien. „Ist im Krankenstand, hat Feierabend." Er ging die Namen durch, schließlich sah er auf. „Dr. Wieland."

Also doch. Marlene Juwelis hatte das Büro von Wieland durchsucht, dort aber nichts gefunden. Keller hatte berichtet, dass Wieland nervös wirkte, als es um Saskia Bertel ging. Neben dem Chefarzt steckte sie also wahrscheinlich ebenfalls mit drin.

„Komm." Sie sprintete los.

„Was hast du vor?"

Julia hatte keine Zeit für Erklärungen. Sie mussten sich beeilen. Vielleicht wurde Pellert in diesem Moment für die Geburt vorbereitet. Doch möglicherweise hatten sie Glück und konnten Wieland noch abpassen. Sie hastete den Flur entlang, der vom Hauptgebäude zur Station B führte, und rannte die Treppen hoch. Wielands Büro fand sich am Ende des Korridors, direkt neben der Doppeltür zum C-Trakt. Der Gang lag verlassen vor ihr. Der Übergang in den stillgelegten Komplex war geschickt angelegt worden. Während auf Station A und im Hauptgebäude immer wieder Patienten unterwegs waren, war Station B nach 18 Uhr leer, weil dort keine Therapieanwendungen mehr stattfanden. Jetzt war es kurz nach 21 Uhr und niemand hielt sich mehr in diesem Teil des Gebäudes auf. Julia hatte das Büro der Frauenärztin erreicht und drückte die Klinke. Verschlossen.

„Shit." Sie trat mit dem Fuß dagegen. Sven erreichte sie, während er noch Luft holte.

„Wir müssen Pellert da rausholen", rief Julia und stellte sich vor die Glastür. Verzweiflung stieg in ihr auf. Eine Frau war in höchster Not und sie konnte nichts für sie tun. Einem Sondereinsatzkommando wäre es sicherlich gelungen, in das Untergeschoss zu kommen. Doch ohne Beweise oder richterliche Genehmigung hatte sie keine Möglichkeit, eins anzufordern. Und wenn sie es dennoch tat, würde Preiß sie garantiert herauswerfen und das Sonderkommando zurückrufen.

Ihr Herz hämmerte. Sie nahm einen tiefen Atemzug. Welche Optionen hatte sie noch? „Du hast gesagt, bei einer Geburt müssen mindestens eine Hebamme und eine Frauenärztin dabei sein?"

Sven nickte.

„Die Frauenärztin ist vermutlich Dr. Wieland. Aber um wen handelt es sich bei der Hebamme?"

„Wir haben einige fest angestellte Hebammen. Die haben aber keine eigenen Büros und arbeiten meistens im Kreißsaal."

Die Vorstellung, dass sich eine Hebamme an einer Kindesentführung beteiligte, löste bei Julia eine Gänsehaut aus. Doch wenn es eine Frauenärztin tat, warum dann nicht auch eine Hebamme? Trotzdem wurde die gesamte Arbeit wahrscheinlich nicht nur von zwei Frauen durchgeführt. Sie hatten mit Sicherheit noch ein oder mehrere Mitarbeiter dabei, die ihnen halfen. Schließlich mussten die Frauen betäubt, ins Untergeschoss gebracht und nach der Entbindung wieder nach oben gefahren werden. Ihr kam eine Idee. „Sieh mal bitte nach, welche Pflegekräfte in der Nacht vom Samstag, 19. Oktober, auf Sonntag, 20. Oktober, Dienst hatten und vergleiche sie mit der Liste aller Angestellten, die heute für die Nachtschicht eingeteilt sind."

Sven blickte sie fragend an.

„In dieser Nacht hat Saskia Bertel ihr Kind verloren. Ich vermute, dass auch Leute vom Pflegepersonal involviert sind."

Svens Miene verfinsterte sich. Anstatt zurück zum Stationszimmer zu gehen, holte er ein Tablet hervor und tippte darauf herum. „Also normalerweise haben mindestens drei Mitarbeiter vom Pflegepersonal Nachtdienst. Jeweils einer für Station A, B und für das Hauptgebäude. In dieser Nacht waren es … Moment." Er scrollte eine Liste entlang. „Frau Sivers, Herr Neubauer und Herr Iramovic. Außerdem der diensthabende Arzt – das war Dr. Brenner."

An Frau Sivers erinnerte sie sich. Das war die Dame, die sie damals eingewiesen hatte. Dr. Brenner kannte sie ebenfalls: Er hatte die Gruppentherapie geleitet. Die anderen Namen sagten ihr nichts.

„Und für heute Abend ist Frau Gleiwig für Station A eingeteilt. Herr Weber und ich für das Hauptgebäude und Herr Neubauer für Station B."

„Neubauer." Julia dachte nach. Der Name kam ihr bekannt vor.

„Hochgewachsene Statur und Glatze", sagte Sven, als habe er ihre Gedanken gelesen.

Julia erinnerte sich. Es war der Kerl, der das Krankenbett in den Kreißsaal gefahren hatte. Später war sie ihm noch einmal im Stationszimmer begegnet.

„Ein Kollege, mit dem ich seit über einem Jahr regelmäßig zusammenarbeite", fuhr Sven fort.

Ihr war der vorwurfsvolle Ton nicht entgangen. „Sven, ich weiß, das ist nicht einfach für dich. Ich gehe davon aus, dass es alles Kollegen sind, die du mehr oder weniger gut kennst. Aber wir müssen diese Frau finden. Und wir müssen Nadja Raunfeld finden. Bitte.“ Sie berührte seinen Arm. „Hilf mir. Vielleicht stellt sich heraus, dass Neubauer nichts damit zu tun hat. Aber wir müssen zumindest die Möglichkeit in Betracht ziehen. Also, wo finden wir ihn?“

Sven schien nicht überzeugt. „Julia.“ Er kratzte sich am Kopf. „Vielleicht hast du recht mit allem, aber was ich nicht verstehe ...“ Er machte eine Pause. „Ich saß, bevor du ins Stationszimmer gekommen bist, mindestens schon eine halbe Stunde dort und normalerweise hört man es, wenn eine Frau mit Geburtswehen eingeliefert wird. Der Haupteingang befindet sich nur wenige Meter vom Stationszimmer entfernt und ich habe absolut nichts gehört.“

„Was weiß ich.“ Sie zuckte mit den Schultern. „Vielleicht war sie schon betäubt oder es gibt noch einen anderen Eingang, von dem wir nichts wissen. Es spielt auch keine Rolle. Wir müssen dort runter, bevor es zu spät ist.“ Sie sah ihn eindringlich an. „Den Kopf zerbrechen können wir uns später, aber jetzt müssen wir handeln.“

Sven stieß einen tiefen Seufzer aus, bevor er nickte. „Also schön. Neubauer ist für die Nachtschicht auf Station B eingeteilt. Folglich müsste er sich im Stationszimmer im Erdgeschoss aufhalten, wenn er nicht gerade die Runde macht.“

Oder abgetaucht ist, fügte Julia gedanklich hinzu, sagte aber nichts. So schnell wie möglich verließen Julia und Sven über die Treppe den ersten Stock und liefen wieder an der Anmeldung vorbei in Richtung des Stationszimmers. Aus dem kleinen Raum drang Licht. Julia blieb an der Biegung stehen. „Schau nach, ob er drin ist", flüsterte sie. Ihr war klar, wenn sie im Stationszimmer auftauchte, würde Neubauer nirgendwo hingehen.

Sie beobachtete, wie Sven das Zimmer betrat.

„Hey, wie läuft's?"

Neubauer war anscheinend noch da. Während Sven in dem Raum verschwand, kehrten ihre Zweifel zurück. Wenn er regelmäßig mit Neubauer zusammenarbeitete, hätte er dann nicht etwas mitbekommen müssen? Oder war die Klinik so erfolgreich darin, ihr Geheimnis vor anderen Mitarbeitern zu bewahren, dass man nichts merken konnte? Julia war klar, dass es noch eine andere Möglichkeit gab. Nämlich, dass Sven genau Bescheid wusste und mit ihr seine Spielchen trieb. Doch hätte er dann nicht längst handeln müssen? Spätestens, als sie ihm von ihrem Verdacht der Kindesentführung erzählte, die in dem verlassenen Trakt stattfand. Sie hielt sich Tag und Nacht in der Klinik auf und es wäre ein Leichtes für zwei Männer gewesen, sie zu entführen. Dennoch war sie in Habachtstellung. Sie war auf Unterstützung angewiesen, aber durfte keinesfalls leichtsinnig werden.

Einige quälend lange Minuten verstrichen, ohne dass etwas geschah. Julia schnappte einige Wortfetzen aus dem Stationszimmer auf, konnte aber nicht hören, worüber sie sprachen. Sie warf einen Blick auf ihre Armbanduhr. 21:30 Uhr. Keller musste bald da sein. Nur leider würde ihr das nicht weiterhelfen. Hatten sie sich möglicherweise getäuscht und Neubauer war doch nicht in die Sache involviert?

Plötzlich trat eine Gestalt aus dem Zimmer. „Ich mach meine Runde." Julia erkannte den glatzköpfigen Pfleger.

„Alles klar", war die Antwort von Sven.

Neubauer kam direkt an ihr vorbei. Julia huschte eilig zur Seite und drückte sich in eine Wandnische. Er lief pfeifend den Gang entlang. Sie wartete einen Augenblick, ehe Sven den Kopf aus dem Zimmer streckte. Mit einem Kopfnicken signalisierte sie Sven, ihr zu folgen. War es so weit? Julias Herz raste. Würde sie jetzt endlich herausfinden, welches Geheimnis die Klinik versteckte?

Neubauer bewegte sich auf den Fahrstuhl zu. Das war ihre Gelegenheit. Sie rannte so schnell sie konnte die Treppen hinauf, um vor Neubauer den ersten Stock zu erreichen. Ihre Schritte hallten laut vom Linoleumboden wider. Vor ihr befand sich der Gang, genauso verlassen wie zuvor. Neubauer würde nicht lange brauchen, um eine Etage hochzufahren. Sven war hinter ihr. Sie hatte das Ende des Flurs fast erreicht, als sich der Fahrstuhl auf der anderen Seite öffnete. Hatte Neubauer sie bemerkt?

Sie riskierte einen Blick. Er lief den Flur entlang in Richtung des verschlossenen Übergangs. Das Pfeifen hatte er eingestellt, auch schlenderte er jetzt nicht mehr gemütlich, sondern kam mit zügigen Schritten in ihre Richtung.

Julia wollte Neubauer dazu bringen, für sie den geheimen Fahrstuhl zu öffnen und sie nach unten zu bringen. Freiwillig würde er das nicht tun. Sie griff nach der Pistole, die sie beim Verlassen des Zimmers eingesteckt hatte. Ihre Fingerspitzen berührten das kühle Metall der Waffe, die unter dem Gürtel klemmte.

„Julia, was hast du vor?", flüsterte Sven mit großen Augen.

Ihre Handbewegung war ihm offensichtlich nicht entgangen. Sie legte einen Finger auf ihren Mund.

Neubauer blieb vor der geschlossenen Glastür stehen.

Julia hielt die Luft an. Worauf wartete er?

Er sah sich nach allen Seiten um.

Julia drückte sich gegen die Tür von Wielands Büro. Die schmale Einbuchtung bot kaum Platz für sie beide, aber ein anderes Versteck gab es nicht. Im nächsten Augenblick hörte sie ein klackendes Geräusch, wie ein Schlüssel, der umgedreht wurde. Sie hatte mit ihrer Vermutung richtig gelegen. Neubauer war auf dem Weg in den verlassenen Trakt. Wenn sie Neubauer verloren, war es vorbei. Julia hatte das Geräusch nur einmal Klacken gehört, also hatte der Pfleger die Übergangstür nicht wieder abgeschlossen. Sie betete, dass es sich dabei nur um eine kleine Unachtsamkeit handelte. Die andere Variante, dass noch jemand kam, war beunruhigend.

In geduckter Haltung lief sie zu der Doppeltür. Sie warf einen Blick über ihre Schulter, aber der Flur, aus dem sie gekommen waren, lag verlassen da. Keine Anzeichen, dass noch jemand auf dem Weg war. Vor ihr befand sich der verlassene Trakt. Es herrschte absolute Finsternis. Selbst die matte Beleuchtung der Notausgangschilder fehlte. Julia öffnete die Glastür so leise, wie sie konnte. In der Dunkelheit konnte Neubauer sie nicht sehen, aber das Geräusch ihrer Schuhsohlen war verräterisch. Wenn der Pfleger sie zu früh entdeckte, würde er kehrtmachen und alles abstreiten. Sven zwängte sich hinter ihr durch die Glastür und schloss sie leise. Julia blickte in absolute Schwärze. Einzig die Schritte von Neubauer verrieten ihr, dass er noch da war.

Sie trat auf einen Gegenstand und ein knackendes Geräusch ertönte.

„Hallo?" Neubauers Stimme. „Ist da jemand?"

Julia biss sich auf die Zunge. Ihr Atem kam ihr übernatürlich laut vor. Sie erwartete jede Sekunde, dass sie der Lichtstrahl einer Handykamera erfasste, aber nichts geschah. So leise wie sie konnte, bewegte sie sich vorwärts. Neubauer hatte den Aufzug noch nicht aktiviert, sonst hätte sie den Lichtschein sehen müssen. Der Aufzug musste etwa fünfzig Meter vor ihr liegen. Sie durfte nicht in Neubauer hineinlaufen. Vor ihr tat sich etwas. Julia blieb stehen. Sie sah ein blau schimmerndes Licht. Ein Tastenfeld? Kurz darauf meinte sie, dass Neubauer etwas aus der Jeans herausholte, möglicherweise die Chipkarte. In wenigen Sekunden würde sich die Aufzugtür öffnen und Sven und sie standen gut sichtbar im Gang. Julia näherte sich Neubauer. Das Adrenalin schoss ihr ins Blut und jeder Muskel in ihrem Körper spannte sich an.

Die Aufzugtüren öffnete sich. Julia trat aus der Deckung und hielt Neubauer die Waffe an den Kopf. „Keine falsche Bewegung."

Neubauer riss die Augen auf. Er stand halb in der geöffneten Aufzugtür und starrte Julia von der Seite an. Als er Sven bemerkte, verengten sich seine Augen zu schmalen Schlitzen. „Sven, was geht hier vor?"

„Das würden wir auch gerne wissen“, antwortete Julia. „Jetzt drücken Sie den Knopf, damit wir ins Untergeschoss kommen.“ Der Fahrstuhl war nicht groß. Er maß drei mal zwei Meter und bot gerade ausreichend Platz, um eine schwangere Frau mit einem Bett nach unten zu fahren. Auf der gegenüberliegenden Seite befanden sich lediglich zwei Knöpfe. Einen für den ersten Stock, in dem sie sich befanden, und ein weiterer für das Untergeschoss.

„Was wollen Sie dort? Da unten ist doch nichts außer ein paar Klinikutensilien, die ich gerade holen will.“ Der Pfleger wirkte angespannt, aber keineswegs verängstigt.

Julia musste sich in Acht nehmen, wenn sie gleich mit ihm in den Aufzug stieg. „Schluss mit den Spielchen“, rief sie. „Wir wissen, dass da unten eine schwangere Frau gefangen gehalten wird. Vermutlich nicht nur eine.“

Der unschuldige Gesichtsausdruck verschwand und stattdessen presste Neubauer die Lippen aufeinander. Als er nicht antwortete, verpasste Julia ihm einen Stoß und drängte sich hinter ihm in den Aufzug. „Knopf drücken.“

„Sie haben keine Ahnung, womit Sie es zu tun haben, oder?“ Er machte keine Anstalten, Julias Anweisungen zu folgen.

Sie verstärkte den Druck. „Na los!“

Es verstrichen einige Augenblicke, ohne dass etwas geschah. Julia erwartete jede Sekunde eine ruckartige Bewegung. Sie beobachtete Neubauer genau. Schließlich hob er den Arm und drückte den unteren Knopf an der Wand vor ihm. Was würde sie dort unten vorfinden? Marlene Juwelis? Die hochschwangere Alina Pellert?

Die Aufzugtüren schlossen sich und der Fahrstuhl setzte sich in Bewegung.

-48-

Julia ließ Neubauer keine Sekunde aus den Augen. Sie hielt den Griff der Waffe fest umschlossen, während sie darauf wartete, dass der Fahrstuhl sein Ziel erreichte. Sven stand neben ihr; sein Lid zuckte. Wenige Sekunden später kam der Aufzug zum Stehen und die Türen öffneten sich.

Was Julia sah, raubte ihr den Atem. Anstatt eines heruntergekommenen Kellers mit halb zerrissenen Tapeten, bröckelnder Decke und herumliegenden Gegenständen stand sie in einem modernen, hell erleuchteten Korridor. Die Wände mit der teils weißen, teils farbenfrohen Tapete wirkten freundlich und so, als hätte man sie gestern erst gestrichen. Der Gang vor ihnen schien sich in die Länge zu ziehen, rechts zweigte ein Raum ab.

„Von wegen nur Gerümpel und alte Klinikutensilien", flüsterte sie Sven zu.

Dieser nickte.

„Zufrieden?" Neubauer hatte wieder seinen überheblichen Gesichtsausdruck aufgesetzt.

„Wie viele Leute sind hier unten?"

Neubauer zuckte mit den Achseln. „Keine Ahnung."

Julia glaubte ihm kein Wort. „Vorwärts!" Sie drückte ihm die Waffe in den Rücken.

Neubauer setzte sich in Bewegung.

Sie erreichten den ersten Raum und Julia sah all ihre Vermutungen bestätigt. Das Zimmer war nicht besonders groß, aber mit den hellblauen Wänden, dem kleinen Brunnen und der Zimmerpflanze in der Ecke sehr einladend gestaltet. An der Längsseite befand sich eine beigefarbene, bequem aussehende Ledercouch mit einem Glastisch davor. Darauf standen eine Wasserkaraffe und mehrere Gläser. Es handelte sich wohl um ein Wartezimmer, wie man es aus Arztpraxen kannte – nur viel vornehmer eingerichtet. Was Julia die Kehle zuschnürte, waren die großen Fotos, die an mehreren Wandseiten aufgehängt waren. Das eine zeigte eine junge Mutter, die liebevoll ihr Baby im Arm hielt. Auf dem Foto daneben erkannte sie ein Neugeborenes, das in ein weißes Tuch eingewickelt war und friedlich schlief.

Julia glaubte zu wissen, welchen Zweck das Zimmer erfüllte. Sie hatte die ganze Zeit recht gehabt. Ein Seitenblick zu Sven verriet ihr, dass ihm das Gleiche durch den Kopf ging. Hier wurden die entführten Babys an ihre neuen Eltern übergeben. Und noch etwas wurde ihr klar: Die *Kundschaft* marschierte sicher nicht durch den verlassenen Trakt, um in das Wartezimmer zu kommen. Es musste also noch einen weiteren versteckten Eingang geben.

Der Gang vor ihr teilte sich. Rechts befand sich eine Doppeltür mit der Aufschrift *‚Nur für Personal‘*.

Sie bedeutete Sven, mit einer Kopfbewegung nach rechts durch die Doppeltür zu gehen. Noch immer hatte sie niemanden gesehen oder gehört. Hinter der Doppeltür befand sich ein weiterer lang gezogener Gang, an dem links mehrere Räume abbogen. Vor ihr lag eine Tür, die der zum Kreißsaal im B-Trakt ähnelte. Sie waren ihrem Ziel ganz nah.

„Durchgehen! Und zwar schön langsam." Neubauer drückte einen Knopf an der Wand und die große Tür, die oben ein kleines Sichtfenster besaß, öffnete sich automatisch. Was Julia sah, jagte ihr einen kalten Schauer über den Rücken.

Es war ein riesiger Operationssaal. In der Mitte stand ein großes Bett, mit einer OP-Leuchte darüber und mit allerlei medizinischen Geräten daneben. Auf dem Bett lag eine Frau. Julia erkannte sie von dem Foto. Es war Alina Pellert. Da sie keinerlei Reaktion auf ihr Eintreten zeigte, war sie vermutlich bewusstlos. Ihre Handgelenke waren mit Lederriemen fixiert. Die Bauchwölbung war nicht zu übersehen. Daneben standen zwei Mitarbeiter – einer mit blauem, der andere mit weißem Kittel. Beide trugen Mund- sowie Haarschutz und starrten sie an.

„Überraschung!", sagte Julia trocken und versetzte Neubauer einen Stoß.

„Was machen Sie denn hier?" Die Stimme der Frau im weißen Kittel kam ihr bekannt vor.

Julia ignorierte sie. „Weg von der Frau und rüber in die Ecke!" Sie zeigte mit der Waffe zur Seite.

„Sven?" Sie warf einen Blick über die Schulter. „Informiere Keller. Wir treffen ihn draußen. Seine Nummer ist gespeichert. Er soll auch gleich einen Krankenwagen rufen." Sie reichte ihm ihr Handy.

„Klar." Er löste sich aus seiner Starre und nahm das Mobiltelefon entgegen.

Julia richtete die Waffe wieder auf die Gruppe. „Zeit, die Masken fallen zu lassen. Runter damit!"

Die Person im weißen Kittel nahm die Maske vom Gesicht und Dr. Wieland kam zum Vorschein. „Dachte ich mir schon. Sie auch." Die Person daneben zog sich ebenfalls die OP-Maske aus dem Gesicht und Frau Sivers erschien.

Julia schüttelte den Kopf. „Wie konnten Sie das tun? Wie kann man einer Mutter so etwas antun?" Die Frage galt Sivers. Die blickte zur Seite.

Wieland gab ein verächtliches Schnauben von sich. „Glauben Sie, diese Frauen würden ihrem Baby ein gutes Leben schenken? Alleinerziehend, ohne Einkommen, ohne Familie? Die perfekte Voraussetzung für ein Leben in Armut und Arbeitslosigkeit."

„Und das wollen ausgerechnet Sie beurteilen? Als ob es nur auf diese Dinge ankommen würde. Sie haben Saskia Bertel und Eveline Sanderlah ihre Babys gestohlen. Mütter, die ihre Kinder über alles geliebt haben, noch bevor sie geboren wurden", rief Julia aufgebracht. Sie senkte die Stimme. „Und anschließend haben Sie sie einfach umgebracht. Man wird sie dafür belangen. Sie und alle, die noch dahinterstecken."

Sven kam zu ihr. „Ich habe Herrn Keller informiert. Er meinte, dass er gleich da ist."

„Gut." Julia überlegte, wie sie weiter vorgehen sollte. Den Aufzug zu nehmen, erschien ihr ein zu hohes Risiko, zumal sie das Personal nicht mit vorgehaltener Waffe durch die Klinik führen konnte. Zwar hatten sie zu zweit gute Chancen, aber noch wusste sie nicht, wer in die Sache involviert war. Und mindestens einer der Entführer war ein skrupelloser Killer.

Neubauer machte einen Schritt auf sie zu und kam ihr bedrohlich nahe. „Was wollen Sie jetzt tun? Uns alle festnehmen?"

„Genau das." Julia umschloss den Griff der Waffe fester. „Ich weiß, dass es einen zweiten Ausgang gibt. Genau da gehen wir jetzt hin." Keiner rührte sich, weder Wieland noch Sivers. Neubauer stand vor ihr und starrte sie mit hasserfülltem Ausdruck an.

„Haben Sie nicht gehört, was ich gesagt habe?", rief sie. Wieso tat Sven nichts? Stand er so unter Schock, dass er nicht in der Lage war, ihr zu helfen? „Sie sollen sich in Bewegung setzen!" Ein dumpfes Gefühl beschlich Julia. Irgendetwas stimmte hier nicht.

„Sonst was?" Neubauer machte einen weiteren Schritt auf sie zu. „Erschießen Sie uns sonst?" Ein Lächeln umspielte seine Mundwinkel. „Sie sind in der Unterzahl. Eine Frau gegen uns alle."

„Vielleicht haben Sie es nicht gemerkt, aber wir sind zu zweit."

Plötzlich hörte sie ein Geräusch, das ihren Puls in die Höhen schießen ließ. Der Fahrstuhl hatte sich in Bewegung gesetzt. Doch wer immer das war, Keller konnte es nicht sein.

Wieder dieses fremdartige, beinahe triumphierende Lächeln. „Sind Sie da sicher?"

Die Erkenntnis kam zu spät. Ehe sie reagieren konnte, traf sie ein Faustschlag seitlich am Kopf. Die Waffe fiel ihr aus der Hand und sie sank zu Boden.

„Tut mir leid, Julia." Sven bückte sich und hob ihre Waffe auf. „Ich hatte keine Wahl", flüsterte er und reichte Neubauer die Pistole.

„Na endlich!" Neubauer riss ihm die Waffe aus der Hand. „Ich dachte schon, du hättest unsere kleine Abmachung vergessen."

Julia stöhnte. Der Faustschlag hatte sie hart getroffen. Sie war nicht in der Lage, aufzustehen. Um sie herum waren schwarze Blitze, aber noch war sie bei Bewusstsein. Die Enttäuschung über Svens Verrat brodelte in ihr. Wie hatte sie sich nur so täuschen können? Ein Familienvater, der sich an einer Entführung beteiligte. Oder hatte er ihr das auch nur vorgespielt? Wie in Trance nahm sie wahr, wie zwei weitere Personen den Operationsaal betraten. Ein Mann in weißem Kittel sowie ein weiterer Mann, der der Kleidung nach zu urteilen, von der Security war. Julia erkannte den Arzt an seiner Stimme. Es war Dr. Brenner.

Sein Blick ruhte auf ihr. „Was ist los? Was macht sie denn hier?"

Neubauer antwortete etwas, das Julia nicht verstehen konnte.

„Und wieso hat sie eine Waffe?"

Jemand begrapschte sie an der Hüfte, aber Julia war nicht in der Lage, sich dagegen zu wehren. Schließlich griff jemand in ihre Hosentasche und zog ihren Geldbeutel heraus.

„Von wegen Patientin." Neubauer gab ein freudloses Lachen von sich. „Das ist Julia Beck. Sie arbeitet für die Kriminalpolizei. Hast du davon gewusst?" Die Frage galt vermutlich Sven. Wieso hatte er es ihnen nicht gesagt? Sie konnte seine Antwort nicht verstehen.

„Machen wir weiter wie geplant?" Die zögerliche Stimme von Wieland.

„Sind Sie bescheuert?", polterte Brenner. „Sie hat doch alles gesehen. Wieso haben Sie ihr überhaupt erlaubt, hier runterzukommen? Verfluchter Mist."

„Sie ließ nicht locker", sagte Sven.

„Wenn sie von der Polizei ist, dann sind ihre Kollegen wahrscheinlich schon auf dem Weg. Wir nehmen Pellert mit und führen die Entbindung an einem anderen Standort durch. Die Sache hier wurde sowieso zu heiß."

Julia versuchte aufzustehen, aber ihre Beine gehorchten ihr nicht. Um sie herum drehte sich alles. Doch was danach folgte, ging ihr durch Mark und Bein.

„Was machen wir mit ihr?", rief Neubauer.

Sie spürte abermals Brenners Blick. „Schaffen Sie sie zu Raunfeld. Danach fackeln Sie den C-Trakt ab. Das zerstört die Beweise und wir sind unsere beiden Schnüffler los."

-49-

Keller brauste mit seinem Mercedes durch die Zufahrtsstraße des Krankenhauses. Trotz der späten Uhrzeit hatte er wegen zahlloser Baustellen und Umleitungen eine dreiviertel Stunde in die Klinik gebraucht. Wenige Minuten zuvor hatte er seine Kollegin kontaktiert, um ihr klarzumachen, dass sie auf keinen Fall ohne Verstärkung losziehen sollte. Er hatte sie nicht erreicht. Stattdessen ging die Mailbox dran. Keller befürchtete das Schlimmste. Denn so, wie er seine dickköpfige Kollegin kannte, war sie wieder einmal auf eigene Faust losgezogen und vermutlich in eine Falle getappt. Er ließ es erneut klingeln, aber das Ergebnis blieb dasselbe. Sein Wagen kam vor dem Haupteingang zum Stehen und Keller sprang hinaus. Eine dunkle Gestalt kam auf ihn zugelaufen.

„Chef?" Li war außer Atem.

„Was ist los? Wo ist Beck?"

„Keine Ahnung. Ich war auf ihrem Zimmer, da ist aber keiner. Auf dem Stationszimmer wussten sie auch nichts."

„Verfluchter Mist." Er folgte Li mit zügigen Schritten in die Klinik. Das war genau die Situation, die er unbedingt hatte vermeiden wollen. Er hatte eine Vermutung, wo sich seine Kollegin aufhielt, wollte aber keine weitere Zeit mit Suchen verschwenden. Ein Mann Ende vierzig mit kräftiger Figur und blauem Kittel erschien auf der Treppe. „Kann ich Ihnen helfen?“

„Wir brauchen die Bilder der Überwachungsvideos. Die sind wo?“

Der Mann, dem Aussehen nach ein Pfleger, wirkte irritiert. „Im ersten Stock des Hauptgebäudes.“

Keller marschierte nach links zur Treppe.

„Warten Sie mal. Haben Sie einen richterlichen Beschluss?“

Keller blieb stehen. In ihm kochte es. „Jetzt hören Sie mir mal zu. Eine Kollegin von uns schwebt in Lebensgefahr, ebenso wie eine Patientin von Ihnen. Also kommen Sie mir nicht mit irgendwelchen Paragrafen. Wo lang?“

Der Pfleger musterte Keller einen Augenblick schweigend und führte sie schließlich zum Ende des Gangs.

„Wer sind Sie überhaupt?“ Keller betrachtete ihn verstohlen von der Seite.

„Weber. Robert Weber. So, hier sind wir.“ Er blieb vor einer Tür stehen. Daneben wies ein Schild den Bereich als ‚Sicherheitstechnik – für Unbefugte ist der Zutritt verboten‘. Weber schloss die Tür auf und sie fanden sich in einem kleinen Raum mit vielen Monitoren wieder.

Keller sah sich um. „Wo ist der Securitymann?“

Weber zuckte mit den Schultern. „Sollte eigentlich hier sein.“

Keller betrachtete die Monitore und Li trat neben ihn. Es waren mindestens ein halbes Dutzend Bildschirme; jeder zeigte einen anderen Bereich. Kellers Aufmerksamkeit galt den beiden Monitoren ganz rechts, auf denen der B-Trakt zu erkennen war. Während auf den anderen Monitoren hin und wieder ein Patient oder jemand vom Personal unterwegs war, lag die Station B dunkel da. Weber blickte ihnen neugierig über die Schultern.

„Sie warten draußen." Keller schob Weber vor die Tür.

„Hey, aber was?"

Keller knallte die Tür zu und verschloss sie.

Li blickte ihn fragend an.

„Wir haben keine Ahnung, wer der Kerl ist oder was er weiß. Ich möchte keinen ungebetenen Besuch haben. Wissen Sie, wie man so was bedient?"

„Das kriege ich hin." Li nahm Platz und drückte einzelne Tasten.

Keller warf einen Blick auf sein Handy. „Der letzte Kontakt war vor einer halben Stunde, also lassen Sie das Bild mal ab 21.30 Uhr laufen."

Li spulte die Zeit mit dem Mausrad zurück.

„Da ist sie!" Keller deutete auf das Bild und Li ließ den Abschnitt laufen. „Wer ist das neben ihr?"

Sein Kollege beugte sich vor. „Auf den ersten Blick jemand vom Pflegepersonal."

Keller betrachtete den Mann mit der blauen Arbeitskleidung genau. Seine Kollegin hatte nichts von einem Pfleger erwähnt, der ihr half. Hoffentlich wusste Julia, was sie tat. Solange nicht klar war, wer über die Entführungen Bescheid wusste, konnten sie niemandem vertrauen. Trotzdem wirkten er und Julia nicht, als hätten sie sich gerade erst kennengelernt.

Keller beobachtete, wie seine Kollegin zusammen mit dem Pfleger den Flur entlangrannte. „Was treiben die denn?"

„Offenbar diesem Mann hier folgen." Li deutete auf den unteren Monitor, der den Bereich um die Aufzüge und ein weiterer Pfleger zeigte, der ebenfalls dem Gang folgte. Kurz darauf verschwand er im C-Trakt, gefolgt von Julia und ihrem Helfer.

„Gibt es noch mehr Aufnahmen?"

Li switchte zwischen verschiedenen Perspektiven hin und her, aber Julia war nirgends mehr zu entdecken. „Mir ist nicht ganz klar, was hier abläuft. Befindet sich Pellert in dem verlassenen Trakt?" Li runzelte die Stirn.

„Ich vermute es."

„Worauf warten wir dann noch?" Die Besorgnis war ihm deutlich anzusehen.

„Eine Sekunde. Spulen Sie mal ein Stück zurück."

Li seufzte, tat aber wie ihm geheißen.

Die Bildschirmuhr des Monitors zeigte 21:10 Uhr an. Das rechte Bild hellte sich auf, flimmerte kurz und war danach wieder dunkel.

„Haben Sie das gesehen?" Li spulte erneut zurück.

Keller kniff die Augen zusammen. Das Bild wurde für eine Sekunde heller, als wäre jemand aus dem Aufzug gekommen und wurde danach wieder dunkel. Allerdings war niemand zu sehen. Was hatte das zu bedeuten?

Li ließ die Aufnahme ein paar Mal hin- und herlaufen. „Ist das eine technische Störung bei der Aufzeichnung?"

„Nein." Keller brauchte einen Moment, bis es ihm auffiel. „Achten Sie mal auf die Uhrzeit." Er deutete an den oberen Rand des Bildschirms. „Um 21:10 Uhr springt die Kamera und läuft plötzlich um 21:13 Uhr weiter. Da hat jemand etwas rausgeschnitten."

„Aber warum?" Li klang irritiert.

„Damit es keinen Beweis mehr gibt, dass eine Schwangere in den verlassenen C-Trakt gebracht wurde. Ich wette, das war der Securitykerl, der über die ganze Sache Bescheid weiß."

Keller riss die Tür auf und prallte beinahe mit Weber zusammen, der noch immer davorstand.

„Würden Sie mir vielleicht mal erklären ..."

„Wir müssen in den verlassenen Trakt." Keller rannte los.

„Was? Wieso?" Weber klang perplex.

Keller ignorierte ihn und lief los, dicht gefolgt von Li. Sein Gefühl sagte ihm, dass Julia in Schwierigkeiten steckte. Der Securitymann hatte sicher beobachtet, wie man Alina Pellert in den verlassenen Trakt gebracht hatte, und auch, wie Julia dem Pfleger gefolgt war. Wenn er den Chefarzt darüber informiert hatte, hatte der sicher Verstärkung geschickt.

Keller beschleunigte sein Tempo und stand schließlich vor der Doppeltür, die in den verlassenen Trakt hineinführte. Er drückte die Klinke, aber sie war verschlossen.

„Aufmachen!"

Weber fummelte einen Schlüssel aus der Tasche und öffnete die Tür.

„Ich weiß immer noch nicht, was Sie da drin wollen."

Anstelle einer Antwort aktivierte Keller die Taschenlampe seines Handys und suchte den ersten Raum ab.

„Wing-Wing, ich übernehme die Etage, gehen Sie eins tiefer und sehen Sie dort nach.“

Li wollte gerade los, als Keller ihn mit einer Handbewegung stoppte. Er rümpfte die Nase. „Riechen Sie das?“

Lis Augen weiteten sich. „Rauch.“

Bei Keller sprangen augenblicklich die Alarmglocken an. „Rufen Sie die Feuerwehr!“, befahl er Weber, der sogleich sein Telefon hervorkramte.

„Wir müssen Julia sofort da rausholen!“, schrie er und beschleunigte sein Suchtempo. Jetzt wusste er, was seiner Kollegin bevorstand, wenn er sie nicht schleunigst fand.

-50-

Julia dröhnte der Schädel. Svens Schlag hatte sie außer Gefecht gesetzt.

Sie blickte sich um, konnte aber nichts außer Dunkelheit erkennen. Der Steinboden, auf dem sie lag, war kühl, genau wie die Raumtemperatur insgesamt. Sie fröstelte. Ein unangenehmer Geruch aus Schweiß und Urin lag in der Luft. Doch da war noch etwas anderes, das sie nicht zuordnen konnte. Wo zum Teufel hatte man sie hingebracht?

Julia tastete sich mit den Händen auf dem Steinboden entlang. Offenbar befand sie sich in einem unterirdischen Kellergewölbe, deren Größe sie nicht abschätzen konnte. Ihre Hände berührten die Kellerwand und kurz darauf Holz und einen Türgriff. Sie zog daran, aber nichts geschah.

„Hey, lasst mich sofort hier raus!", schrie Julia. Während sie mit den Fäusten dagegen hämmerte, trat sie gegen die Tür. Nichts geschah. Sie presste ihr Ohr gegen die Tür. Außer des Plätscherns von Wasser war kein Laut zu hören. Nach einem weiteren erfolglosen Versuch, die Tür aufzubrechen, musste sie einsehen, dass sie zu massiv war.

Julia ließ sich gegen das Holz sinken. Die Dunkelheit um sie herum zehrte an ihren Nerven. Wenn es wenigstens einen Lichtschalter gäbe, damit sie wusste, wo sie sich befand.

Sie dachte an Sven und ein unbändiger Hass stieg in ihr auf. Wie hatte sie nur auf ihn hereinfallen können? Und wieso hatte er ihr überhaupt geholfen, hier hinunterzukommen? Er hätte sie doch viel früher aufhalten können, noch bevor sie die Wahrheit mit eigenen Augen sehen konnte. Hatte es ihm Spaß gemacht, ihr zuzusehen, wie sie kurz vor dem Ziel scheiterte? Ihr Instinkt sagte ihr etwas anderes. Sie dachte an den angsterfüllten Ausdruck in seinen Augen, als sie das Operationszimmer betreten hatten.

Tut mir leid, Julia. Ich hatte keine Wahl.

Es hatte aufrichtig geklungen. Doch was hatte er damit gemeint?

Scheiß drauf, dachte Julia. Er war es, der ihr den Seitenhieb gegen den Kopf gegeben und nichts unternommen hatte. Auch nicht, als die Klinikmitarbeiter beschlossen hatten, sie hier unten einzusperren und zu warten, bis sie krepierte. Hätte sie ihm etwas bedeutet, hätte er das niemals zugelassen. Sie hatte einen furchtbaren Fehler begangen, den sie möglicherweise mit ihrem Leben bezahlte.

Ihre einzige Chance bestand darin, dass Keller sie rechtzeitig fand und herausholte. Doch dazu musste er hineinkommen. Von dem verlassenen Trakt hatte sie ihm zwar berichtet, aber nicht, auf welchem Weg sie hereingekommen war. Keller besaß weder die Chipkarte noch den Zugangscode. Die Angst schnürte ihr die Kehle zu. Julia nahm ein paar tiefe Atemzüge, um sich zu beruhigen. Wenn sie jetzt durchdrehte, half ihr das nicht weiter. Sie tastete ihre Hosentaschen ab, aber wie erwartet, hatte man ihr das Handy und alles andere abgenommen.

Brenner hatte gesagt, dass man sie zu Raunfeld bringen sollte. Damit war offensichtlich Marlene Juwelis gemeint, aber wo war sie? Befand sie sich auch in diesem Kellergewölbe?

„Marlene?" Sie lauschte, aber außer ihrem eigenen Atem war es totenstill. Bei dem Krach, den sie gerade veranstaltet hatte, hätte Marlene reagieren müssen. Vorausgesetzt, sie war noch am Leben.

Julia tastete sich an der Wand entlang in Richtung der Raummitte. Sie wandte sich von der Wand ab und bewegte sich in das Innere des Gewölbes. Der Raum schien leer. Plötzlich stieß sie mit dem Fuß gegen etwas Hartes. *Ein Stuhl?* Sie beugte sich nach vorn und tastete mit den Fingern etwas Weiches. Sie zuckte zusammen. Was sie mit den Fingerspitzen berührt hatte, waren Haare.

„Marlene?", flüsterte sie. Sie betastete das Gesicht, das sich kalt anfühlte. Ihr Puls beschleunigte sich. Wenn sie nicht alles täuschte, saß Marlene gefesselt auf einem Stuhl, der Kopf lag auf ihrer Brust. Julia legte zwei Finger auf ihren Hals. Nach einigen Augenblicken wurde ihre Vermutung zur traurigen Gewissheit. Marlene Juwelis war tot. Sie war zu spät gekommen.

Julia versuchte, die aufsteigende Trauer zurückzudrängen. Wieso hatte sie nicht eher gehandelt? Sie hatte doch gewusst, dass Marlene in höchster Gefahr schwebte. Hätte sie Marlene retten können, wenn sie ein paar Stunden früher gekommen wäre?

Sie trat einen Schritt zurück. Wie lange war Marlene hier unten eingesperrt? Zuletzt gesehen hatte sie diese am Freitagabend – das hieß, sie war seit mindestens drei Tagen hier unten. Drei Tage ohne Nahrung und Wasser. Sie war verdurstet. Julia wollte sich nicht ausmalen, wie Marlenes letzten Stunden ausgesehen hatten.

Sie schluckte den Kloß im Hals hinunter. Sie musste hier raus, sonst würde sie bald ein ähnliches Schicksal ereilen. Ein beißender Geruch stieg ihr in die Nase. *Rauch.* Ihre Atmung beschleunigte sich. Brenner hatte seinen Plan in die Tat umgesetzt und Feuer gelegt. Der Rauch quoll unter der Tür hervor. *Oh, nein.* In wenigen Minuten würde sich der gesamte Raum mit giftigem Kohlendioxid und Kohlenmonoxid füllen. Julia rannte zurück zu der Stelle, an der sich die Tür befand. Das Adrenalin trieb sie an. Unter dem Türspalt war nun ein flackernder, rötlicher Lichtschein zu erkennen. Sie presste sich den Ärmel ihres Pullovers vor Mund und Nase. Hustend hämmerte und trat sie gegen die Tür. Wenn sie das Bewusstsein verlor, war es vorbei.

-51-

Keller und Li hatten im Rekordtempo die oberen Etagen des Trakts durchsucht, aber ohne eine Spur von Beck oder Juwelis zu finden.

Keller rannte über die Treppe ins Untergeschoss. Der Rauch verdichtete sich; er hatte Schwierigkeiten beim Atmen. Das Feuer breitete sich von unten aus. Er erreichte das Ende der Treppe und stand vor einer massiven Metalltür. Hier gab es kein Durchkommen.

Er raste wieder nach oben. „Wing-Wing, fordern Sie sofort Verstärkung an! Wir versuchen es auf der anderen Seite."

Li gab die Anweisungen durch sein Funkgerät durch, ehe er Keller durch eine Seitentür des B-Trakts nach draußen folgte. Die Flammen hatten mittlerweile das Erdgeschoss erreicht und schossen aus den vergitterten Fenstern. Ein schriller Alarm ließ die beiden herumfahren. Offensichtlich hatten die Rauchmelder auf Station B die verstärkte Rauchentwicklung wahrgenommen.

Keller suchte die Außenseite des Trakts ab. „Verfluchte Scheiße, es muss doch irgendwo einen Zugang ins Untergeschoss geben!", brüllte er, um gegen den Lärm des Feuers anzukommen. Wie war seine Kollegin hineingekommen? Durch die Metalltür definitiv nicht.

„Chef, wenn das Feuer auf den B-Trakt überspringt, dann sind auch die Patienten im Hauptgebäude in Gefahr."

Keller war das im Moment völlig egal. Alles, was zählte, war das Leben seiner Kollegin zu retten. Dennoch hatte Li recht. Auch wenn die Klinik mit Sicherheit über Sprinkleranlagen verfügte, war das Risiko, dass jemand zu Schaden kam, hoch.

„Okay." Er blieb stehen. „Lassen Sie das gesamte Hauptgebäude evakuieren. Ich suche weiter nach Beck." In der Ferne ertönte bereits Sirenengeheul.

Li nickte und verschwand wieder durch den Seiteneingang, der sie nach draußen geführt hatte.

Keller hastete die schmale Straße entlang, auf der Suche nach einem zweiten Eingang. Etwa fünfzig Meter vor ihm befand sich ein weiterer, sehr viel kleinerer Gebäudeteil. Er hielt inne, als er mehrere Personen mit Taschenlampen bemerkte, die vom Nachbargebäude aus in Richtung des Parkplatzes am Waldrand liefen. Jemand schob einen Rollstuhl mit einer schwangeren Frau darauf vor sich her. Keller erkannte sie. Es war Alina Pellert.

Im Rennen zog er seine Waffe aus dem Holster. „Stehen bleiben!", schrie er. Die Gruppe hielt an. Er blickte in überraschte Gesichter.

„Nehmen Sie Ihre Waffe runter oder sie ist tot!" Ein Mann mit weißem Kittel hielt eine Pistole gegen den Kopf der Frau. Keller kannte ihn von einem Foto des Klinikteams, das im Eingang hing. Es war Dr. Brenner.

Neben ihm konnte er die beiden Pfleger ausmachen, die er auf dem Überwachungsvideo gesehen hatte, sowie Dr. Wieland. Bei dem bulligen Typen auf der anderen Seite handelte es sich mit Sicherheit um den Securitymann. Alina Pellert war bewusstlos und schien von alledem nichts mitzubekommen.

„Das Spiel ist aus!", rief Keller. „Lassen Sie die Waffe fallen und geben Sie auf."

Brenner gab ein verächtliches Schnauben von sich. „Glauben Sie, das ist alles ein Spaß?" Der blanke Hass loderte in seinem Gesicht. „Nimm deine scheiß Waffe runter oder ich puste ihr das Gehirn weg!"

Keller wägte seine Optionen gab. Brenner meinte es todernst, daran bestand kein Zweifel. Er konnte versuchen, ihn mit einem gezielten Schuss in die Brust außer Gefecht zu setzen. Auf die kurze Distanz würde er bestimmt treffen, aber der Kerl stand direkt hinter Pellert. Wenn er sein Ziel verfehlte, gefährdete er das Leben der Mutter und ihrem ungeborenen Kind. Außerdem hatte er keine Ahnung, wie die anderen aus der Gruppe reagieren würden. Er wusste nur eins. Jede Sekunde, die er weiter mit Diskutieren verbrachte, gefährdete Julias Leben. Hinter Brenner nahm er eine Bewegung wahr, die er nicht einordnen konnte.

„Na los, nimm die Waffe runter!" Brenner ließ ihn keine Sekunde aus den Augen.

Keller hielt den Griff der Waffe fest umklammert. Sein Blick wanderte zu Alina Pellert. Was passierte, wenn sie aufwachte und ihr Baby war verschwunden? Würde man sie auch töten sowie die anderen Frauen?

„Letzte Warnung!" Plötzlich ließ Brenner die Pistole fallen. Er kippte vornüber, schlug mit dem Kopf auf dem Griff des Rollstuhls auf und sank zu Boden. Hinter ihm tauchte das Gesicht des Pflegers auf, der zusammen mit Julia in den verlassenen Trakt gegangen war.

„Es reicht!" In der Hand hielt er einen Stein, den er Brenner gegen den Kopf geschlagen hatte.

„Sven, was tust du?", schrie der Kerl, der neben ihm stand. Er hob die Waffe auf und richtete sie auf Keller, ohne auf seine Deckung zu achten.

Keller zögerte keine Sekunde. Der Schuss traf den Pfleger unvermittelt in die Brust und er flog nach hinten.

Zwei Streifenwagen kamen mit quietschenden Reifen hinter der Gruppe zum Stehen. Er sprintete los, schnappte sich die Pistole und richtete sie auf den Securitymann, der ihn mit offenem Mund anstarrte. Von Wieland ging keine Gefahr mehr aus – das sah er an ihrem entsetzten Gesichtsausdruck.

„Festnehmen, die ganze Gruppe!", befahl er den Beamten, die aus dem Auto stürmten und Wieland sowie dem Securitymann Handschellen anlegten. „Und lassen Sie die Frau in ein anderes Krankenhaus bringen."

Plötzlich packte ihn Sven am Handgelenk. „Julia!", rief er. „Sie ist immer noch in dem brennenden Trakt. Ich kenne einen Weg."

„Zeigen Sie ihn mir, los!" Keller steckte die Waffen weg und eilte Sven hinterher zu einem Nebengebäude mit der Aufschrift 'Nephrologie'. Sven rannte an dem unbesetzten Empfangstresen vorbei und über die Treppe ins Untergeschoss. Er hielt seine Chipkarte vor eine verschlossene Tür, gab einen Code in das Tastenfeld ein und die Tür glitt auf.

Keller schlugen erste Rauchfahnen entgegen und der Rauchmelder des Gebäudes ertönte.

„Scheiße." Er hielt sich den Ärmel vor die Nase. Vor ihm lag ein langgestreckter Korridor, ähnlich wie die im Hauptgebäude.

Sven drückte auf einen der Lichtschalter, aber es blieb dunkel. „Mist! Die Stromleitung für das Gebäude muss durch das Feuer zerstört worden sein."

„Egal, weiter!" Sie aktivierten die Taschenlampen ihrer Handys und folgten dem Gang. Die Temperaturen stiegen mit jedem Meter, den sie weitergingen. Der Rauch verdichtete sich. Sven hustete und auch Keller bekam kaum Luft zum Atmen.

„Geben Sie den Sanitätern Bescheid, dass wir gleich mit einem Notfall kommen!", brüllte Keller.

„Was nein, ich muss Julia ..." Seine letzten Worte gingen in einem Hustenanfall unter.

„Wo lang?"

Sven deutete auf den Gang. „Links in den Korridor und dann die letzte Tür auf der rechten Seite." Er hustete erneut.

„Hauen Sie ab!"

Sven tat wie ihm geheißen und verließ den Gang wieder in die entgegengesetzte Richtung.

Keller lief weiter. Vor ihm wurde es heller. Die Flammen hatten bereits den hinteren Teil des Korridors erreicht. Der Ruß brannte in seinen Augen; das Atmen fiel ihm schwer. Erinnerungen schossen in seinen Kopf. Von Ralf Mattheus – seinem ehemaligen Kollegen und besten Freund, der bei einem Einsatz getötet wurde und in seinen Armen gestorben war. Einem Einsatz, den er angeordnet hatte. Mattheus war durch seine Schuld und unter seiner Obhut gestorben. Er hatte ihn nicht retten können. Und jetzt schwebte wieder eine Kollegin in höchster Lebensgefahr. Wenn sie auch starb, weil er zu lange gezögert hatte ... Wie sollte er sich jemals wieder im Spiegel ansehen können?

Ein Beben erfasste den Korridor. Vor ihm knarzte es. Der Schweiß brannte ihm auf der Stirn. Er hatte das Ende des Korridors erreicht. Vor ihm wüteten die Flammen. Er presste seinen Ärmel noch stärker gegen die Nase. Seine Sicht wurde zunehmend verschwommen; seine Augen brannten. Doch er würde nicht aufgeben. Er würde Julia hier nicht sterben lassen. „Julia?", schrie er, aber es kam nur ein Husten heraus. „Julia, wo sind Sie?"

Er bog den Gang nach links ab. Der Rauch und die Hitze wurden unerträglich. Ein ohrenbetäubender Schlag ertönte und direkt hinter ihm krachten mehrere Holzbalken vom Erdgeschoss nach unten. Es war nur eine Frage der Zeit, bis das Gebäude durch die enorme Hitze in sich zusammenfiel – und seine Kollegin und ihn unter sich begrub.

Neben ihm tauchte der Operationssaal auf. Auch hier stand alles in Flammen. Eine Lampe zerbarst und Glassplitter flogen durch die Luft. Er lief schneller, aber schwankte. Vor ihm war der Gang zu Ende. Er rüttelte an der Tür, aber sie war verschlossen.

„Julia?", schrie er abermals.

„Ich bin hier!" Ein Husten am Ende der Tür. „Helfen Sie ..."

Die kurze Woge der Erleichterung war genauso schnell vorbei, wie sie gekommen war, als ein weiteres Beben das Gebäude erfasste. „Gehen Sie von der Tür weg!"

Keller stieß mit dem Fuß, so kräftig er konnte, dagegen, aber die Tür hielt stand. „Verdammt", murmelte er und unternahm einen erneuten Versuch. Die Tür war aus Holz und der Raum dahinter führte vermutlich zu der Eisentür, die er zuvor gesehen hatte. Mit einem Knall flogen weitere Teile der Decke in das Untergeschoss. Eine dichte Wolke aus Ruß und Staub benebelte seine Sicht. Wenn es ihm nicht rasch gelang, die Tür zu öffnen, würden sie beide hier unten sterben.

Er ging mehrere Schritte zurück. Seine Beine fühlten sich wie Wackelpudding an. Seine Lungen schmerzten. Der Überlebensinstinkt sagte ihm, dass er seine Kollegin zurücklassen musste, um sich selbst zu retten. Doch das würde er nicht tun. Niemals.

Er nahm Anlauf und warf sich mit seinem gesamten Gewicht gegen die Tür. Ein höllischer Schmerz schoss durch seine Schultern. Die Holztür gab ein knackendes Geräusch von sich, stand aber immer noch. Er nahm erneut Anlauf. So schnell ihn seine Beine trugen, rannte er los und warf sich gegen die Tür. Es krachte und er landete mitsamt der Tür im Inneren.

„Julia?" Er leuchtete in den Raum. Seine Kollegin lag zusammengekrümmt neben der Tür und reagierte nicht mehr. Der Lichtkegel hatte eine weitere Frau erfasst, die gefesselt auf einem Stuhl saß. Er wusste auf den ersten Blick, dass es sich dabei um Marlene Juwelis handelte, aber der herabhängende Kopf und das bleiche Gesicht verrieten ihm, dass es für sie zu spät war.

Er beugte sich zu seiner Kollegin, rüttelte sie mehrmals, aber Julia zeigte keinerlei Reaktion. Panik ergriff ihn. Er warf das Handy auf den Boden, griff seine Kollegin mit beiden Armen und hievte sie über seine Schultern. Ein weiteres Beben erfasste den Raum und von oben fielen Steinplatten, lose Gegenstände und Metallstücke in die Tiefe. Ihm blieben nur noch wenige Sekunden. Der nächste Ziegelstein konnte ihn treffen und dann war es vorbei. Er schnappte nach Sauerstoff, aber atmete nur weiteren Rauch ein. Um ihn herum tobte ein flammendes Inferno. Seine Kollegin zu tragen, verlangte das Äußerste von ihm ab. Seine Sicht verschwamm. Er spürte nur noch die unerträgliche Hitze, seine brennenden Augen und das Gewicht auf seinen Schultern. Unter Aufopferung seiner letzten Kräfte erreichte er den Korridor. Mehrere Gesteinsbrocken blockierten den Rückweg. Ihm blieb keine Wahl. Keller legte seine Kollegin behutsam ab, griff unter ihre Schultern und zog sie Zentimeter für Zentimeter über die Steine. Jede Faser seines Körpers schmerzte. Jede Anstrengung brachte seine Lungen zum Explodieren. Doch er würde sie nicht zurücklassen. Nach einer gefühlten Ewigkeit hatte er es geschafft und hievte seine Kollegin wieder auf die Schultern. Ein unerträglicher Schmerz breitete sich in seinem Kopf aus. Ihm wurde schwarz vor Augen und seine Beine knickten ein. Er flog der Länge nach auf den Boden und seine Kollegin neben ihn. Ihm fehlte die Kraft, aufzustehen. Es war aus. Er hatte Mattheus nicht schützen können und jetzt starb er bei dem Versuch, seiner jungen Kollegin das Leben zu retten. Er blickte in ihr rußgeschwärztes Gesicht. *Es tut mir leid*, war sein letzter Gedanke, ehe er seine Augen schloss.

-52-

Julia blinzelte. Es brauchte einen Moment, bis sich ihre Augen an die Helligkeit gewöhnt hatten. Sie lag in einem weichen, bequemen Bett. Durch die weißen Vorhänge schien die Sonne herein. Um sie herum nahm sie einen Geruch von Desinfektionsmitteln wahr. Die Umgebung kam ihr vertraut vor. Ganz offensichtlich befand sie sich in einem Krankenzimmer in der Annaberg-Klinik.

„Wie geht's dir?" Sie blickte zur Seite und sah in Lis lächelndes Gesicht.

„Ganz okay, denke ich. Etwas gerädert." Sie versuchte, sich in dem Bett aufzurichten, und Li half ihr. „Wie lang war ich weg?"

„Fast zehn Stunden." Er deutete mit dem Kopf auf die Uhr gegenüber. „Ist jetzt kurz nach neun. Du wurdest um halb zwölf hergebracht."

Julia klappte die Kinnlade runter. „Ausgerechnet in die Annaberg-Klinik. Gab es keine andere?"

Li seufzte. „Auch nicht meine erste Wahl, aber dein Zustand war kritisch. Die Sanitäter wollten keine Zeit vergeuden, dich noch irgendwo anders hinzufahren. Und als einige Pfleger und Krankenschwestern aus der Klinik schon die Trage gebracht haben, habe ich eingewilligt. Vorausgesetzt, man lässt dich keine Sekunde aus den Augen." Er deutete mit einer Kopfbewegung zur Tür. „Kollege sitzt draußen."

Julia hatte keine Ahnung. Sie vermutete, dass die meisten Mitarbeiter der Klinik keine Ahnung hatten, was ihre Kollegen um den Chefarzt in dem verlassenen Trakt trieben, trotzdem würden sie vermutlich jeden Einzelnen überprüfen müssen. Sie sah an sich hinab und bewegte die Fingerspitzen und Zehen. Von ihrer Hüfte ging ein unangenehmes Ziehen aus. Sie betastete ihre Stirn, auf der sich eine große Platzwunde befand. An ihren Armen entdeckte sie einige Schrammen und Schürfwunden, aber wohl nichts Schlimmeres.

„Was ist passiert?" Ihre Erinnerung war bruchstückhaft.

„Dr. Brenner und sein Team sitzen in Untersuchungshaft. Bis auf Neubauer, der starb, als er auf Keller schoss. Und du hast einen Lebensretter. Genau genommen zwei." Um seine Mundwinkel bildete sich ein flüchtiges Lächeln.

Sie hob erstaunt die Brauen. „Keller?"

Li nickte. „Er hat dich unter Einsatz seines Lebens aus dem brennenden Inferno herausgeholt und wäre dabei fast selbst draufgegangen."

Julia sah sich um, aber das Bett neben ihr war leer. Sie war unglaublich dankbar, dass Keller ihr das Leben gerettet hatte. Sie hatte nicht damit gerechnet. Oft benahm sich Keller, als wolle er sie gar nicht in seiner Nähe haben. Aber es steckte wohl doch mehr in ihm als nur blöde Sprüche. Sie dachte wieder an die Worte von Aygemang. *Keller kann echt ein Arsch sein, aber er hat auch eine andere Seite.* Seit heute wusste sie, was die Gerichtsmedizinerin damit gemeint hatte. Martin Keller war jemand, auf den man sich verlassen konnte, wenn es hart auf hart kam, und der, ohne zu zögern, alles für andere riskierte.

Julia sah wieder zu Li. „Du sagtest, zwei Lebensretter. Wer ist der Zweite?"

Li blickte kurz zu Boden. „Ein Pfleger namens Sven Heuser."

Julia zuckte bei der Erwähnung des Namens kurz zusammen.

„Keller ist, nachdem Heuser ihm den Weg gezeigt hat, in den brennenden Trakt eingedrungen, um dich herauszuholen. Er ist auf dem Rückweg aber zusammengebrochen. Heuser hat dich rausgezogen und dann der eintreffenden Feuerwehr Bescheid gegeben, dass Keller ebenfalls noch drin ist", fuhr Li fort und betrachtete sie.

„Ich verstehe das alles nicht." Julia schüttelte den Kopf. „Sven hat mich überwältigt. Er hat es zugelassen, dass seine Kollegen den verlassenen Trakt abfackeln, und dann spielt er plötzlich den Helden, hilft Keller und holt mich aus den Flammen? Welche Rolle spielt er bei der ganzen Sache?"

„Die Frage habe ich mir auch gestellt." Li kratzte sich an der Stirn. „Laut einer ersten Befragung hat er ein Gespräch zwischen Brenner und Kastjansen mitgehört, bei dem es um eine Entführung ging. Als er dann von dem vermeintlichen Suizid von Saskia Bertel gehört hat, hat er den Chefarzt damit konfrontiert. Ihm kam das wohl sehr seltsam vor, weil Bertel erst ihr angeblich völlig gesundes Kind verliert und plötzlich Selbstmord begeht. Er wollte der ganzen Sache auf den Grund gehen. Dabei hatte er keine Ahnung, dass der Chefarzt in die ganze Sache involviert war. Und offensichtlich hat ihm dann der Chefarzt gedroht, entweder hält er den Mund oder seinen Kindern widerfährt das gleiche Schicksal wie Bertel. Offenbar hat die Klinik seine Söhne als Druckmittel benutzt."

Es tut mir leid. Ich hatte keine Wahl. „Großer Gott." Julia fuhr sich durch die Haare. Sie wusste noch nicht, ob sie Sven vergeben konnte. Er hätte ihr viel früher die Wahrheit sagen müssen. Spätestens, als sie den verlassenen Trakt erreichten, hätte er ihr helfen können, die Verbrecher zur Strecke zu bringen. Dennoch rechnete sie es ihm hoch an, dass er sie und Keller gerettet hatte. „Das heißt, Saskia Bertel wurde tatsächlich ermordet?"

„Sieht ganz danach aus. Angeblich hat der Chefarzt den Sicherheitskerl aus der Klinik beauftragt, sie aus dem Weg zu räumen und es wie einen Selbstmord aussehen zu lassen. Der Typ von der Security streitet zwar alles ab, aber wir werden es ihm schon noch nachweisen. Im Übrigen wurde nicht nur sie ermordet. Es mehren sich Hinweise, dass auch bei Eveline Sanderlah nachgeholfen wurde."

„Unglaublich", murmelte Julia. „Aber was ich immer noch nicht verstehe: Saskia Bertel muss doch die Leiche ihres Säuglings gesehen und die Beerdigung organisiert haben. Wenn das nicht ihr Kind war, wessen dann?"

Li verzog das Gesicht. „Die Geschichte, die Brenner erzählt hat, ist genauso verrückt wie verstörend. „Der Chefarzt hat ein Bestattungsinstitut geschmiert, damit sie die Leichen von Säuglingen erhalten. Nachdem sich die Eltern verabschiedet haben und dachten, ihr Kind läge im Sarg, wurden die Babys von einem Kurier in die

Klinik gebracht. Dort hat man sie in einer Art Tiefkühl-truhe in dem verlassenen Trakt aufbewahrt und bei Be-darf …" Er hielt inne.

„Aufgetaut", vollendete Julia den Satz. „Wie eine Tief-kühlpizza."

Li presste die Lippen aufeinander.

„Das ist total krank." Julia schüttelte den Kopf.

Einen Moment sagte keiner etwas. „Hilfst du mir bitte mal, aufzustehen?", fragte sie.

„Willst du damit nicht noch warten? Immerhin wärst du vor ein paar Stunden fast gestorben."

Doch Julia ließ sich nicht beirren. Li kam näher an ihr Bett heran und sie stellte beide Füße auf den Boden. Als sie sich, gestützt von Li, aufrichten wollte, fuhr ein ste-chender Schmerz von ihrer Hüfte durch den Körper. Ein Schmerzensschrei entfuhr ihr und sie ließ sich wie-der auf der Bettkante nieder.

„Du hast eine Hüftprellung", sagte Li. „Das kommt vermutlich von dem Sturz, als Keller dich tragen wollte, aber eingeknickt ist. Vielleicht doch erst mal wieder hinlegen?"

„Ja, ist vielleicht besser." Julia presste die Zähne zu-sammen und schob die Füße wieder unter die Bettde-cke.

Li erhob sich. „Ich hol mir mal einen Kaffee. Für dich auch?"

„Lieber einen grünen Tee." Sie grinste. „Wo ist Keller jetzt eigentlich? Geht es ihm gut?"

Li, der bereits in der Tür stand, seufzte. „Zu gut, wenn du mich fragst. Er hat sich heute Morgen selbst entlas-sen, weil er meinte, er habe noch eine Kleinigkeit zu er-ledigen."

Julia hatte da so eine Ahnung, was ihr Vorgesetzter vorhatte. Schließlich saßen noch nicht alle Verantwortlichen der Entführungsgeschichte hinter Schloss und Riegel.

-53-

Keller riss die Tür zum Büro des Chefarztes auf. Dietrich lehnte am offenen Fenster und drehte sich um.

„Prof. Dietrich, Sie sind vorläufig festgenommen." Er konnte sehen, wie das Gesicht des Chefarztes gefror. Diesen Moment genoss er, nach allem, was der Schweinehund getan hatte. Er hatte nicht damit gerechnet, den Chefarzt noch in seinem Büro anzutreffen, sondern war davon ausgegangen, dass ihn Kastjansen gewarnt und Dietrich sich aus dem Staub gemacht hatte. Dass er noch hier war, konnte nur bedeuten, dass er wirklich glaubte, heil aus der Sache herauszukommen. Ein folgenschwerer Irrtum.

„Wie bitte? Was wird mir denn vorgeworfen?" Seine Stimme klang empört.

„Es besteht der dringende Tatverdacht wegen Anstiftung zum Mord und Kinderhandel in mehreren Fällen."

Aus Dietrichs Gesicht verschwand jegliche Farbe. „Das ist doch absurd. Ich habe mir nichts zuschulden kommen lassen."

„Natürlich nicht." Keller gab dem Beamten hinter ihm ein Zeichen, Dietrich abzuführen.

„Fassen Sie mich nicht an!", schrie Dietrich und stieß den Beamten weg. Der zweite Uniformierte wollte bereits eingreifen, aber Keller hielt ihn zurück. Er wollte eine Eskalation vermeiden. „Prof. Dietrich, ich muss Sie bitten, keinen Widerstand zu leisten. Mein Kollege wird Ihnen nun Handschellen anlegen und Sie abführen.“

Keller beobachtete den Chefarzt genau. Dieser ging einen Schritt zurück und der Beamte machte einen nach vorn.

„Sie haben keine Ahnung, womit Sie es zu tun haben“, knurrte Dietrich.

„Ach, ich hab da gestern einen guten Eindruck von ihrer geheimen Entbindungsstation bekommen. Zu dumm für Sie, dass ausgerechnet die Wahnvorstellungen einer psychisch kranken Frau den Stein ins Rollen gebracht haben. Aber keine Sorge, Sie gehen nicht allein hinter Gitter. Vielleicht bekommen Sie ja eine Gemeinschaftszelle mit ihrem alten Freund Dr. Kastjansen. Der erhält in diesem Moment Besuch von den Kollegen.“

Keller konnte sehen, wie es hinter Dietrichs Schädeldecke qualmte. Dietrich kam aus der Sache nicht mehr raus und das wusste er.

Der Beamte warf Keller einen kurzen Blick zu. Die winzige Ablenkung genügte. Dietrich griff die Klinke des Fensters, machte einen Satz auf den Fensterrahmen und sprang, noch ehe der Beamte ihn fassen konnte.

„Scheiße.“ Keller rannte zu der Stelle, wo kurz zuvor der Chefarzt gestanden hatte. Dietrich war auf den Asphalt geknallt. Sie brauchten gar nicht erst zu prüfen, ob er tot war. Der Chefarzt hatte sich seiner gerechten Strafe entzogen. „Feigling.“ Er schüttelte den Kopf.

„Was nun?“ Der Beamte drehte sich zu Keller.

„Wir fahren fort wie geplant. Geben Sie dem Team der Spurensicherung Bescheid, Sie sollen den ganzen Laden auf den Kopf stellen."

Er wusste, die nächsten Monate würde einiges an Arbeit auf sie zukommen. Befragungen mussten durchgeführt und Beweismittel sichergestellt werden. Doch die Klinik würde kein Kind mehr entführen, dafür würde er sorgen.

-54-

Montag, 25. November 2024

Keller saß in seinem Büro, dicht über die Unterlagen gebeugt. Seit er einige Tage zuvor die Befragung von Sven Heuser vorgenommen hatte, ging ihm eine Aussage nicht mehr aus dem Kopf. *Ein Vater würde alles für seine Kinder tun, verstehen Sie? Alles.*

Seitdem durchwühlte er Unterlagen, aber das, was er zu finden glaubte, war nicht dabei. Die letzten Wochen hatte er sich immer wieder gefragt, was einen Polizistenmörder wie Carsten Niemeyer noch in Stuttgart hielt. Warum hatte er nicht längst das Weite gesucht und war getürmt? Ihm war eine Idee gekommen. Eine Idee, so absurd und abwegig, dass er selbst kaum daran glaubte. Und zwar, dass Niemeyer nicht wegen sich, sondern wegen seiner Familie in Stuttgart geblieben war. Nur war das ausgeschlossen, denn Niemeyer besaß keine Familie. Er hatte das ein Dutzend Mal überprüft. Er kannte den Fall Niemeyer in- und auswendig. War jedes Protokoll, jeden Bericht, jede Zeugenaussage auf der Suche nach Hinweisen zum Aufenthaltsort von Niemeyer durchgegangen und hatte doch nie etwas entdeckt, das ihm weitergeholfen hätte.

Es war bereits später Abend; außer ihm war sonst niemand mehr auf der Polizeidienststelle. Er hatte nach der letzten Befragung Feierabend machen wollen, aber der Gedanke, etwas Wichtiges im Fall Carsten Niemeyer übersehen zu haben, ließ ihn nicht mehr los.

Keller zog den nächsten Bericht zu sich heran. Es handelte sich um eine Befragung von einer Frau namens Emily Leist, die eigenen Angaben zufolge einige Monate mit Carsten Niemeyer zusammen gewesen war, aber keine Informationen geben konnte, wo er sich aktuell aufhielt. Emily Leist selbst war mittlerweile mit einem Siegbert Leist verheiratet und sie hatten eine gemeinsame Tochter namens Patricia Leist.

Patricia Leist. Keller rieb sich die Stirn. Den Namen hatte er schon mal gehört. War mit besagter Tochter nicht irgendetwas passiert? Er schlug weitere Unterlagen auf. Alles, was er über den Fall im Laufe der Zeit zusammengesucht hatte, bewahrte er in einem großen Ordner auf, in der Hoffnung, dort eines Tages den entscheidenden Hinweis zu finden. Er blätterte weiter. Emily Leist wurde zu einem späteren Zeitpunkt noch einmal zum Aufenthaltsort von Niemeyer befragt. Sie konnte zwar keine Angaben machen, aber zu dieser Zeit war etwas mit der Tochter geschehen. Keller entdeckte den Bericht weiter unten.

Er kniff die Augen zusammen. Ihre neunjährige Tochter Patricia hatte, ihren Aussagen zufolge, einen Unfall gehabt. Spielte der eine Rolle? Patricia Leist hatte nichts mit Carsten Niemeyer zu tun, trotzdem sagte ihm eine innere Stimme, dass es wichtig sein könnte. Er drückte eine Taste auf seinem Bildschirm und dieser erwachte zum Leben. In die Suchzeile gab er ‚Unfall Leist‘ ein und fand alle möglichen Informationen zu einem Unfall, der sich in *Steinfeld* ereignet hatte, wo immer das auch sein mochte. Nachdem er bereits aufgeben wollte, entdeckte er als letzten Link auf der Seite einen kleinen Zeitungsartikel, der auf August vorigen Jahres datiert war.

Schwerer Reitunfall im Kreis Stuttgart, lautete die Headline.

Er las weiter.

Vorigen Donnerstag kam es auf einer Pferdekoppel am Raitelsberg im Kreis Stuttgart zu einem schweren Unfall. Dabei wurde das neunjährige Mädchen Patricia L. verletzt, als während einer Reitstunde ein Pferd aus bisher unbekannten Gründen plötzlich durchdrehte und das Mädchen hinunterfiel. Bei dem Sturz zog sie sich lebensgefährliche Verletzungen zu und wurde in die nächstgelegene Klinik gebracht. Das Mädchen liegt seitdem im Koma; Ärzte bezeichnen ihren Zustand als kritisch.

Er gab ,Raitelsberg' in die Suchzeile ein. Seine Vermutung bestätigte sich: Raitelsberg gehörte wohl zu Stuttgart-Ost. Niemeyer war mehrmals in dieser Gegend aufgetaucht. Ein Zufall? Sein Herzschlag beschleunigte sich. Der Artikel lag ein Jahr zurück, aber womöglich lag sie noch immer in einem Krankenhaus in Stuttgart-Ost. Doch was hatte Niemeyer damit zu tun? In ihm keimte ein Verdacht auf.

Er nahm wieder den ersten Bericht zur Hand und machte sich einige handschriftliche Notizen. Laut Aussage von Emily Leist waren sie und Niemeyer bis Anfang Januar 2015 liiert gewesen. Siegbert Leist hatte sie Ende März desselben Jahres kennengelernt. Er suchte im Melderegister nach weiteren Daten über Patricia Leist und fand heraus, dass sie im November 2015 zur

Welt gekommen war. Zehn Monate zuvor ... Dann musste Patricia Leist also im Januar gezeugt worden sein. Er stutzte. Laut seiner Rechnung kamen weder Siegbert Leist noch Carsten Niemeyer als Vater infrage, weil sie sich von Niemeyer bereits einen Monat zuvor getrennt hatte und Siegbert Leist zu diesem Zeitpunkt noch gar nicht kannte. Oder war es möglich, dass Emily Leist bei den Angaben geflunkert hatte? War sie vielleicht bis Januar mit Niemeyer zusammen gewesen und hatte die Behörden belogen, weil Patricia nicht mit Niemeyer als Vater aufwachsen sollte? Laut Bericht war das Verhältnis von Leist und Niemeyer alles andere als harmonisch und von ständigen Geldsorgen geprägt. Außerdem besaß er ein Vorstrafenregister wegen kleinerer Vergehen. Hatte sie ihm kurzerhand die gemeinsame Tochter vorenthalten und Niemeyer hatte es irgendwann herausgefunden?

Das war ungeheuerlich, aber nicht unmöglich. Er fasste sich an die Stirn. War das die Antwort auf die Fragen, die ihn seit Monaten quälten? Er ließ sich über das Internet ein Verzeichnis aller Kliniken in Stuttgart-Ost geben. Zum Glück war die Anzahl überschaubar. Das Erste auf der Liste war das Karl-Olga-Krankenhaus in der Hackstraße. Keller wusste aus Erfahrung, dass er gleich wieder Probleme mit dem Datenschutz bekommen würde, aber vielleicht beantwortete man ihm dennoch eine Frage. Er warf einen Blick auf seine Uhr. Hoffentlich erreichte er noch jemanden.

„Karl-Olga-Krankenhaus, Sie sprechen mit Dorit Tissel.“

„Keller, Kripo Stuttgart. Ich habe nur eine kleine Frage. Wir ermitteln in einem Mordfall und brauchen daher Infos über eine Patientin namens Patricia Leist. Liegt die bei Ihnen im Krankenhaus?"

„Einen Moment, ich sehe nach."

Im Hintergrund raschelte es. Keller hörte seinen beschleunigten Atem. War das der Moment, auf den er so lange gewartet hatte? Hatte er endlich eine Spur gefunden, die ihn auf direktem Weg zu Mattheus Mörder führen würde?

Es verging eine gefühlte Ewigkeit, bis Tissel antwortete. Keller hätte sie am liebsten aufgefordert, schneller zu machen, hielt sich aber zurück.

„Hören Sie?"

„Ja?" Er hielt die Luft an.

„Wir haben eine Patricia Leist. Sie ist allerdings nicht ansprechbar, da sie seit August letzten Jahres auf der Intensivstation liegt."

Keller konnte nicht fassen, was er da hörte. Jetzt musste er nur wissen, wann und wie oft Niemeyer sie besuchte.

„Hat mal ein Mann nach ihr gefragt? Mitte vierzig, Halbglatze, dunkelbraune Haare und Brille?"

„Sie meinen Ihren Onkel? Ja, der kommt immer mal wieder hier her."

Es war schlau von Niemeyer, sich nicht als ihr Vater auszugeben. Denn dann hätte Emily Leist mit Sicherheit die Polizei gerufen, wenn sie herausfand, dass nicht Siegbert gemeint war. Doch vermutlich wusste sie nichts von den unangekündigten Besuchen. Wie hatte er all die Jahre nur so blind sein können? Carsten Niemeyer hatte eine Tochter, die auf der Intensivstation im Karl-Olga-Krankenhaus lag. Allerdings war *immer mal wieder* eine sehr vage Angabe. Sie konnten die

Klinik nicht Tag und Nacht überwachen und hoffen, dass Niemeyer irgendwann auftauchte. Er rieb sich den Nacken. „Wann war der Onkel zuletzt da?"

„Er kam vor einer Stunde."

Keller drückte das Telefonat ohne ein weiteres Wort weg und rannte los. Während er bereits den Parkplatz überquerte, wählte er Lis Nummer. Niemeyer war ihnen zum letzten Mal entwischt.

Keller erreichte den Bereich der Intensivmedizin im Karl-Olga-Krankenhaus. Ähnlich wie in der Annaberg-Klinik war zu der späten Zeit hier wenig los. Die Auskunft am Empfang hatte ihn informiert, wo er hinmusste. Nach kurzer Suche hatte er sein Ziel gefunden. Es war ein Zimmer auf der rechten Seite. Keller konnte hinter der Scheibe ein junges Mädchen ausmachen, das mit zahlreichen Schläuchen verkabelt auf dem Bett lag. Neben ihr blinkten einige Monitore und zeichneten ihre Vitalwerte auf. Das Zimmer mit Ausnahme der Beleuchtung durch die Monitore lag völlig im Dunkeln. Wenn Niemeyer sich dort aufhielt, war er schlau genug, sich unauffällig zu verhalten – schließlich war die offizielle Besuchszeit längst vorbei.

Die Tür zu dem Zimmer war geschlossen. Keller griff nach seiner Waffe, entschied sich dann aber doch dagegen. Niemeyer würde nicht im Beisein seiner schwer kranken Tochter einen Kampf beginnen. Er drückte die Klinke. Im ersten Moment sah er gar nichts, bis er im Halbdunkel einen Mann auf dem Einsitzer neben dem Bett ausmachen konnte. Er trug dunkle Kleidung und sein Gesicht war halb unter einem Kapuzenpulli versteckt. Der Mann sah erschrocken auf. Es war Carsten

Niemeyer. Das Gesicht hätte er in jedem Licht erkannt, so oft, wie er es studiert hatte. Eine unermessliche Wut stieg in ihm auf. Er stand dem Mörder seines besten Freundes gegenüber. Endlich, nach einer solch langen Zeit.

„Carsten Niemeyer", flüsterte er. „War gar nicht so einfach, dich zu finden."

„Wer sind Sie?" Seine Stimme zitterte leicht.

Der Kerl hatte keine Ahnung, aber woher auch?

Keller blieb ruhig. „Erinnerst du dich an den Mann, den du vor dreizehn Monaten erschossen hast?"

Niemeyer blickte zu Boden. Es war nichts zu hören, außer dem leisen Piepsen der Apparaturen und Niemeyers Atmung. „Wie könnte ich das vergessen?", flüsterte er. „Ein Fehler, der mich für immer verfolgen wird."

Keller hatte falschgelegen. In seiner Vorstellung war Niemeyer ein kaltblütiger Killer, der Banken ausraubte und Menschen, die sich ihm in den Weg stellten, umbrachte. Kein reumütiger Familienvater, der um das Leben seiner Tochter bangte.

„Waren Sie verwandt mit ihm?"

Keller schüttelte den Kopf. „Er war mein Partner. Mein Freund." Wieder schossen Erinnerungen durch seinen Kopf. Der Schuss. Der Schrei. Ralf Mattheus, der in seinen Armen starb. Und trotzdem konnte er in diesem Augenblick keine Wut empfinden. Nur Schmerz und unendliche Trauer.

„Du bist der Polizist, der uns verfolgt hat?" Er zog die Stirn hoch.

Keller nickte.

„Mir war bewusst, dass man mich früher oder später in Stuttgart aufgreifen wird. Ich habe das Gefängnis verdient für das, was ich getan habe. Ich möchte nur eins sagen: Ich habe es für sie getan." Er sah zu seiner Tochter. Seine Augen wurden feucht. „Wir brauchten das Geld für die Miete, für Operationen und Medikamente, die die Krankenkasse nicht bereit war, zu bezahlen. Wir, Emily und ich, waren verzweifelt. Ich sah keinen anderen Ausweg, als mir auf anderem Wege Geld zu beschaffen. Der Tod Ihres Kollegen war ein unverzeihlicher Unfall. Ich wollte nur einen Warnschuss abgeben, damit er weiß, wie ernst es mir ist. Aber ich bin ein miserabler Schütze."

„Du wolltest Mattheus nie töten?"

„Nein. Ich wusste bis jetzt noch nicht einmal seinen Namen." Er schüttelte erneut den Kopf. „Tag und Nacht sehe ich sein Gesicht vor mir. Ich wünschte mir, es wäre nie geschehen."

Er hatte mit diesem Verbrecher tatsächlich etwas gemeinsam. „Wird sie wieder gesund?"

Niemeyer zuckte mit den Schultern. „Das weiß niemand. Ich bete dafür."

Obwohl Keller es nicht wollte, konnte er nicht anders, als mit dem armen Kerl Mitleid zu haben. Wie oft hatte er sich diese Begegnung gewünscht? Hatte gehofft, dem Mörder von Mattheus eines Tages gegenüberzustehen und ihn umzubringen. So lange auf ihn einzuschlagen, bis er um Gnade winselte. Er wusste nicht, ob es dem Moment oder seinen Erfahrungen der letzten Wochen geschuldet war, aber heute Nacht würde niemand sterben.

Auf dem Flur waren Schritte mehrerer Personen zu hören.

„Das wars dann wohl, oder?" Anscheinend hatte Niemeyer es auch gehört. Er stand auf und griff die Hand seiner Tochter. „Machs gut, mein Engel." Die Tränen liefen ihm über die Wange. „Ich werde dich immer lieben."

Keller wandte sich ab und ging zur Tür.

„Kannst du mir jemals verzeihen?" Niemeyer blickte ihn mit großen Augen an.

Konnte er das? Würde er es jemals können? Vielleicht irgendwann. „Ich weiß es nicht." Er wandte sich wieder zur Tür. „Zeit, zu gehen."

Keller führte Carsten Niemeyer in Handschellen hinaus auf den Flur, auf dem bereits ein ganzer Trupp schwer bewaffneter Sondereinsatzkräfte in Stellung gegangen war, ebenso wie Li und Julia. Ganz wie Keller es telefonisch angeordnet hatte.

„Wer hätte das gedacht?" Li sah den schwarz uniformierten Polizisten zu, wie sie Niemeyer abführten. „Irgendwie hätte ich kein so unblutiges Ende erwartet, für den Fall, dass Sie derjenige sind, der Niemeyer zu fassen bekommt." Er klang beeindruckt.

„Nicht vor seiner schwerkranken Tochter." Keller trottete mit hängenden Schultern den Flur entlang. Die monatelange Suche nach dem Polizistenmörder, Ralf Mattheus Mörder, war zu Ende.

„Hey, wo wollen Sie denn jetzt hin?" Julia tauchte neben ihm auf.

„Mir einen starken Drink gönnen."

„Darf ich Sie begleiten?"

Keller warf ihr einen kurzen Blick. „Tun Sie ja schon."

Julia grinste.

Sie überquerten den Parkplatz und er blieb einen Moment stehen, um die kühle Luft einzusaugen. Eine Genugtuung erfüllte ihn, wie er sie schon lange nicht mehr gespürt hatte. Trotzdem brauchte er ein paar starke Drinks. Er setzte sich in seinen Wagen und Julia auf die Beifahrerseite. Die Musikanlage stellte er auf volle Lautstärke, während seine Kollegin sie wieder zurückdrehte.

Keller hatte vergessen, wie empfindlich sie war. Er griff zum Handschuhfach und holte den Flachmann heraus. Der Whiskey brannte angenehm in seiner Kehle.

„Wie geht's Ihnen?" Julia betrachtete ihn mitfühlend von der Seite.

„Na prima", brummte er. Als er gerade einen weiteren Schluck nehmen wollte, nahm ihm Julia den Flachmann aus der Hand. „Was halten Sie davon, wenn wir erst mal Ihren Wagen abstellen und Sie sich dann betrinken?"

Keller seufzte. Wieso hatte er sie mitgenommen? Er hätte es besser wissen müssen. „Sie sind eine ziemliche Nervensäge, wissen Sie das eigentlich?"

„Und Sie manchmal ein ganzer schöner Kotzbrocken." Sie ließ einen Moment verstreichen. „Ein Kotzbrocken mit dem Herz am richtigen Fleck."

Keller zog die Brauen hoch.

„Habe ich mich schon dafür bedankt, dass Sie mir das Leben gerettet haben?"

„Ich bereue es schon." Er zeigte mit dem Kopf auf den Flachmann.

„Dachte ich mir." Sie senkte die Stimme und ihr Gesicht wurde ernst. „Jedenfalls danke. Ich bin Ihnen was schuldig."

„Dann können Sie ja die erste Runde übernehmen."

„Klingt fair. Aber nur, wenn Sie nicht mit dem Auto zurückfahren." Julia grinste.

Keller gab ein unverständliches Brummen von sich und manövrierte den Wagen vom Seitenstreifen auf die Straße. Nach all den Erfahrungen der letzten Wochen war er froh, dass seine Kollegin gesund und munter neben ihm auf dem Beifahrersitz saß, auch wenn er ihr das natürlich niemals sagen würde. Er hatte das Gefühl, dass sie mit jedem Fall, den sie zusammen meistern, ein Stück mehr zu einem echten Team wurden. Und das war doch schon was. Er grinste und gab Gas.

ANMERKUNGEN

<u>Zum Thema Kinderhandel:</u>
Unter Kinderhandel versteht man die Anwerbung, Beförderung, Verbringung oder Beherbergung einer minderjährigen Person mit dem Ziel, sie auszubeuten. Häufige Gründe sind die sexuelle Ausbeutung, die Ausnutzung ihrer Arbeitskraft, die Ausführung von strafbaren Handlungen und Bettelei. Adoptivhandel und Zwangsheirat gehören ebenfalls dazu.

Schätzungen zufolge werden jährlich rund 1,8 Millionen Kinder weltweit für den Kinderhandel ausgenutzt. Dabei finden die Fälle nicht nur in Osteuropa oder Asien statt, sondern weltweit.

2018 landeten hierzulande 149 Verfahren vor Gericht, die meisten wegen sexueller Ausbeutung. Die genaue Zahl ist nicht bekannt, da die Daten in Deutschland nicht zentral statistisch erfasst werden. Daher geht man von einer hohen Dunkelziffer aus.

Rund 95 Prozent der Opfer sind weiblich, während die Mehrheit der Täter männlich ist. Entgegen der landläufigen Meinung sind die Drahtzieher nicht immer kriminelle Banden. Oft kennen Täter und Opfer sich oder der Täter kommt aus dem näheren Umfeld des Opfers. Als besonders gefährdet gelten Kinder aus schwierigen Verhältnissen, aber auch minderjährige Flüchtlinge, da sie bei ihrer Flucht schnell an Schleuser oder Menschenhändler geraten können. Oft werden die Betroffenen mit falschen Versprechungen gelockt oder unter Androhung von Gewalt gezwungen, ihr Zuhause zu verlassen.

Viele Kinder, die von Menschenhandel betroffen sind oder waren, haben langfristig mit den Folgen ihrer Ausbeutung zu kämpfen. Rund 90 Prozent der Menschen, die Erfahrungen mit Menschenhandel machen mussten, haben mit psychischen Problemen wie Depressionen, Angstzuständen und dissoziativer Störung zu kämpfen. Überlebende können auch selbstverletzendes Verhalten und Suizidgedanken entwickeln.

Um Kinderhandel vorzubeugen, ist es wichtig, Betroffene und Behörden für das Thema zu sensibilisieren und über mögliche Schutzmaßnahmen und Unterstützung für Betroffene aufzuklären. Ein besonderer Schwerpunkt liegt dabei auf der Vernetzung von Jugendamt, Kinder- und Jugendhilfe, Beratungsstellen, Polizei, Justiz sowie weiteren Organisationen und Behörden. Nur durch eine koordinierte Zusammenarbeit ist es möglich, Kinder und Jugendliche effektiv zu schützen.

Dissoziative Störung:
Eine dissoziative Störung ist ein Überbegriff für eine Reihe psychischer Krankheitsbilder. Dabei reagieren Betroffene mit der Abspaltung von Erinnerungen oder ganzen Persönlichkeitsanteilen. Der Begriff ‚Dissoziation‘ stammt aus dem lateinischen und bedeutet ‚trennen und schneiden‘.

Die Ursachen sind meist traumatische Erfahrungen wie Missbrauch, der Tod eines geliebten Menschen, Unfälle oder Naturkatastrophen. Die Symptome sind eine Stressreaktion, da die Psyche mit dieser Situation überfordert ist. Neben diesen Ursachen spielen Umwelteinflüsse, die individuelle Persönlichkeit sowie eine genetische Veranlagung eine Rolle.

Es gibt verschiedene Formen einer dissoziativen Störung.

Eine dissoziative Amnesie bezeichnet den teilweisen oder vollständigen Gedächtnisverlust an ein belastendes Ereignis. In seltenen Fällen kann die gesamte Erinnerung an das bisherige Leben verloren gehen.

Des Weiteren gibt es die dissoziative Fugue, bei der der Betroffene sein Zuhause verlässt und eine neue Identität annimmt. Der Auslöser ist oft ein traumatisches Ereignis.

Beim dissoziativen Stupor ist der Betroffene nicht mehr in der Lage, sich zu bewegen, zu sprechen oder er reagiert nicht mehr auf Umwelteinflüsse.

Bei einer dissoziativen Störung der Bewegung und der Sinnesempfindung kommt es zu motorischen und sensorischen Ausfällen, teilweise auch Krampfanfällen.

Die schwerste Form der Dissoziativen Störung ist die Multiple Persönlichkeitsstörung, bei der die Persönlichkeit des Betroffenen in mehrere Anteile aufgespalten ist. Davon besitzt jede eigene Vorlieben, Verhaltensmuster sowie ein individuelles Gedächtnis und zu unterschiedlichen Zeiten können unterschiedliche Persönlichkeiten in Erscheinung treten.

Sehr oft tritt eine dissoziative Störung in Verbindung mit anderen Erkrankungen auf, wie Depressionen,

Angst- und Panikstörungen, aber auch Borderline, Posttraumatischer Belastungsstörung oder Schizophrenie.

Die Behandlung erfolgt in erster Linie durch eine Psychotherapie, ergänzt durch einen multimodalen Ansatz, bei dem neben der Psychotherapie auch eine medikamentöse Therapie sowie Bewegungs- oder Kunsttherapie u. Ä. genutzt wird.

MEHR VON STEFAN ZEH

Fataler Wahn
Stefan Zeh
E-Book-ISBN: 978-3-98778-361-6
TB-ISBN: 978-3-98778-657-0
Audio-ISBN: 978-3-98778-548-1

Wenn die Liebe zu einem Albtraum wird ...
Der fesselnde Stalking-Thriller in einem erbarmungslosen Wettlauf gegen die Zeit

Nachdem eine junge Frau grausam ermordet in ihrer Stuttgarter Wohnung aufgefunden wird, muss Kriminalhauptkommissar Martin Keller sich mit seiner neuen Kollegin Julia Beck zusammenraufen, um dem Täter auf die Spur zu kommen. Ist die Tote Opfer einer Beziehungstat geworden? Die Nachforschungen zu dem kontrollsüchtigen Exfreund über ein Datingportal laufen zunächst ins Leere. Als sie den Stalker endlich finden, ist bereits die nächste Frau zur Zielscheibe seiner fanatischen Besessenheit geworden. Können Keller und Beck ihn stoppen, bevor sich die Schlinge um sein nächstes Opfer zuzieht?

Neugierig geworden?
Wir wünschen dir viel Spaß bei der Leseprobe!

LESEPROBE

-1-

Sie schreckte hoch. Was sie geweckt hatte, wusste sie nicht. Da sie in der Dunkelheit nichts erkennen konnte, knipste sie das Licht an. Sie sah sich um. In ihrem kleinen, schäbigen Zimmer wirkte alles normal – die Stehlampe neben ihrem Bett, die Kommode an der Wand, die schlammgrüne Couch. Nichts deutete darauf hin, dass jemand in ihre Wohnung eingedrungen war. Und dennoch stieg Angst in ihr auf. Sie lauschte. Das einzige Geräusch, das sie vernahm, war das Hämmern ihres Herzschlags.

Leise, darauf bedacht keine unnötigen Geräusche zu machen, stand sie auf und ging zum Fenster. Es war Wochen her, dass sie zuletzt ihre Wohnung verlassen hatte. Wenn sie es tat, dann nur um Lebensmittel einzukaufen und davon viele, damit sie erst einmal nicht mehr nach draußen musste. Die meisten Dinge bestellte sie online. Das Risiko, ihm zu begegnen, war einfach zu hoch.

Sie schob die schwarzen Vorhänge beiseite. Aber nur ein winziges Stück, gerade groß genug, um einen Blick nach draußen zu erhaschen. Büsnau lag im Tiefschlaf.

Keine Menschenseele war zu sehen. Sie war hierhergezogen, in der Hoffnung, ihren Frieden zu finden. Am äußersten Rand von Stuttgart, weit genug weg von ihm, aber nicht zu weit, um ab und an nach ihren Eltern sehen zu können.

Sie erkannte den Zaun, der das Gartengrundstück umgab. Ein paar parkende Autos. Die Straße. Nichts deutete darauf hin, dass sie jemand beobachtete. Doch da war dieses Gefühl. Sie konnte es selbst nicht erklären. Stand dort jemand neben dem dunklen Kastenwagen? Sie versuchte, etwas zu erkennen, aber der matte Schein der Straßenlaterne reichte nicht aus. Das Risiko, auf ihren Balkon hinauszugehen, würde sie auf keinen Fall eingehen. *Er ist nicht hier*, versuchte sie sich zu beruhigen. Erst eine Woche zuvor hatte sie geglaubt, er stünde direkt vor ihrer Wohnung. Doch als sie endlich den Mut aufgebracht hatte, die Tür einen Spalt zu öffnen, hatte sie nur ein leeres Treppenhaus gesehen.

Sie wandte sich vom Fenster ab. Ehe sie wieder ins Bett ging, musste sie den Rest der Wohnung überprüfen. Obwohl sie in dieser Nacht sowieso keinen Schlaf mehr finden würde. Sie schlief sehr schlecht, seit sie hier lebte. Oder besser gesagt, seit sie wusste, wie er wirklich war. Sie hatte inständig gehofft, der Umzug würde ihr helfen.

Ich finde dich überall, hallte seine Stimme durch ihren Kopf. *Du kannst dich nicht vor mir verstecken!* Dabei hatte er anfangs so nett gewirkt. Verständnisvoll. Fürsorglich. Aber der Schein hatte getrogen. Er war ein Psychopath. Sein einziges Ziel war es, sie physisch und psychisch fertig zu machen. Und es war ihm gelungen. Stück für Stück. Jeden Tag ein wenig mehr. Als sie die

Wahrheit erkannt hatte, war es bereits zu spät gewesen. Es war ihm gelungen, sie systematisch aus ihrem Umfeld zu isolieren. Erst aus ihrem Freundeskreis, dann aus der Familie und zuletzt noch aus ihrem Beruf. Er machte sie abhängig. In jeder Hinsicht. Sie erinnerte sich noch wie heute an den Tag, als sie keine andere Möglichkeit als Suizid oder Flucht mehr gesehen hatte, um der Hölle zu entkommen. Wie er sie wieder einmal verprügelt hatte, weil sie einen Fehler begangen hatte. Wie sie nackt und in ihrem eigenen Blut auf dem Boden des Badezimmers gekauert hatte. Er über ihr. Wie er sie angebrüllt und beschimpft hatte.

Sie schloss die Augen und sofort flammten die Erinnerungen wieder auf. Es war ein regnerischer, trüber Abend gewesen, als sie einen Entschluss gefasst hatte. Sie hatte all ihre Habseligkeiten in einen kleinen Koffer gepackt und war abgehauen. *Nur möglichst weit weg von ihm*, war ihr einziger Gedanke gewesen. Zuerst hatte sie überlegt, nach Hamburg oder Berlin zu flüchten, aber der Gedanke an ihre Eltern hatte sie davon abgehalten. Sie konnte die beiden nicht allein lassen. Ihre Eltern waren ihre größte Schwachstelle. Er kannte die beiden nicht persönlich, aber er wusste, dass es sie gab und dass sie ihr viel bedeuteten. Möglicherweise hatte er sie bereits aufgesucht, um ihren Aufenthaltsort zu erfahren. Er wusste, wie man Menschen zum Reden brachte. Ganz ohne Gewalt. Um ihre Eltern nicht in Gefahr zu bringen, hatte sie beschlossen, ihre neue Adresse geheim zu halten. Er durfte sie nicht finden. Niemals. Sie wusste nicht, ob es eine gute Entscheidung gewesen war, hierherzukommen, wo er doch auf das Immobilienportal gestoßen war. Er konnte nicht wissen, ob und welche Wohnung sie gemietet hatte. Aber die Auswahl war begrenzt.

Sie warf einen Blick in das Bad, anschließend in die Küche und in den Flur. Doch da war nichts. Vermutlich hatte ihr Unterbewusstsein ihr wieder mal einen Streich gespielt.

Sie ging zurück ins Schlafzimmer, das gleichzeitig als Wohnzimmer diente, und setzte sich wieder auf die Bettkante. Ihr Puls beruhigte sich. Sie überlegte, eine weitere Schlaftablette zu nehmen, die seit Wochen ihr ständiger Begleiter war. Bereits vor dem Zubettgehen hatte sie ein halbe genommen, aber es änderte nichts an dem Adrenalinschub, der bei jedem Geräusch durch ihren Körper schoss. Sie sah auf ihren Wecker, der neben dem Bett stand. Halb vier. Eigentlich viel zu spät zum Schlafen. Aber auch zu früh, um aufzustehen. Dank des Schlafmittels war sie völlig gerädert. Es knarzte. Das kurze Gefühl der Erleichterung war sofort verflogen. Ihr Puls beschleunigte sich wieder. War jemand draußen auf dem Flur? Aber das war unmöglich. Sie hatte nachgesehen. Ein weiteres Knarzen. Das passierte nicht wirklich, oder? *Da ist niemand*, redete sie sich ein, während die Angst ihr die Kehle zuschnürte. Ihr Blick war fest auf die Tür gerichtet. Er konnte hier nicht hereingekommen sein, oder etwa doch?

Sie hatte die Wohnungstür zweifach abgeschlossen und ein eingeschlagenes Fenster hätte sie gehört. Diesmal klang das Geräusch viel näher. Er stand vor ihrer Zimmertür. Jeder Muskel in ihr erstarrte. Sie war nicht fähig, aufzuspringen, zum Handy zu greifen und die Polizei zu holen. In ihrem Kopf wurde es ganz leise. Sie hörte nur noch ihren rasselnden Atem.

Nichts geschah. Weder wurde die Tür geöffnet, noch hörte sie ein weiteres Geräusch. Es war totenstill. Nachdem sie eine gefühlte Ewigkeit auf die Tür gestarrt hatte, gehorchten ihre Beine wieder. Sie stand auf. Mit zittrigen Fingern berührte sie die Türklinke. Sie hielt den Atem an. Würde sie in der nächsten Sekunde in sein höhnisch grinsendes Gesicht sehen?

Mit einer Handbewegung riss sie die Tür auf und blickte in einen leeren Flur. Sie atmete tief aus und ging zurück zur Kommode. Was war bloß los mit ihr? Sah sie Gespenster? Sie musste eine Schlaftablette nehmen, sonst überstand sie die Nacht nicht.

Plötzlich spürte sie einen kalten Windhauch, der ihren Nacken streifte. Ein Knarzen. Eine Bewegung, die sie aus den Augenwinkeln heraus wahrnahm. Und dann wusste sie es. Es war keine Einbildung gewesen. Sie war nicht verrückt. Ihr Puls beschleunigte sich auf hundertachtzig. Er stand direkt hinter ihr.

„Hallo, meine Taube. Hast du mich vermisst?"

-2-

„Entschuldigen Sie bitte.“

Der junge Mann, auf den ersten Blick asiatischer Herkunft und mindestens zwei Köpfe größer als sie, drehte sich zu ihr. Er hatte eine schlanke, schmale Figur sowie pechschwarze Haare, die seine hohe Stirn beinahe vollständig verdeckten.

„Ich bin auf der Suche nach Kriminalhauptkommissar Martin Keller. Wissen Sie zufällig, wo ich ihn finde?“

Er lächelte sie an. „Sind Sie Julia Beck?“

„Genau.“ Sie lächelte ebenfalls.

„Dann arbeiten wir zukünftig zusammen. Mein Name ist Li Cheung Kwok-Wing.“

„Oh, okay. Freut mich, Herr Ching Kwo …“

Er lachte angesichts ihres kläglichen Versuchs, seinen Namen zu wiederholen. „Einfach Li.“

„Danke.“ Ihr neuer Kollege war ihr auf Anhieb sympathisch und sie war froh, sich vorerst nur den wesentlich einfacheren Vornamen merken zu müssen.

„Ich war gerade eh auf dem Weg zu Keller“, erklärte er und rückte seine Brille zurecht. „Komm mit.“

Julia schätzte Li auf Anfang dreißig und hatte Mühe, den großen Schritten ihres neuen Kollegen zu folgen. Den Abschluss der Polizeihochschule hatte sie in der Tasche und es war ihr erster Tag als Kriminalkommissarin. Sie war gespannt, wenn auch etwas nervös, auf das, was sie erwartete. Ihr direkter Vorgesetzter Martin Keller war ihr im Vorfeld als schwieriger Zeitgenosse beschrieben worden. Noch wusste sie nichts Näheres über ihn, hoffte aber, dass er genauso offen und freundlich wie Li war.

Ihr neuer Kollege war mittlerweile vor einer Glastür stehen geblieben und klopfte.

„Was?", brummte eine raue Männerstimme.

Julia betrat hinter Li das große, geräumige Büro, in dem ein Mann Anfang bis Mitte vierzig saß. Er hatte eine kräftige Statur, braune, kurz geschnittene Haare, Schnurrbart und einen grimmigen Gesichtsausdruck.

„Chef, ich möchte Ihnen die neue Kollegin Julia Beck vorstellen."

„Hallo, schön Sie kennenzulernen." Julia ging zu dem Schreibtisch und strecke Martin Keller die Hand entgegen.

Keller machte jedoch keinerlei Anstalten, auch nur aufzustehen. Stattdessen musterte er sie von Kopf bis Fuß. „Für Praktikanten sind die Kollegen zuständig." Er wandte sich wieder den Unterlagen zu.

Na, das war ja eine freundliche Begrüßung, dachte Julia und entschied, das Missverständnis direkt aus der Welt zu räumen. „Keine Praktikantin, sondern Ihr neues Teammitglied, Kriminalkommissarin Julia Beck."

Keller hob den Blick und gab einen Seufzer von sich. „Stellen wir jetzt schon Schulmädchen ein, oder was?"

Julia war im ersten Moment zu perplex, um zu antworten. Auch wenn sie mit ihren dreiundzwanzig Jahren definitiv die Jüngste in der Runde war, gab ihm das nicht das Recht, sie so zu behandeln. Sie presste die Zähne zusammen.

Li grinste entschuldigend und ging zum Schreibtisch. „Chef, das kam gerade rein." Er reichte Keller eine Notiz. „In Büsnau wurde die Leiche einer jungen Frau gefunden. Sieht nach einem Mord aus. Die Kollegen sind schon vor Ort."

Die Aufregung kribbelte in Julias Gliedern. Ihr erster Tag am Kommissariat und direkt ein Leichenfund. Vielleicht konnte sie ihren griesgrämigen Vorgesetzten doch noch von ihren Fähigkeiten überzeugen. Dieser stand auf und warf ihr im Vorbeigehen einen vernichtenden Blick zu. „Frauen wie Sie kenne ich zur Genüge", grummelte Keller.

„Was soll das denn bedeuten?" Sie starrte ihn mit offenem Mund an.

Keller antwortete nicht.

„Ist der immer so?" Sie drehte sich zu ihrem Kollegen.

Ehe Li antworten konnte, donnerte Kellers Stimme durch den Flur. „Wing-Wing, heut noch!"

„Man gewöhnt sich dran", erklärte ihr Li und folgte seinem Vorgesetzten mit zügigen Schritten.

Julia nahm einen tiefen Atemzug. „Was ist mit mir?", rief sie Keller hinterher.

„Kaffee. Schwarz, ohne Zucker."

Das soll doch wohl ein Scherz sein, dachte Julia. Na warte, so leicht wirst du mich nicht los.

Keller startete gerade den Motor seines schwarzen Mercedes AMG, als die Beifahrertür geöffnet wurde und Julia neben ihm Platz nahm.

„Welchen Part von Kaffee haben Sie nicht verstanden?" Er funkelte sie an.

„Ich bin nicht hier, um Kaffee zu kochen, und ich bin auch nicht Ihre Praktikantin", sagte Julia mit fester

Stimme, auch wenn sie sich bei weitem nicht so selbstbewusst fühlte, wie sie sich gab.

„Ich muss Ihnen wohl mal klar machen, wie das hier läuft." Er drehte sich zu ihr. „Ich, Anweisungen geben." Er deutete mit dem Zeigefinger auf sich. „Sie ..." Er zeigte auf Julia. „... Anweisungen ausführen. Und wenn ich sage, Kaffee kochen, dann tun Sie das gefälligst auch!"

„Sie kriegen Ihren Kaffee, wenn wir zurückkommen. Bis dahin hat mir der Kriminalrat aufgetragen, Ihnen über die Schulter zu gucken, und das ist schwierig, wenn Sie nicht da sind." Sie spürte Kellers finsteren Seitenblick, während sie nach vorne sah und abwartete, ob er losfuhr oder sie endgültig rauswarf.

„Nervensäge."

Die Erwiderung ‚Kotzbrocken' lag ihr auf der Zunge, verkniff sie sich aber. Er stellte die Soundanlage so laut, dass ihr fast das Trommelfeld platzte, während er mit quietschenden Reifen den Parkplatz verließ. *Das kann ja heiter werden!*

Einige Zeit später erreichten sie den Eisenauer Weg, der sie zum Ortsrand von Büsnau führte. Julia kannte die Gegend. Sie hatte als Kind mit ihren Eltern oft Ausflüge im angrenzenden Spitalwald, zum Bärenschlössle oder zu einer der vielen Seen gemacht. Die Erinnerung an ihre Mutter versetzte ihr sofort einen Stich. Ihre letzten Tage. Ihre letzten Stunden.

Das Zuschlagen der Autotür riss sie aus ihren Gedanken. Keller marschierte wortlos zu dem weißen Mehrfamilienhaus, vor dem bereits mehrere Streifenwagen parkten. Julia folgte ihm in die Dachgeschosswohnung im zweiten Stock. Sie band ihre schulterlangen, dunkelblonden Haare zu einem Pferdeschwanz zusammen und schlüpfte in einen weißen Einwegoverall, der für die Ermittler am Tatort obligatorisch war. Dann betrat sie das Zimmer.

Auf dem Bett lag die Leiche einer jungen Frau. Sie musste Mitte zwanzig sein und hatte eine etwas füllige Figur. Julia trat vorsichtig einen Schritt näher, um sich die Frau genauer anzusehen. Sie war vollkommen nackt und lag auf dem Rücken. Der Kopf war eigenartig zur Seite gekrümmt. Die Augen quollen hervor, das Gesicht wies eine bläulich-rote Färbung auf und war von roten Punkten übersät. Der Hals war geschwollen und stark gerötet. Oberkörper und Beine zeigten mehrere Verletzungen. Es war nicht das erste Mal, dass Julia eine Leiche zu Gesicht bekam, aber sonst lagen diese im Institut der Gerichtsmedizin und befanden sich daher in einem vorzeigbaren Zustand. Anhand der Verfassung der Leiche, vermutete Julia, dass die junge Frau bereits einige Tage tot war. Allein der Geruch löste bei ihr einen Würgereiz aus, den sie gerade noch so unterdrücken konnte. Sie wollte ihrem neuen Vorgesetzten keinen Grund liefern, sie zukünftig wirklich im Kommissariat sitzen zu lassen. Mal abgesehen von der Genugtuung, die ihm das verschaffen würde.

„Todeszeitpunkt?" Keller, der sie seit ihrer Abfahrt ignoriert hatte, drehte eine Runde ums Bett.

„Vielleicht drei, höchstens vier Tage. Ich tippe auf Freitag." Der Arzt, ein Mann Mitte fünfzig mit Vollbart, erhob sich und wandte sich Keller zu. Die Leute der Spurensicherung, in weiße Faseranzüge gehüllt, waren bereits eingetroffen, sammelten Indizien und schossen Fotos.

„Todesursache?“

„Vermutlich erstickt. Der Täter muss sie gewürgt haben. Die roten Flächen am Hals sind Würgemale, dazu passen auch die Petechien im Gesicht.“

Die punktförmigen roten Stellen im Gesicht stachen Julia ins Auge, während sie noch überlegt hatte, wie der Fachbegriff dafür war.

„Vergewaltigung?“

„Kann ich noch nicht sagen. Muss die Obduktion klären.“

„In Ordnung. Schaffen Sie die Leiche in die Gerichtsmedizin!“ Keller wandte sich einem nebenstehenden Beamten zu, der sich augenblicklich in Bewegung setzte. „Also gut. Was wissen wir?“

Im ersten Moment dachte Julia, er hätte mit ihr gesprochen. Doch tatsächlich galt die Frage Li, der hinter ihr aufgetaucht war.

„Bei der Leiche handelt es sich um Irina Heff, achtundzwanzig Jahre alt.“ Li warf einen Blick auf seine Notizen. „Laut Angaben der Vermieter eine Etage tiefer lebte sie allein und sehr zurückgezogen. Die Nachbarin von gegenüber hat sich mit den Vermietern in Verbindung gesetzt, nachdem sich ein unerträglicher Geruch im Treppenhaus ausgebreitet hatte. Der Geruch ging ganz klar von Frau Heffs Wohnung aus. Sie haben gemeinsam die Polizei gerufen, die sie so vorgefunden hat.“

„Ist das alles?“

Julia fragte sich, ob ihr Vorgesetzter jemals diesen pampigen Ton, den er offenbar gegenüber jedem anschlug, wechselte. Ihr ging das mächtig gegen den Strich.

„Keiner im Haus kannte sie näher. Einige der Nachbarn wussten noch nicht einmal, dass sie hier wohnte. Offensichtlich ist sie erst vor einigen Wochen hierhergezogen und hat mit niemandem mehr als ein Wort gewechselt."

„Eine Eigenbrötlerin also", sagte Keller.

Und das perfekte Mordopfer, ergänzte Julia gedanklich. Niemanden, den es interessiert, niemanden, dem es auffällt. Außerdem eine Leiche, die erst Tage später gefunden wird.

„Die Nachbarin von gegenüber gab an, Frau Heff habe oft nervös und angespannt gewirkt. Wenn sie mit ihr ein Gespräch beginnen wollte, habe sie nur große Augen gemacht und sich sofort in ihre Wohnung verzogen", sagte Li.

Julia rieb sich die Stirn. „Vielleicht wurde sie verfolgt. Oder hat sich vor jemandem versteckt."

„Oder sie war einfach ein ängstlicher Typ." Keller maß ihrer Vermutung wie erwartet keinerlei Beachtung bei. „Und zertrampeln Sie nicht alle Hinweise! Sie sehen doch, dass die Spurensicherung hier noch zugange ist. Haben Sie auf der Polizeischule denn gar nichts gelernt?"

Tief durchatmen, ermahnte sich Julia und verfolgte Keller, der selbst, ohne nach rechts oder links zu gucken, durch den Tatort pflügte. Mit sturer Miene stieß er gegen einen Forensiker, der sich gerade noch an der

Wand festhalten konnte, ohne über die Leiche zu fallen. Julia verdrehte die Augen. Würde die Zusammenarbeit so funktionieren?

-3-

Luisa Rehm parkte ihren blauen Mini Cooper an der Gnesener Straße. Ein eisiger Wind schlug ihr entgegen, als sie die Wagentür öffnete. Sie schlang ihren dicken Wollschal enger um sich und setzte die Mütze auf. Dick eingepackt lief sie die wendelförmige Stahltreppe hinab und überquerte den großen Innenhof, der zum Haus Clemens von Galen gehörte. Zu ihrer Linken befand sich die Bildungs- und Begegnungsstätte mit dem passenden Namen ‚Treffpunkt‘, die allerlei Freizeitmöglichkeiten für Menschen mit körperlicher und geistiger Behinderung anbot und in der Luisa einen Teil ihrer Ausbildung absolviert hatte. Sie war gelernte Heilerziehungspflegerin und betreute Menschen verschiedenster Altersgruppen bei der Bewältigung und Unterstützung ihres Alltags. Bereits während ihres freiwilligen sozialen Jahres hatte es ihr die Betreuung angetan und sie war überglücklich, in unmittelbarer Umgebung ihrer Wohnung eine Stelle gefunden zu haben.

Luisa steuerte auf das rot-weiß gekachelte Hochhaus auf der anderen Seite zu, in der sich auch die Wohngruppen befanden, in denen sie arbeitete. Es war ein ungemütlicher, kalter Februarabend und sie war froh, ihre Nachtschicht in einem gemütlichen, beheizten Büro verbringen zu können.

Sie drückte auf den Aufzugknopf, als ihr Handy vibrierte.

Lass niemanden entkommen! Liebe dich.

Luisa konnte sich ein Grinsen nicht verkneifen. Die Nachricht stammte von Jens, ihrem Freund, den sie erst wenige Monate zuvor in einer Dating-App kennengelernt hatte. Sie hatte Jens von Tobias erzählt, einem jungen Mann mit Downsyndrom, der ihre Nachtschicht hin und wieder zu einem abenteuerlichen Erlebnis machte. Er pflegte die Angewohnheit, mitten in der Nacht durchs Treppenhaus zu schleichen. Warum genau er das tat, war allerdings unklar. Ihr Smartphone piepte erneut und der Chat zeigte ein großes, rot loderndes Herz an. Sie schickte Jens einen Kusssmiley zurück und steckte das Mobiltelefon weg.

Trotz der kurzen Zeit, die sie zusammen waren, schmiedete Jens bereits Umzugs- und Heiratspläne, was Luisa ein wenig zu schnell ging. Sie liebte Jens. Ein Blick in seine stahlgrauen Augen genügte und sie hatte ein Kribbeln im Bauch. Er war fürsorglich, hilfsbereit und in seiner Nähe fühlte sie sich wohl und geborgen. Dennoch hatte sie manchmal das Gefühl, erdrückt zu werden.

„Hey, Luisa", begrüßte ihre Kollegin Sheela sie, was zugleich eine Wiederholung durch zwei Bewohner nach sich zog.

„Hi, Sheela. Hallo, Tobias, hallo, Klaus. Geht's euch gut?"

„Jetzt, wo du da bist, sofort", nuschelte Tobias und hielt ihr die flache Hand entgegen.

„Oh, wie lieb von dir." Sie schlug ein. Tobias war ein eingefleischter Macho, der sich für den größten Frauenheld auf dem Planeten hielt, was in Bezug auf die meisten Bewohnerinnen auch zutraf. Luisa erhielt mindestens zwei bis dreimal pro Schicht Komplimente von ihm, gefolgt von einer Einladung zum Abendessen. Luisa lehnte zwar jedes Mal ab, was ihn aber nicht davon abhielt, sie von seinen Qualitäten als Liebhaber überzeugen zu wollen.

„Fangen wir an?" Sheela wies auf die Unterlagen.

Luisa nickte und dirigierte Tobias und Klaus unter lautstarkem Protest aus dem Büro, damit sie und ihre Kollegin den Schichtwechsel durchführen konnten. Luisa nahm sich einen Stuhl und rückte zu Sheela an den kleinen Plastiktisch heran, wo ihre Kollegin bereits den Medikamenten- und Tagesplan bereitgelegt hatte. Sheela unterrichtete sie knapp über die wichtigsten Vorkommnisse des Tages, während sie ein Gähnen unterdrückte.

Luisa betrachtete sie. Ihre Kollegin sah blass aus und hatte violette Ringe unter den Augen. Sie wusste, dass Sheela neben dem Beruf noch drei Kinder hatte, denen ihre verbleibende freie Zeit gehörte. Mit Füße hochlegen nach Feierabend war bei ihr nichts, wie sie erst neulich erzählt hatte. Dann hieß es, die Kleinen bespaßen, kochen und schlafen. Luisa beneidete sie nicht um diese Aufgabe, obwohl sie sich später auch Kinder wünschte. Sie wusste, dass Jens dem Thema aufgeschlossen gegenüberstand, aber da sie erst ein Jahr zuvor ihre Ausbildung abgeschlossen hatte, musste die Kinderplanung erst einmal hintenanstehen.

„Alles klar soweit?" Sheela musterte sie amüsiert.

„Klar, wieso?“

„Nichts.“ Sheela winkte ab und suchte ihre Sachen zusammen.

Luisa war das Grinsen auf dem Gesicht ihrer Kollegin nicht entgangen. „Was ist?“

„Dein neuer Freund tut dir gut.“ Sheela drehte sich zu ihr. „Du lächelst viel öfter und deine Augen leuchten.“

„Ach, quatsch.“ Luisa errötete und strich sich durch die schulterlangen, kastanienbraunen Haare.

„Schätzchen, du bist total verknallt.“

„Psst. Sonst wird Tobias noch eifersüchtig.“ Sie warf einen Blick zur Tür.

„Ich glaube, das würde ihn nicht davon abhalten, dir Komplimente zu machen.“ Sie öffnete die Bürotür, wo Tobias auf der Stelle hüpfte.

Sheela wies ihn gereizt zurecht. Sie konnte es überhaupt nicht leiden, wenn er herumzappelte, was diesen aber nicht beeindruckte.

„So, Tobias.“ Luisa stand auf. „Wie wärs, wenn du dich jetzt bettfertig machst?“

Zwei Stunden später war es ruhig geworden. Wie immer hatte Tobias die letzte Stunde damit verbracht, Faxen zu machen, einer Mitbewohnerin die Zahnbürste zu klauen und lauthals Liebeslieder in falscher Tonlage zu singen. Erst als Luisa ihm mit einem nutellafreien Frühstück drohte, hörte er auf und kroch unter seine Bettdecke. Nicht, dass sie ihm das ernsthaft antun würde. Tobias raubte ihr manchmal den letzten Nerv, aber im Gegensatz zu Sheela wurde sie nicht laut oder verhängte Strafen, weil sie das nicht in Ordnung fand. Dennoch war sie in der Lage, sich durchzusetzen. Sie mochte die Bewohner und freute sich immer wieder, wenn sie von diesen als ihre absolute Lieblingsbetreuerin bezeichnet wurde.

Luisa ging die Änderungen für kommende Woche durch, als ihr Mobiltelefon vibrierte. Sie sah, dass sie bereits mehrere Nachrichten von Jens erhalten hatte. Es waren allesamt Liebesbekundungen. Sie fand es süß, aber manchmal war es einfach zu viel des Guten. Sie schickte ihm ein Herz und entschuldigte sich, dass sie hier noch einiges zu tun habe.

Sie war gerade dabei, einige Änderungen in den PC zu übernehmen, als sie auf dem Gang Schritte hörte. Sie seufzte. Der Blick auf die Uhr zeigte kurz nach elf. Das hieß, Tobias begann seine nächtliche Runde deutlich früher als sonst. Luisa betrat den langgestreckten Flur, an dessen Seiten mehrere Räume abzweigten. Tobias Zimmer am Ende des Gangs verschwand in der Dunkelheit.

„Tobias?“ Sie lauschte. Bis auf ein Schnarchen, das aus dem Nebenzimmer drang, war nichts zu hören. Sie drehte eine Runde durch das offene Esszimmer, das nur schwach vom Licht des Büros beleuchtet wurde. Sie erkannte die Eckbank, den Tisch und die Pflanzen auf dem Fenstersims. Nirgends war jemand zu sehen. Hatte sie sich geirrt? Luisa warf noch einen letzten Blick in den Gang, ehe sie sich wieder ihrem Büro zuwandte. Sie hatte gerade wieder die Arbeit aufgenommen, als sie meinte, erneut etwas gehört zu haben. Spielte ihr einer der Bewohner einen Streich? Ihr Puls beschleunigte sich. Sie trat zurück in den Flur.

„Tobias? Bist du das?“ Tiefe Schwärze empfing sie. Sie knipste das Licht an, beinahe hoffend Tobias zu sehen.

Doch der Flur war leer. Sie drehte sich um. Kam das Geräusch aus dem Treppenhaus? Aber es war ausgeschlossen, dass Tobias oder sonst jemand unbemerkt am Büro vorbeigelaufen war. Die Eingangstür unten war abgeschlossen, sodass niemand Fremdes das Gebäude betreten konnte. Außer Sheela hatte wieder einmal vergessen, abzuschließen.

Das Treppenhaus lag ebenfalls im Dunkeln. Die Glastür, die den Aufenthaltsraum vom Treppenhaus trennte, war zu und da sich die Tür nur langsam schloss, konnte hier niemand durchgehuscht sein. Ihre Beine schlotterten.

Sie schaltete das Radio ein, um sich ein wenig abzulenken. Sie war kein ängstlicher Mensch und hatte sich nie im Dunkeln gefürchtet. Aber heute fand sie es unheimlich. Ein kalter Luftzug durchfuhr ihre Haare. Blitzschnell drehte sie sich um. Die Tür zum Treppenhaus fiel ins Schloss. *Das gibt's doch nicht!* Sie rannte ins Esszimmer. „Wer ist da?"

Ein spitzer Schrei entfuhr ihrer Kehle, als sie jemand von hinten packte.

-4-

Das Kaninchen wand sich unter meinen Händen und schlug mit seinen Hinterläufen und Vorderpfoten wie verrückt um sich. Es zerkratzte meine Unterarme, aber ich ließ nicht los. Das Kaninchen hatte keine Chance – ich presste meine Hände fest um seinen Hals. Es wand sich immer wilder und seine Augen quollen ihm fast aus dem Kopf.

Ich drückte meine Hände noch tiefer in das weiße Fell und plötzlich wurden die Bewegungen langsamer. Immer langsamer.

Dann zuckte es nur noch. Und irgendwann bewegte sich Twix gar nicht mehr. *Twix, was für ein blöder Name für ein Kaninchen.* Den Namen hatte sich mein Mitschüler Leon ausgedacht, als seine Eltern es ihm ein Jahr zuvor geschenkt hatten.

Ich ließ das Kaninchen los und starrte auf meine Hände. Und dann wieder auf Twix.

Mein Herz schlug so heftig, dass ich kaum Luft bekam.

„Happy birthday to you, happy birthday, lieber Leon, happy birthday to you!", hörte ich sie von drinnen singen. Sie klatschten.

Ich starrte immer noch auf Twix und streichelte das weiche Fell. Er fühlte sich ganz warm an.

Ich sah hinüber zu den anderen, die Leon gratulierten. Leon feierte heute seinen sechsten Geburtstag und hatte die ganze Klasse zu einer Gartenparty eingeladen. Sogar mich.

-5-

„Du hast mich zu Tode erschreckt!" Luisa hielt sich die Hand an die Brust und wartete, dass sich ihr Puls wieder normalisierte. „Was machst du hier?" Sie blickte ihren Freund Jens mit zusammengezogenen Augenbrauen an.

„Ich hatte Sehnsucht nach dir." Er grinste schief.

Luisas schnaufte. „Jens, ich finde es ja schön, wenn wir uns treffen, aber ich habe dir doch gesagt, dass ich keine Besuche auf Arbeit möchte. Wenn dich jemand erwischt, bekomme ich riesigen Ärger!" Sie versuchte, ihrer Stimme Strenge zu verleihen, was ihr angesichts Jens intensivem Blick schwerfiel. „Wie kommst du überhaupt hier rein?"

„Unten war offen."

Sheela. Sie musste zukünftig selbst daran denken, die Haustür abzuschließen.

„Ich habs einfach nicht mehr ohne dich ausgehalten", fuhr Jens fort und trat näher an sie heran.

Erst jetzt bemerkte Luisa, dass er etwas hinter seinem Rücken hielt und traute ihren Augen nicht, als dieser einen riesigen Strauß roter Rosen hervorzog.

„Die sind für dich." Er lächelte.

„Oh, wow, danke." Rote Rosen liebte sie mehr als alles andere und Jens wusste das. Sie lächelte ebenfalls und legte den Bund auf die Anrichte neben dem Schreibtisch. Auch wenn Jens damit ihrem Ärger einen Dämpfer verpasst hatte, war es nach wie vor nicht okay. Luisa öffnete gerade den Mund, um zu widersprechen, als Jens sie an sich zog und küsste.

„Luisa, für mich war die lange Zeit, in der wir uns nicht gesehen haben, echt hart." Er sah sie mit seinen stahlgrauen Augen eindringlich an. Jens hatte eine große, schmächtige Figur, eine hohe Stirn und dunkelblonde, raspelkurze Haare. Sein Blick hatte etwas Hypnotisierendes.

„Lange Zeit?" Sie konnte sich das Grinsen nicht verkneifen. „Wir haben uns vorgestern erst gesehen."

„Ich finde das lange." Er zog sie dicht an sich und strich ihr übers Gesicht. „Ich liebe alles an dir", flüsterte er. „Deine kastanienfarbenen Haare, die wunderschönen nussbraunen Augen und die süßen Grübchen, wenn du lächelst. Ich mag deine sanfte Stimme ebenso wie deinen bezaubernden Körper, dein Tattoo und einfach alles an dir."

O mein Gott, wollte er ihr einen Heiratsantrag machen?

„Alles klar." Sie schob ihn weg. „Jetzt trägst du ein bisschen dick auf, meinst du nicht?"

„Finde ich nicht." Seine Stimme klang ernst. „Du bist etwas Besonderes und du sollst wissen, was du mir bedeutest."

Sie atmete tief aus. „Hör mal, ich liebe dich auch, aber ich habe dir klar zu verstehen gegeben, dass ich keine Besuche auf der Arbeit wünsche. Du kannst mir schreiben, mich aber bitte nicht mit Nachrichten bombardieren und mir auch ein wenig Zeit zum Antworten geben, okay?"

„Okay." Er senkte den Blick. „Sehen wir uns morgen?"

„Mal schauen. Ich muss mich nach der Schicht erst mal hinlegen und Schlaf nachholen, danach melde ich mich."

„Luisa?"

Die wimmernde Stimme aus einem der Zimmer ließ sie herumfahren. „Ich muss jetzt weiter machen. Wir sehen uns."

„Ich liebe dich", rief ihr Jens hinterher, während er mit hängenden Schultern in Richtung Ausgang trottete. Sie ließ es unkommentiert und machte sich auf den Weg zu Tobias Zimmer, dessen Stimme sie sofort erkannt hatte. Sie war beinahe dankbar für die Unterbrechung, sonst hätte sie womöglich noch mit Jens debattieren müssen. Es ging einfach nicht, dass er ohne Ankündigung hier auftauchte. Sie hatte mehr als genug zu tun. Ihr gefielen die schmeichelnden Komplimente und die nette Geste mit den Blumen, aber es war einfach zu viel. Sie wollte mitentscheiden, wann sie sich trafen, und er musste respektieren, dass ihr die Trennung von Arbeit und Privatem wichtig war. Ihr Smartphone vibrierte. Sie warf einen kurzen Blick darauf. Die Nachricht stammte wie erwartet von Jens, der ihr mitteilte, dass es ihm leidtäte und er sie liebte. Seufzend steckte sie das Mobiltelefon wieder weg und betrat Tobias Zimmer.

Der Schein einer kleinen Nachttischlampe beleuchtete den großen Raum. Tobias' Bett befand sich auf der rechten Seite gegenüber von einem großen Wandschrank. Die Tapete war mit zahllosen Plakaten von Rockstars geschmückt, die Luisa allesamt nicht kannte.

Die einzige Ausnahme bildete ein großer Zeitungsausschnitt, in dem Tobias frech in die Kamera grinste.

Sie setzte sich zu ihm an die Bettkante und betrachtete ihn. Sein Blick war auf seinen hellblauen Schlafanzug gerichtet.

„Was ist los, Großer? Kannst du nicht schlafen?"

Tobias schüttelte den Kopf. „Ich hab von Monstern geträumt, die mich fressen wollen." Er sah sie mit großen Augen an, die Luisa eher an ein kleines Kind als an einen erwachsenen Mann erinnerten. „Riesenspinnen. Und sie waren überall."

Luisa wusste, dass Tobias von jeher eine Spinnenphobie hatte. Auch wenn sie es ernst nahm, musste sie jedes Mal ein Grinsen unterdrücken, wenn ein eingebildeter Macho wie Tobias schreiend aus seinem Bett stürmte, weil sich irgendwo in seinem Zimmer eine winzige Spinne versteckt hatte.

„So ein großer, starker Kerl wie du wird sich doch nicht von ein paar Spinnen Angst einjagen lassen, oder?"

„Das stimmt. Ich bin ganz schön stark." Tobias schmunzelte.

„Na siehst du. Und starke Männer brauchen ihren Schlaf. Also mach die Augen zu und ich verbanne die Spinnen mit einem Schnips aus deinen Träumen." Luisa schnipste einmal laut mit den Fingern, bevor sie Tobias einmal zuzwinkerte und sich erhob.

„Was ist das?" Tobias machte große Augen. Ihr Pullover war ein wenig nach oben gerutscht und offenbarte eine kleine, gelbe Stelle darunter.

„Ein Schmetterling." Sie lächelte.

„Wie cool. Wofür steht der?"

„Für ein Gefühl von Freiheit.“

„Echt?“ Tobias Augen leuchteten.

„Ja. Mich haben die kleinen Tiere schon als Kind immer begeistert, weißt du. Wenn ich in einer Situation war, die mir unangenehm war, dann habe ich mir vorgestellt, dass ich wie ein Schmetterling einfach auf und davon fliege. Als ich dann alt genug war, habe ich mir einen Zitronenfalter tätowieren lassen, weil ich finde, die haben eine besonders hübsche Farbe.“

„Finde ich auch.“ Tobias grinste übers ganze Gesicht.

„Jetzt weiterschlafen?“

„Na gut.“ Er ließ sich wieder in sein Kissen fallen und schloss augenblicklich die Augen.

Luisa verließ das Zimmer. Für sie waren ihre persönlichen Freiräume von hoher Bedeutung, das hatte sie Jens bereits bei ihrem ersten Treffen gesagt. Er hatte genickt und sich verständnisvoll gezeigt. Doch je länger sie zusammen waren, desto stärken wurden ihre Zweifel, dass Jens es genauso sah. In dieser Sekunde vibrierte ihr Smartphone. Sie brauchte gar nicht erst draufzugucken, um zu wissen, von wem die Nachricht stammte. Vielleicht sollte sie ihre Beziehungssituation nochmal überdenken.